Kadokawa Fantastic Novels

年齡等於單身資歷的魔法師

作者
ぶんころり
Story by Buncololi

插畫
MだSたろう
Illustration by M-da S-taro

CONTENTS

"Tanaka the Wizard"
1
Story by Buncololi, Illustration by M-da S-taro

序章

Prologue

這是個什麼都沒有的純白空間。

除了眼前的神和我自己以外，真的什麼也沒有。腳下沒地面，頭上沒天空，周圍沒有地平線，沒前沒後。假如宇宙是白色的，就是這種感覺吧。事情即是發生在這種地方。

「哈嘍！我是神，不小心手滑害死你的咧！」神說。

「這樣也未免太過分了吧？」我答。

「為了表現道歉的誠意，我要把你送到劍與魔法的異世界，再奉送你想要的外掛能力，讓你強絕猛霸！不管是金錢權力還是女人，要多少就有多少！如此如此這般這般！」神說。

「沒騙我？」我答。

「真心不騙！」神說。

「太好了，真是謝謝祢！」我高興極了。

「來，接下來就是大家最愛的選外掛能力時間嘍！」神說。

「那麼，請把我變成大帥哥。」我答。

「你說大帥哥？」神問。

「對，大帥哥。我要大帥哥的作弊能力。」我答。

「真的這樣就好？」神問。

「對，真的這樣就好。」我答。

並接著再說：「請把我變成全世界每個人都會憧憬、羨慕、嫉妒的絕對大帥哥。我要驚天動地的美貌、帥氣和魅力，當一個不管男女老少都看上一眼就再也不願別開視線的霹靂無敵大帥哥！」

「大帥哥真的很爽耶，人生只要有張帥臉就是簡單模式了。」神應和道。

「是吧是吧，就是這樣沒錯吧？請把我變成神也認同的大帥哥。」我更加把勁。

「然而很抱歉，我不能把你變成大帥哥。」神說。

「為什麼！你不是神嗎！」我十分錯愕。

「因為你打從出世就註定不能當帥哥。」神答。

「拜託，請把我變成大帥哥吧！我要大帥哥的外掛能力！不管過去我犯下再小的罪孽，我都願意在這裡說出來，誠心道歉悔過彌補！所以就讓我變成大帥哥吧！」我向神懺悔。

「不可能的啦。我不可能給你那種外掛，不行不行～絕對不行～」神斷言。

「怎麼會……」我深陷絕望。

「你就選其他外掛吧。」神說。

「…………」我沉默不語。

「快點快點，快選外掛能力。」神催道。

「那……那就治療魔法吧。我要不管任何傷病都能根治的治療魔法！」

「很好，那我就給你最強的治療魔法外掛哩。」神點了頭。

「非常感謝祢。」我用食指拭去眼角泛起的淚。

「你就盡情享受下一段人生吧。」神說。

「謝……謝謝祢……」我說。

以上即是轉生外掛能力的領取窗口實況。

入獄

Imprisonment

轉生後，我倒在不知東西南北的河畔草地上。

整個人是趴著。

不曉得怎麼會倒在這裡，鼻頭跟其他部位還痛得不得了。起身時，不少沙土從身上嘩啦啦地脫落。用手一摸，指尖能感到皮膚凹凹凸凸，似乎已經倒很久了。

我稍微再拍拍身上塵埃。

站直身而覺得回魂過來後，我想起了神的承諾。

於是急忙跑到河邊，用水面照臉來看。

「喔呼……」

好一張醜不拉嘰的臉。

「根本沒救了。」

看來我是真的沒變成大帥哥。這條三十中旬的中年魯蛇，就是我在社會的可悲寫照。我怎麼會醜成這樣？都是它害我沒女朋友。都是它害我的人生是困難模式。

屬性是個什麼樣呢？

名字：田中
性別：男
種族：人類
等級：1
職業：無
HP：9／9
MP：87500000／87500000
STR：3
VIT：2
DEX：6

AGI：1

INT：5402000

LUC：1

喔，MP好高。這樣才夠放治療魔法吧。

有哪些技能呢？

被動

魔力回復：LvMax

魔力效率：LvMax

主動

治療魔法：LvMax

和我要求的一樣。

如果臉再帥一點就無話可說了。

「…………」

話說這裡是什麼地方？周圍長了好多樹，左看右看都是樹，根本是完完全全的森林，可以感受到滿滿的負離子能量。呆在這裡也不是辦法，我便姑且先沿著河走。

一步一步慢慢走。

沒幾分鐘，我就來到了路上。有幾公尺寬，中間長了草，兩邊都是裸土，就是鄉下常見的像雞冠頭的那種路，完全沒有柏油的感覺。

「啊，有馬車過來了。馬車耶。」

馬車從道路一端接近。

兩匹馬拉著貨台，所以是兩馬力。貨台上用厚布搭了拱狀的篷子，像極了西部片裡的篷馬車。基本上是木製，只有車輪是金屬。

「喂～喂～」

我揮手攔攔看。

但馬車停也不停。

叩囉叩囉。

一路發出輕快的聲響，慢慢遠去。

「…………」

我再望著它等一會兒，也不見它停下。

它就這麼愈走愈遠，愈來愈小。

搭便車失敗。

「……用走的吧。」

沒辦法，只好跟著它走。

不過馬的速度比我想像中快很多，很快就跟丟了。

*

沿路走了一小時，總算是來到城鎮。

這是個大城，周圍建了城牆，有中世紀城塞都市的感覺，也就是劍與魔法的奇幻世界那樣。不曉得到底有多大，至少和東京某某某樂園相當吧。

而其出入口，即遊樂園收票口處，站了個看似衛兵的人，把我攔了下來。

「身分證拿出來。」

「……我沒有。」

「付十枚銅幣可以在這待十天，一枚銀幣可以待一百天，你自己選。」

「…………」

看來入園需要收費。

我身上根本沒錢。

「怎麼了？」

「沒什麼，只是出了很多事……」

怎麼辦？

煩惱也沒用，沒錢就是沒錢。

「很多事？什麼意思？」

「對不起，我不進去了。」

「……啊？」

掉頭吧。

掉頭。

結果衛兵追來了。

「喂！你這可疑分子給我站住——！」

「靠……」

我全力逃跑。

死命狂奔。

「站住！給我束手就擒——！」

「呼咿咿咿咿咿咿咿！」

可惡，這下糟了。會被追上。

我已經拿出吃奶的力氣來跑，可是快跑不下去了。

別小看我五十公尺十秒的速度。即使和蓋滿堅硬裝甲的衛兵比，全身休閒服的我還是會輸。後頭吵鬧的鏗鏗鏗鎧甲碰撞聲逐漸逼近，讓我的心跳得更快。我不行了，不行了。

「呼！呼！呼啊！」

好，真的不行了。

遊戲結束。

我被抓到了。

「可惡！抓到你了吧！」

「唔，好……好想吐！突然跑太快就……」

我一陣噁心，踉蹌摔跤。

好痛。

一倒下就被衛兵抓個正著，用繩子五花大綁。

不由分說地帶走。

送進牢房。

這樣進城也太悽慘了。

＊

衛兵用來關我的牢房裡，先有了別人。

「啊，妳好……」

「……！」

是個西方的大美人。

年紀大概不到二十，皮膚白嫩，五官立體，長過腰際的金髮和藍眼睛令人印象深刻。而且她還有對偉大的車頭燈，往下是收得緊緊的小蠻腰，再往下又是兩團大屁股。

根本是性感女神。

金髮碧眼的性感女神。

尤其是她現在關在牢裡，身上只有一件非常強調身體曲線的薄襯衫，讓人硬到不行。在某些角度，還能隱約看見底下的乳頭。

這身體也太騷了吧。

好想上她，讓她懷孕，生我的小孩。

再加上這個身負手銬腳鐐，關在牢裡的狀況，真是美呆了。同側的手銬腳鐐有鐵鍊拴在一起，而且相當短，想站直都辦不到。

有種逢場作戲所沒有的強烈臨場感。

「幸會，我的名字叫田中……」

「少煩我，閉嘴。」

「…………」

一開口就溝通失敗。

原本坐著的她慢慢半蹲起來，橫跨著挪到角落去。

那背影直到靠近柵欄才轉過來，再度坐下。順道一提，是體育課坐姿。可能是雙手雙腳都被銬住，沒辦法採取其他坐姿。

怎麼說呢，就是那樣吧。

才剛在電車坐下，身旁的女子就跟我對換似的默默移到其他座位去，讓人心中爆出一股哀怨。那樣比超商店員找錢時故意把手離遠高高放下還讓人受傷。層級大概高出二左右。

而且她不只是移位，還用威嚇眼神全力瞪我。

那是再跟她多說一句話，就會真的跑去告我的眼神。

完全把我當罪犯來看。

「…………」

不過冷靜想想，年輕女孩本來就不會把牢房遇見的三十幾歲醜大叔當好人。要是交換立場，我的態度也不會有什麼差吧。

「…………」

我開始覺得有點抱歉，決定安分點。

隔著房中央，在她的對稱位置坐下。

同時下意識地環視牢房一遍。

「…………」

至少還有床和廁所。話雖如此，前者只是鋪在地上的草堆，後者又單純是地上挖出的溝。從溝裡略顯潮濕來看，會定期沖去穢物吧。

牢房大小約三坪，以雙人房而言有些狹小。

但有兩鋪草堆，表示監獄的雙人牢房就是這麼大。

其他引人注意的是，這間牢房不靠牆，位在區塊中央，四面都是柵欄。因此，其他犯人能完全看見我們的一舉一動，根本是故意刺激人羞恥心的舞台。

「…………」

如此環境當中，坐在我正前方的她姿勢撩人到不行。

由於她只有一件薄薄的便衣，又是屈膝抱腿的體育課坐姿，大腿內側的間隙能看得很清楚，意識自然會被大腿的分合吸引。好想被那雙健康緊實的下肢用力夾一次。

「…………」

真是的，衛兵到底在想什麼，怎麼男女關同一間。

這種客房服務真是太棒了。

但話雖如此，我也不會盯著她看，讓她對我太有戒心就不好了，我希望她盡可能放鬆。所以我一面裝作對牢房構造十分好奇的樣子，少量多餐地偷瞄。

「…………」

瞄瞄瞄。

瞄瞄瞄。

瞄個不停。

就像在電車上，對面坐了個迷你裙高中妹，而且只顧和朋友聊天，腳愈聊愈開那樣。那種興奮和期待促動著我的視線。

能看得這麼爽，坐這牢值了。

「……喂。」

視姦片刻後，對方忽然對我說話。

而且口氣很差。

「什麼事？」

「不要一直偷瞄我，煩死了。」

整個露餡了嘛。

不過她似乎沒看出我在看哪裡，沒有改變坐姿。太好了，勉強過關。這時就稍微討好她兩句好了，怎麼也不能讓她發現我視線的位置。

「不好意思，妳美得不像是會坐牢的人……」

「閉嘴，被你這種罪犯拍馬屁，我才不會高興！」

「不，妳誤會了。他們抓錯人了。」

「壞人哪個不是這樣說！」

「這麼說的話，人在牢房裡的妳不也是一樣嗎？」

「我……我才不一樣！我是被人栽贓！是冤枉的！」

「那就和我一樣嘛。」

「不要拿你和我相提並論！」

「…………」

這年紀的女孩真難搞。

不過從我的這副尊容來看，這也是沒辦法的事。就算舉止再怎麼優雅，本身還是悲劇，再加上關在鐵籠裡，誰也不會想靠近。我自己都不想。

「…………」

「…………」

沒辦法，先老實點吧。

偷瞄也要從十秒一次改成一分鐘一次。

好，這樣就應該沒問題了。

沒什麼好急的。

穩住節奏慢慢來。

如果一天活動時間有十二小時，就能偷瞄七二〇次。

*

瞄啊瞄啊瞄地幾十次以後。

我忽然注意到一件事。

她可愛的大腿根部怎麼有傷呢。傷痕不大，只有指甲大小，已經止血結痂了，她自己也沒有覺得痛的樣子。

然而這對玉腿上的傷嚴重減損了這片美景，事態嚴重。

既然有這個好機會，我就試試神賜給我的魔法吧。

「…………」

痛痛飛走吧。

我偷偷念咒。

瘡疤瞬時縮小。喔喔，好厲害。沒幾秒就從皮膚上完全消失了耶。這就是治療魔法的力量嗎？使用之前還半信半疑，目睹成果以後整個爽歪了。

「…………」

然而另一方面，她本人沒有察覺傷口已完全治癒，看來沒有我想得那麼嚴重。很好很好，魔法用起來比我想像中容易多了，好想找個更重的傷來試招。

有沒有其他對象呢？

我隨意到處看看，在鄰鄰房發現了目標，是個躺在草蓆上咿嗚呻吟的女性。仔細一看，發現她雙目皆毀，有條眼淚般的乾涸血痕。

「……好。」

下個就是她。

我和剛才一樣念咒。痛痛飛走吧。

隨後發生的也和先前一樣，傷口快速癒合，儘管沾在皮膚上的血液沒有變化，開放的傷口同樣是幾秒就迅速堵住，雙眼重拾原來的光輝。

「！」

對方也很難不察覺自己身上的變化吧。她猛一坐起身，這邊看看那邊看看，動作很忙碌。

被她發現就麻煩了，於是我便早早轉換目標，回去看大腿。

「…………」

感覺做了點善事。

就像網遊裡在路邊幫新手補血那樣。

再來，找下一個獵物。

喔，找到了。

斜對面的牢房。

這個是雙手都被打爛。哇，好噁。真的假的。他一副死魚眼，完全是不曉得明天該怎麼活下去的表情，感覺馬上就要去跳中央線了。

不過，我照樣要把你治到好。

罪犯也該有最基本的人權吧。

奧義，痛痛 Go away。

和前兩次比起來，我稍微多集中了點精神，結果很讓人驚訝。這傷也好得太快了吧，快到連恢復過程都看不清楚了。感覺就是扁掉的部分突然膨起來一樣。

好強。治療魔法好強，這下有趣了。

既然這樣，看到誰我就治誰。我這間牢房位在樓層中央，四周又都是柵欄，視野很好，加快了我搜尋&醫治的速度。

由於從逮捕到入獄的過程中，人犯多少都會受點傷，只要看得見，我都送個治療魔法過去，視線範圍裡的所有囚犯也都因此無傷無痛了。每次效果都好得嘆為觀止。

「……呼。」

告一段落後，我有種成就感。

同時身體似乎有點不太一樣，全身都充滿力量，好比短時間內猛灌了一大堆能量飲料，附帶難以言喻的充實。

發生什麼事了？

這種狀況就是屬性畫面出場的時候。

名字：田中
性別：男
種族：人類
等級：3
職業：無
HP：209／209
MP：90500000／90500000
STR：30
VIT：20
DEX：31
AGI：29
INT：5702000
LUC：12

喔，升了兩級耶，好棒。

ＨＰ變多真是太好了。

只有九實在讓人放不下心。

雖然對於怎麼這樣就升級有點疑問，不過升了就升了吧，不會有什麼壞處吧。

「你偷偷摸摸在幹什麼？」

這時，突然發生來自室友的對話事件。

真是太棒了。

疑問以後再說，現在要全神貫注在與巨乳妹對話上。

「咦？啊，沒事，只是在想事情。」

「你散發出魔力的感覺，可是我要告訴你，那是沒用的。在這座監獄裡，誰也使不出魔力。不管再怎麼用力，也只會落得從內側爆發的下場。我才不管你的死活，可是我不想被你連累。」

「這樣啊？」

「關在這裡的都不是普通犯人，這也是當然的處置。這座監獄是由法連閣下一手設計打造，全國上下內沒有任何術士能從內部破壞吧。」

「……原來如此。」

說是這麼說啦，我還是治療得很高興。

難道是我的待遇比較不一樣嗎？

無所謂，想多了也沒用。

「知道了沒？千萬不要亂來喔。」

「感謝妳的忠告。我定會萬分小心。」

「哼……」

她說這些不是關心我，真的是為了自己吧。表情依然是滿滿的厭惡。

而我自己呢，則是因為能和她對話而十分愉悅。交流真的是一件很重要的事，畢竟人是種孤獨弱小的生物。

尤其對方是個前凸後翹的大美女，被她痛罵也是美妙的交流。

「…………」

「…………」

只是，該說是意料中事嗎，很快就接不下去了。

所謂欲速則不達，就給她一點時間，免得毀了這寶貴的一步。況且我也持續活動了很長一段時間，稍微讓身子休息一下比較好。

好，就這麼辦。

我找個舒服的姿勢躺在草蓆上，等待睡意降臨。

*

有人在動的感覺使我醒來。

微微張開眼睛，在眼角處見到始終保持體育課坐姿的她改成了跪坐，而且大腿還蹭來蹭去很不安分，腰際的細微扭動勾人淫思。真想從背後欣賞。

從她緊繃的表情和臉上略顯焦急的紅暈來看，很明顯了。

「…………」

「……！」

眼睛對上了。

她隨即狠狠瞪過來。

八成是尿意當頭吧。

對了，這位小姐的屬性是怎麼樣？

名字：安妮蘿賽・雷普曼
性別：女
種族：人類
等級：36
職業：禁衛騎士
HP：4253／6850
MP：175／950
STR：2580
VIT：998
DEX：1121
AGI：1233
INT：914
LUC：707

哦，三十六級，大概是遊戲中盤的等級吧。

不不不，以最近網遊的主流觀點來說，可能還只是序盤。

職業是禁衛騎士啊，感覺地位相當高，到底是做了什麼才會進來蹲苦窯呢？該不會真的是無辜的吧。

「可以問一下嗎……」

「少……少廢話！閉嘴！」

「…………」

這是第幾次對話啦？

都說不下去。

但話說回來，她這次回話沒有先前那麼銳利。

可能是因為注意力被其他事分散了。

「妳怎麼了？臉色看起來很差，還好嗎？」

「我不是叫……叫你閉嘴了嗎！」

在牢房這種對外隔絕的空間還要憋尿，真值得我為她自尊之高敬上一杯。無論她再會忍，屈辱的一刻終會到來。年紀尚輕的她，不知道這種事愈是忍耐，最後的畫面就愈是甜美。

「忍耐對身體不好喔。」

「……！」

看來她以為我沒發現。

表情忽然一繃，好可愛。

「你……你什麼意思？」

「我會把眼睛閉好，妳就隨意處理一下吧。」

「你……你這傢伙……！」

她瞪得更凶了。

而且手下意識地探往腰際，從她的頭銜看來，多半是在找劍柄。可是她現在身上只有一件薄薄的便服，想要武器根本作夢。

「可惡！誰……誰要在你這種罪犯面前……！」

「就說我是無辜的嘛。」

「少騙人了！少騙人！」

儘管左一句不要右一句不要，極限仍是分秒近逼。

女騎士保持跪坐，身體開始小幅搖晃。再繼續撐下去，也不可能等到幸福的未來，然而她的女性尊嚴就是不許她在男性面前排尿吧。

如果我是大帥哥，她說不定會比較順從一點，甚至發展成大方掰開尿給我看的情況，這樣就是雙贏的結果。要恨也只恨我顏值太低。

「唔……唔唔……」

「那個，妳真的不要緊嗎？憋久了會生病喔。」

「少廢話！我才不想尿尿，絕對不想尿尿！」

「…………」

好想狂搔她側腹。

這裡搔那裡搔，讓她噗唰一聲洩個沒完，一起感受那份溫暖。

「嗚嗚……」

這位禁衛騎士抖得愈來愈厲害。

最後還站了起來，大概是坐不下去了。她背對我，不自禁地用手往膀胱處一次一次地壓，要它聽話。明顯是抑制尿意的行為。

「妳還好吧？」

「我只是有點坐太久而已！不用你這種人雞婆！」

「…………」

「啊啊，一直坐著會讓身體變遲鈍！變遲鈍！」

完全是見到廁所客滿，門口還大排長龍，屎尿在滾的廁所難民。然而她就是不肯承認，為賭一口氣而想熬過這當下的尿意。

「……妳臉色看起來很糟耶。」

「哪……哪有？我沒事，完全沒事……」

總覺得看不太下去了。

為她可憐的感覺都強過了色慾。

可是我還是想看她失禁。

「自己尿出來總比失禁好喔……」

「誰會失禁啊！」

禁衛騎士大叫了。

就在這一刻。

啾嚕嚕嚕嚕嚕，牢籠中響起祥和舒爽的聲音。

那涓涓細流順著大腿一路向下，在她的腳邊堆起水窪，且逐漸擴大。而這泉水的源頭，則是依然繃著臉，一副不敢置信的樣子，但眼睛看的卻是自己腳邊。

潰堤了。

大壩潰堤了。

「啊……啊啊啊……」

女騎士的肉體猛然一震。

「怎麼會……」

流個不停的晶露，還沿著地板流到我腳邊來。

怎麼辦？

移開腳會比較好嗎？可是那說不定會傷她的心。然而就算不躲，她也可能會嫌我噁心。

可惡，這是個至關重大的決定。

就我個人意願來說，我是想先藉此機會試試鞋底的防水能力。

不然雨天滲水會很難過。

未雨綢繆很重要。對，非常重要。

「…………」

嗯。

問題發生不久後，禁衛騎士的尿液流啊流地，沖過我敗給欲望的皮鞋，濕痕向前再向前地擴張。

直到最後，我的腳都沒挪開。

我的皮鞋竟有幸沾上金髮碧眼性感女神的尿，這樣的喜悅令我無法抗拒。我再也不洗這雙鞋了，要穿到爛為止。我過往人生中，從沒有這樣的豔遇。

叮鈴～我能聽見心中的CG畫廊多了一格的聲音。

「那個……不嫌棄的話，就拿去用吧。」

我臨時想起褲袋裡有包面紙，掏出來遞給她。

但她手伸也不伸。

＊

我入獄已有一天之久。

禁衛騎士妹妹失禁之後就再也沒有任何反應，不論我怎麼說話，她連吭也不吭一聲，用體育課坐姿封閉自己。腳鐐扣在那裡，想脫下濕內褲也不行。

「那個……」

「…………」

她連「煩耶，閉嘴」都不說了。由於牢房裡只有我倆，這氣氛很不舒服。一次失禁就這樣，下次尿來不曉得會是什麼狀況。

「…………」

光是想像就快受不了了。

在我胡思亂想時，牢籠外忽然有有人出聲。

「梅……梅賽德斯，還有那個男的，吃飯了！」

女人的聲音。

而且滿可愛的。

我自然而然往聲音望去，果真見到外頭有個女衛兵。中分褐髮和高額頭很顯眼，外表相當年輕，還不到二十歲。胸臀不怎麼立體，但身材和失禁衛騎士一樣經過鍛鍊，深有魅力。

尤其是金屬鎧甲主要是用來保護大腿以上，膝蓋以下又以罩著金屬靴，大腿部分像戰國時代的步卒那樣大片裸露。而且她的腳非常長，加上凹凸有致的肌肉在陰暗監獄中勾勒出的陰影，真是性感到不行。

好想舔個過癮。

像無尾熊一樣抱著她的大腿，狂舔三小時。

「趕快吃一吃，吃完以後盤子放回原位！」

看來是來送飯的。

女衛兵從牢籠底下的些許空隙將四方托盤推進來。髒髒的扁盤裡只有少許看似玉米湯的湯水，還沒什麼料，盤邊有個圓滾滾的麵包。

看起來不怎麼好吃，不過犯人的食物就是這麼回事。胡亂抱怨反被盯上就糟了，乖乖地吃吧。

「謝謝妳。」

「這是我分內的工作，沒有受犯人感謝的道理。」

我不經意地往室友瞄一眼，發現她也盯著女衛兵看。視線在對方的臉、胸、大腿、臉、大腿、大腿來來去去。

看來褐髮妹妹的大腿即使在同性眼中也很引人注意。不過就我個人而言，騎士妹妹的大腿也不遑多讓。能感覺到想被那四條大腿夾得全身無法動彈的欲望逐漸高漲。

話說回來，女衛兵叫失禁衛騎士妹妹梅賽德斯，會是綽號嗎？既然知道了，以後就這樣叫她吧，這樣比較有好麻吉的感覺，超棒的。

「…………」

「…………」

女衛兵和梅賽德斯仍在默默相視。

並維持了幾秒鐘。

先開口的是女衛兵。

「……就這樣。有……有哪裡不滿嗎，梅賽德斯？」

「……！」

「看來妳過得不錯嘛，瑞秋，真是太好了。」

「怎麼了？」

「沒……沒什麼！我這就告辭！」

女衛兵被叫到名字時的表情極為緊張，看來和梅賽德斯是舊識。

她慌慌張張地轉身，快步離開牢房前。

靴子踏響石頭地板的喀喀聲，也很快就遠去不見。

「…………」

「…………」

最後只留下我和梅賽德斯兩個。

即使只有粗食能吃，一整天沒吃東西的我見到它，肚子還是會咕嚕響。我再怎麼樣也不會浪費這難得的食物，自然就伸手去取，將兩個托盤拖一個過來。

室友也跟著照做。

兩個人窸窸窣窣地動手動口。

「…………」

「…………」

難得吃頓午餐卻一句對話也沒有，好寂寞。

都和美女同住一個屋簷下了，未免也太可惜。

一如所見，這頓飯並不多，很快就吃完了，連五分鐘都不到。將空盤和托盤都擺回原位以後，又無事可做。

「…………」

「…………」

好無聊，無聊死了。

不如睡覺。

我在草堆躺下。

還不知道這樣的生活會持續多久。據說這種時候就要盡量讓身體休息，儲備體力。如果好運作個春夢，還能獲得活過明天的勇氣。

肚子裡裝了點東西，讓我躺沒多久眼皮就開始沉重，腦袋發昏。最近過得很忙，像這樣悠哉度日也不錯。

躺了一陣子——

「唔……」

近處忽然有陣呻吟，聽起來不太舒服。

起身往聲音來處看，原來是禁衛騎士梅賽德斯。她兩手按著腹部，不曉得怎麼了。

而且和昨天一樣跪坐，蜷著背捧腹，表情極為凶險。與昨天的失禁相比，看起來更為焦急。

對她來說，跪坐就是戰鬥架式吧。

「……那個，難道說……」

「少……少廢話！我沒怎麼樣！沒事！」

她的肚子卻跟著這一吼啾嚕嚕地叫。

「唔唔唔唔唔……」

原來如此，看來這次是大的那邊。

然而腸子是種愈是念著不要出來、不要出來，就愈是敏感的東西。

而且那啾嚕嚕嚕、啾嚕嚕嚕的聲音也違背她本人意願，別說響個不停，還愈叫愈激烈，可見裡頭存量非同小可。算是千呼萬喚屎出來吧。

也可能是剛才的食物不乾淨。

「那個，這真的是盡早處理比較好喔……」

這實在不能和昨天的事相提並論。

因為我也會遭殃。

要是床邊噴了一攤屎，就算是美女的產物也很難受。

「你在說什麼！找人麻煩也該有個分寸吧！」

表情急切地捧著肚子的梅賽德斯，就快面臨世界末日了。

她的背部弧度真的很危險。

「我眼睛會閉起來，也會轉過去啦。」

「哼，我……我聽不懂你在說什麼喔喔喔喔……」

竟然還「喔喔喔」起來了，真的是發射倒數前五秒了吧。

「我都懂。那妳懂嗎……」

咕～啾嚕嚕嚕嚕嚕嚕噗嗶。這一次特別大聲。

最後的可愛旋律透露出致命的氣息。

「……快……快點！拜託妳不要再撐了！」

「唔……嗚……呃唔……」

那已經不是女性的呻吟法。

已經掩飾不下去了吧。

「這邊，在這條溝上！快點！」

「不准看喔！絕對不准看喔！敢看就宰了你！」

「不會看啦，趕快上一上！」

「唔咿嗚……」

禁衛騎士捧著肚子小步小步趕往溝邊。那模樣讓人覺得她的腳鐐手銬實在是發揮了無上的功效。非常落魄、悽慘、可悲，見者無不雞雞硬硬。

就結論而言，總算是平安避開床邊有屎的悲劇。

真是太好了。

＊

這樣的苦窯生活又過了幾天。

完全喪失對話的我倆，關係就和結婚十年，開始嫌彼此缺點礙眼而認真考慮分居的熟年夫妻沒兩樣。我們各在以牢房中央以點對稱方式保持距離，別說心的距離了，身體的物理距離也很遠。

「那個……」

「…………」

拉肚子以後，梅賽德斯完全關進了自己的殼裡。

沒辦法，只好另外想法子殺時間

在這個什麼也沒有的鐵籠裡，想消遣一下也很難。

於是我將注意力轉往牢房外，尋找傷患，可是這幾天我把視線所及範圍內的囚犯全治好了，無人能醫。

實在是閒到不行。

於是眼球自然就開始亂動，往梅賽德斯飄。身為男性，就是無法不偷瞄體育課坐姿那大腿之間的縫隙，全都得怪那對讓人想狂舔的美腿。

而且最根部的布料還陷入肉裡，那條直線皺褶真是銷魂到極點。

「…………」

閒還是很閒啦，但我還是想繼續閒下去。

這間牢房就是有這樣的魅力。

然而這幸福的視姦時光，很快就被其他人的聲音宣告終結了。

「喂，小姐！大叔！」

「……？」

我往聲音來處看。

不知為何，竟然有個囚犯樣的人在牢籠之外，而且就是日前斜對面那個被我治好爛手的男人。現在他兩隻手在我們的牢房吊鎖喀恰喀恰地摳摳挖挖——啊，打開了。

喀鏗一聲脆響，勾在牢門上的鎖頭掉在地上。

唯一的出入口也即刻敞開。

「小姐、大叔！要跑嘍！」

「咦？你怎麼出來的……」

我忍不住問。

見到這狀況，就連裝死的梅賽德斯也有反應了。她抬起壓在膝部的頭，非常驚訝地瞪著入侵者大吼。

「你……你做什麼！」

「哎喲，拜託別吵啦。被衛兵發現就麻煩了。」

「……！」

梅賽德斯也是受囚之身，自然就啞了口。男子快步走近她。

突然的接近，使脫糞系女騎士身子一繃。

但男子不予理會，一邊隨口打屁，一邊用小鐵絲迅速解開她的手銬腳鐐。

我們似乎是得救了。

「直到上個月還鬧得首都一帶滿城風雨，人稱義賊大盜俠氣哥就是我。這種程度的鎖啊，我靠一根鐵絲就夠了。」

原來如此，難怪要砸爛他的手。

看來他的手腳很不乾淨。

在牢裡遇見這種人也是很正常的事。

「不過後來不小心栽了個跟斗，結果就跟你們看到的一樣，被關進來了，而且雙手還被砸爛。原以為我已經玩完了呢。」

「這……這樣啊……」

喀鏘。伴隨一聲輕響，梅賽德斯的手銬脫離了她的手。

然後腳鐐也是一樣。

「結果不知道怎麼了，我的手突然復原了。而且不只是我，牢裡其他人的傷也一夜之間全好了。」

「…………」

這個狀況肯定是很不妙吧。

能感到背上冷汗直流。

「不過管他為什麼，能跑就要趕快跑啦！」

自詡大盜的男子爽朗地咧嘴而笑。

「再乖乖待一會兒就好，我去開其他牢房。我要把所有人一次全放出去，來一場帥氣的大逃獄！」

「…………」

有種不小心釀成大禍的預感。

這是會捲入所有囚犯的逃獄行動，且若梅賽德斯所言為真，這座監獄關的都是較為特異的犯人。事實上，這個自稱大盜的人也是兩三下就用一根鐵絲開了好幾個鎖。

糟糕，這下不妙啊。

可是現在才後悔昨天的過錯是為時已晚，都太遲了。

俠氣哥前往其他牢房後，接連展現他精湛的技術，拆下吊鎖。一個、兩個、三個、四個，好多好多。甫一回神，獲釋的囚犯都陸陸續續離開牢房。

被關進這裡的人大半都自由了。

牢裡自然吵鬧起來。

而管理者自然也會察覺牢裡的異變。

「吵什麼？」「喂喂喂，犯人怎麼都跑出來了！」「啥……」「怎麼回事，他們都在外面！」「喂喂喂喂，這玩笑開大了吧！」

「等一下，這可是法連大人打造的監獄耶！」「該不會是那個盜賊開的鎖吧？」「不可能，他的手已經完全砸爛了啊！」「糟了！眼睛挖掉的魔女也好了！」「真的假的……」

那都是獄卒和衛兵的對話吧。隨後有眾多腳步聲亂哄哄地朝這裡接近。

另一方面，準備面臨大陣仗的囚犯們不知都是什麼來歷，一點害怕的樣子也沒有，全都無畏地在監獄走道上備戰。

「太好啦！那我的工作就到此為止了，再來就拜託你們啦！」

自詡大盜的人在監獄一角高聲大喊。

被他釋放的人們跟著應聲。

「好啊！到了這一步也只能硬幹了！」「這實在教人熱血沸騰啊！受不了啦！」「自由啦！可以呼吸到外面的空氣啦！」「又可以到處玩女人啦！」「弟弟雞雞！我要吃好多弟弟雞雞！」

每個人看起來都是幹勁十足。

我隨性看看他們的長相，發現全都見過。不只是關在其他牢房裡的人，還是我昨天治療魔法的對象。他們前仆後繼地聚集，擺好架式準備反攻進逼的衛兵。

不久兩軍相接，一場小戰亂爆發了。

「喔……喔喔……」

所望之處，衛兵和囚犯已經打成一團。

戰況慘兮兮，完全是一面倒。

面對尋求同一出口的大批囚犯，衛兵們實在脆得可以，再怎麼舞劍弄槍也照樣被空手薄衫的囚犯打得落花流水，連衣物裝備都被搶走。

既然如此，我也沒有退路了。

好歹要低調一點，偷偷逃走。

「騎士小姐，我們趁這機會快逃吧！」

「什麼！你這罪犯也敢逃？」

「就說我跟妳一樣是無辜的嘛！再說，如果待在沒上鎖的牢房裡，事後衛兵會怎麼搞我們還不曉得，說不定會加重我們的罪呢。」

「唔……」

「我會幫妳逃走的。」

該說的話已經說了。

再來只看她自己怎麼抉擇。

想著想著，結果梅賽德斯自己先開溜了。她追過先走幾步的我，唯恐不及地奔出牢外。

「啊，至少讓我陪妳跑一段嘛！」

一個人逃跑有點孤單。

更重要的是，我想看梅賽德斯狂奔時波波蕩漾的奶子。好想跟在旁邊看。我知道她沒穿胸罩。光是想像那對巨乳會搖成怎樣，五十公尺八秒就穩了。

就這樣，我在這團混亂中和其他囚犯一起跑出監獄。

該怎麼說呢，感覺就像東京馬拉松剛起跑後的狀況。然後前方還有檀香山馬拉松的參賽者衝過來，一路大亂鬥。

對力氣沒自信的人，都爭先恐後地從旁迂迴逃竄。

趕來阻擋的衛兵全被領先集團的凶暴囚犯搞得天翻地覆，無暇追捕我們這些小咖。一個又一個地，囚犯們趁隙溜出監獄。

由於監獄設於地下，出入口有段階梯。

這段狹窄的梯道，讓人想起東京某地下鐵出口的階梯，根本是絕佳的迷你裙視姦點。只恨那邊年齡層偏熟女，其實沒什麼好看的。但現在不同，眼前是青春俏麗的重量級屁屁，真是太美妙了。

我就這麼瞻仰著梅賽德斯肉肉的屁股，往上爬了四十五階。

出口一到，炫目的陽光就把我的視野照得一片白。

看來外頭是白天。

「這邊！」

跑在脫離戰線組最前頭的就是那個自詡大盜的人。他似乎在帶領其他緊跟在後的囚犯，確實選擇兵力少的路線。多虧於此，我們一路沒有遭遇任何大威脅，離開當前位置。

爬過一段階梯，我們來到由高石牆圍繞，看似中庭的區域。腳下是短短的草皮，到處有紅磚鋪成的步道。步道另一頭，連接的是石造建築的外廊。

我們就在這裡頭沿著牆壁往出口跑。

「出了那裡就自由了！」

四周已經像捅了蜂窩般大亂。

怒吼和哀號此起彼落。

才從階梯移動了數十公尺，我們就已經來到看似後門的圍牆盡頭。盜賊用飛刀一擊撂倒站在門兩側的衛兵，並帶頭衝出牆的另一邊。

當然，跟在背後的我們也都衝了出去。

牆外就是大片平凡的街景。

「唔，我竟然像賊人一樣逃跑……」

跑在我身邊的梅賽德斯表情極為不甘地呢喃。

「別這樣說嘛，沒命的話不就什麼都玩完了。」

「你給我閉嘴！不要拿我跟你比！」

「…………」

我隨口應個話，結果她賞給我至今最凶的態度。

那麼現在就應該安分點，偷偷欣賞她的奶子就好。

梅賽德斯上下劇烈跳動的乳房真是太可愛了。

一次就好，真想在死前用它們抹抹臉。

當我這麼想著，鑑賞她因衣物摩擦而勃起的乳頭形狀時——

「……！」

我發現梅賽德斯另一邊的高牆上有衛兵從旁舉弓，

且箭頭無疑是指著她。正從側面視姦她奶子的我百分之百肯定。

「危險啊！」

「！」

我倉促之間往她一撲。

意外的撞擊使乳搖女騎士摔倒在地。

我也跟著滾了幾圈。

雙臂和腹部的女孩柔軟感觸，令人飄飄欲仙。然而這份幸福極為短暫，下一刻，我的側腹冷不防一陣劇痛。

定睛一看，恭喜老爺賀喜夫人，那枝箭竟然射中了我。這時候實在不該發生這種事。

「唔唔！」

痛到我連叫都叫不出來。

只能一手抱著肚子掙扎。

至於被我另一手抱著的她——

「混……混帳東西！你這變態！」

梅賽德斯急著擺脫我這個蓋在她身上的和風臉而猛踹我的腹部，並以前手翻的方式起身，接著再往我用力踹一腳，漂亮擊中後腦杓。

「嘎……」

眼前白了一下子。

她的角度似乎看不到我肚子上那支箭。

現在我變成抱著頭猛甩雙腳的慘況。

而梅賽德斯冷冷瞪著我，對我吐口水。

「去死！馬上給我死！」

她短短丟下這句話就和其他成群結隊的囚犯一起逃走。

完全被她誤會了。

「可惡，沒射中！快追！追那個女的！」「她往鎮上跑了！」「那個男的怎麼辦！」「別管他！看就知道他是連強姦犯都當不了的爛屌！」「就是說啊！」

至於我呢，則是被丟在原處。

許多士兵匆忙跑過我身邊，繼續追梅賽德斯，其中還有人趁機踢我。怎麼老是又踢又踩的啊。

大概是他們認為丟著我不管，我也遲早會嗝屁吧。

換言之，我的傷勢在他們眼中是致命地重。

看來我的價值比梅賽德斯低多了。

「糟……糟糕……」

痛死人了。

痛到我覺得自己會就此往生。

在衛兵追趕下，囚犯們馬不停蹄地遠去，完全沒有互助精神。這也是當然的吧，他們是囚犯，不會平白坐牢，這樣才正常吧。是我也不會為一個噁心大叔停下來。

因此只有我一個被丟在這裡。

我的天啊。

到此為止了嗎？

不，現在放棄還太早。

「快……快治療……」

我忽然想起技能表。這一刻能救我的只有治療魔法了。我的能力強到砸爛的手和挖掉的眼球都能瞬間治好。

拜託。

我以祈禱的心情狂念痛痛飛走吧，希望能夠得救。

＊

就結論來說，治療魔法真是屌爆了。

以魔法力治癒傷口時，我的視線裡已經沒有半個衛兵或囚犯。追人的和被追的似乎全跑光了。

「……得救了嗎？」

我自言自語地這麼說，試著讓狂跳的心鎮靜下來。

治療魔法讓我脫離了危險。

不只傷口完全癒合，整副身體也健健康康。現在該對讓我平安存活的自己喊聲萬歲吧。太好了太好了，還以為死定了。

「…………」

雖然繞了個大遠路，但無論過程如何，我發現自己總算是真正進入這座城了。

心裡這些令人在意的事，就先擺一邊吧。

何況那都是亂押我入獄的那個衛兵的錯，事情弄成這樣也怨不得我。我在心中說著這樣的藉口，把自己的行為正當化。

誰也沒發現治療魔法是我放的，不會有問題才對。

安啦安啦，沒事的，不必介意。不必。

「…………」

先離開這裡再說吧。

在這裡待太久，又被衛兵看見就麻煩了。

決定了就開始行動。

走著走著，我很快就來到人來人往的大道。路幅約有七到八公尺，大致像假日的淺草雷門路那麼熱鬧，嘈雜得讓人覺得到這裡就可以安心了。

望著眾人的模樣，我也終於有開始生活的感覺。

可是這麼一來，幾個問題也開始浮現。

第一個就是今天晚餐的著落。

「我需要錢，錢……」

會坐牢也是因為身上根本沒錢。外面和睡一整天也有飯吃的牢獄生活不同，食物得用自己的手來掙取。

去賺錢吧。

當前要克服的目標是殘酷的現實問題。

那麼，在這種時候就要靠那個了。

轉生拿外掛能力來到中世紀歐風世界，就該當個冒險者找公會接任務吧。

「沒錯，到冒險者公會去吧。」

即刻成行。

冒險者公會

Guild of Adventurer

沿著大道攔了十幾個人問話才終於有人肯搭理我，告訴我冒險者公會的所在地。按照指示走了半刻鐘，便平安抵達目的地。

最後替我報路的是個不知名的幼女。

真是感激不盡。

下次再見面，一定要鄭重答謝。

「這裡比我想像中大好多啊……」

冒險者公會的是個外觀很牢固的石造建築，共有三層樓，佔地約有百坪規模，比一般大型餐飲店還要大上幾分。透過窗口可以見到許多人在裡頭鑽動。

「一定是要接任務的啦。接任務。」

我推開西部劇酒吧那種半掩的雙開推門，進入會館。

不出所料，裡頭各個神情精悍，全都是不折不扣的冒險者。幾乎所有人腰間都佩帶劍或匕首，披戴鎧甲的人相當多，穿袍子的法職也不少。

氣氛真是奇幻到不行。

隨意在公會裡看著看著，發現有個人盯著我看。

「……！」

好恐怖。為什麼會被不認識的人這樣找碴啊，打架了怎麼辦，還是說打架也是日常生活的一部分？那麼言行舉止得多小心一點才行。

我渾身哆嗦地前往櫃檯。

「不好意思，我想報名冒險者賺一點錢。」

櫃員是個年紀與我相仿的大叔。

我對這個光頭的肌肉猛男坦白說出我的意欲。

「啊？你真的想當冒險者？都老大不小了耶？」

「唉，不好意思，老大不小了。」

「…………」

光頭肌肉男突然一副為難的臉。

好像徵二十歲員工卻來了個四十歲的。

要推掉也有點罪惡感。

「好吧，你就在這張紙上寫點名字之類的資料。」

「好。」

糟糕。

點了頭才發現問題。怎麼辦，我不認識這國家的文字，不會寫也看不懂。真的一個字也不行，大概和第一次見到阿拉伯文一樣謎。

苦惱一會兒後，我決定老實說出來。

「不好意思，我不識字。」

「啥？那你用說的，我幫你寫。」

「啊，謝謝。」

危機意外地輕鬆解決了。

可能識字率本來就不高吧。

我乖乖點頭，說出個資。

「名字？」

「田中義男。」

「據點？」

「這裡。」

「年紀？」

「三十六。」

「Class？」

「Class？Class，呃……三年A班？」

「……啥？沒聽過這種 Class。」

「這樣啊……」

Class 到底是什麼東西啦。

「算了。再來，你有什麼專長嗎？」

他每問一句就像砍我一刀一樣。

對象是我這種三十多歲的和風臉，這也是當然的吧。

如果立場對換，我遇到這種狀況也會比較馬虎。早點結束對雙方都好。

「呃，大概就只有電腦吧。」

「電腦？」

「對。」

「……算了算了，就電腦吧。電腦。」

經過幾次問答以後，總算把櫃檯上資料單上的空格填完了。

看來手續就是到此結束。

「好，這就是你的公會證。」

「謝謝。」

最後還給了我一樣東西。

那是個金屬牌，大概是集換式卡片的大小。牌上刻了一些字，不識字的我完全看不懂。是不是該從頭學起才穩當呢？

從零學習新語言，對三十多歲的人來說實在不容易。

「別弄丟嘍。」

「是。」

「再來就去森林隨便獵幾個哥布林吧，要是打不贏就去摘藥草，公會每樣都會用合理價錢收購。這就是F級的你現在能做的事。」

「知道了。」

「那就去吧。」

肌肉男說完就往其他地方看。

看來手續是真的結束了。

那麼再待下去也沒用。

就去找那個哥布林和藥草吧。

*

我依照光頭肌肉男的指示離開城鎮。

出城時腳一跨就出去了。

進城時只要出示公會發的證件即可。似乎只要進過一次城，身分就能受保證。這也太鬆了吧。說不定是這座城規模太大，也只能這樣管理。

出城以後，我朝森林不停地走。所幸森林不久就出現在視野中，路上沒有迷路問題，默默走了半刻鐘就順利抵達目的地了。

「……還真的就是森林。」

我站在森林與草原的交界喃喃地說。

「來找這個藥草吧……」

等等，在那之前我想喝個水。

這幾個小時我一滴水也沒喝過，喉嚨乾死了。

「希望附近有河流。」

還要順便洗衣服。

中箭害我的衣服到處都是血跡。現在用客觀角度審視自己的外表，實在是超乎想像地難堪。這年頭的流浪漢說不定行頭都比我好。

「…………」

煩惱這也沒用。

現在只能靠這雙腿了。決定當前目標後，我便走入森林中，沙沙沙地踏著腐植土走。在濃濃土香的無徑之路上，稍微變熱而使額頭汗流不止的氣溫中強行軍。

然而很不巧，不管怎麼走就是找不到河流。

不過這裡長這麼多樹，所以我相信遲早找得到而默默地走，告訴自己不可能找不到而策動雙腿。撥開蓊鬱的草木，往看不見的清流前進。

從城鎮規模來看，附近一定有河川之類的水源。

我就這麼走了快一個小時，成功把自己搞到迷路了。

「……我應該走得很小心才對啊。」

野外尋物對坐辦公桌的人還是太難了。仔細想想，我已經好幾年沒在沒鋪柏油的地方走，更別說這種連路都沒有的山嶺。看來我太小看森林了。

「是我活該嗎……」

怎麼辦？

城鎮不曉得在哪個方向。

治療魔法能消除雙腳的疲累，卻無法解渴，那麼恐怕也治不了飢餓。聽說沒有任何死法比餓死還痛苦。這樣下去很危險，絕望就在我身邊打轉。

比起哥布林和藥草，飲水和食物更重要。

最需要的是能讓我找到城鎮的羅盤。

「喔喔喔喔喔喔喔喔喔喔喔！」

害怕起來的我吼叫著前進。

這時，我發現前方有個形似哥布林的生物。

「出現了！」

對方也注意到我了。

「……人……人類……」

不過，他沒有直接抄傢伙攻過來。

大概是因為他的傷。

這個哥布林腳受了傷。大腿有個大裂傷。

「喔呼，這傷口看起來好痛。」

「唔……完蛋了嗎……」

哥布林舉起手上的劍，可是雙腿抖得好厲害。劇烈出血使他腳邊堆起一片血池，若置之不理，再過幾分鐘就不免一死。即使是我這個坐辦公桌的貧弱渣男，用地上樹枝使勁一戳也能撂倒他。

可是，我怎麼下得了這個手呢。

「哥布林啊，我們作個交易吧。」

「……交易？」

「我幫你療傷，你帶我到河邊去。」

「什……麼……」

「不行嗎？」

「…………」

負傷哥布林稍有逡巡。

他似乎視力開始模糊，眼眨個不停，表示他真的離死亡不遠了。一旦喪失意識就再也醒不來了吧。

這狀況也成了推手。

「那好吧……」

對方很快就點了頭。

選得好啊，哥布林。

「好，待會兒可不要恩將仇報啊。」

也罷，擔心這個也沒用。

該死就是得死。最後就是曝屍荒野，和餓死渴死沒什麼不同。

「開始嘍。」

傷口癒合吧。

我在心中默想。裂傷跟著發出微光，逐漸癒合。

我不知道這個法術具體上叫什麼名字，但實在很厲害。即使已經用過不少次，到現在還是看不慣。用這種法術療傷不會太犯規嗎？

「……傷口……恢復了？」

「好啦，就這樣了吧……」

等傷口完全復原，我便停止念咒。

「這就是……治療魔法……嗎？」

「那麼接下來，就請你帶我到河邊去吧。拜託了。」

「……好吧。」

所謂在家靠父母，出外靠朋友。

我就這麼在哥布林的帶領下，一路往河邊走。

*

順利抵達河邊了。

所以接下來是睽違好幾小時的補水時間。

「啊～活過來了……」

我順便洗洗褲子襯衫，再將膝蓋以下泡到河水裡，用潑水方式啪唰啪唰沖洗身體。洗去身上髒汙再曬到乾透以後，應該就還算能看了吧。

穿濕衣服很難過，但這也是沒辦法的事。

「謝啦，哥布林。總算得救了。」

我大口喝著河水道謝。

「……我只是，還你人情而已。」

「對了，沿著這條河走下去，有人住的地方嗎？」

「大概會有。那邊有……城。」

「這樣啊，那就能平安回去了。謝謝你。」

身體洗乾淨了，生存也有了著落。

可謂是盡善盡美了吧。

感覺身體開始湧現力氣，能助我活過明天了。

「……人類，你來做什麼？」

「咦？我嗎？」

「對。」

我一個醜男跪在河畔，用手掬水喝。

他一個哥布林站在旁邊，對我問東問西。

「我是來採草藥的，結果迷路了。」

「藥草？那是什麼？」

「大概就是磨碎以後抹在傷口上，會感覺比較不痛的草之類的。」

「……這樣啊。」

既然他問了，就順便問問看吧。

「這附近有長那種草嗎？」

「……有。」

「咦，真的嗎？」

「你在這等我。」

「啊，等一下，你去哪啊！」

哥布林留下短短一句話就走掉了。

我決定乖乖聽話，先等看看。

幸好天氣熱。現在大概是初夏時分的氣候，穿著濕透的衣褲也不怎麼冷，反而能幫助冷卻走久了而發熱的身體，冰涼涼地好舒服。

閒閒地等了幾分鐘。

哥布林真的回來了。

「……這個。」

手上抓著幾株草。

「這就是藥草嗎？」

「大概。磨碎以後，塗在傷口上，會很快好。」

「這樣啊。造型滿有特色的嘛。」

就像四葉草葉片放大一倍的感覺。

然後有八片葉子。

「……這個，給你。」

「咦？這個要給我？」

「給你。」

「真的嗎，謝謝！」

「……謝謝你，救我一命。」

「哎呀呀，你還真是個好哥布林。」

「哥布林，就是哥布林，沒有好，也沒有壞。」

「這樣啊。好吧，不管好壞，你就是你。謝謝喔。」

竟然被哥布林上了一課。

真是真理啊。

「別放心上。」

他將那把藥草交給了我。

我坦率接下，收進褲袋。褲袋並不大，但這一點還裝得下。我小心放好，以免傷了莖葉。

「別這麼說，你真的幫了我大忙。」

「那麼，我要回去了。」

「啊，好吧。謝謝你，掰掰。」

「……掰掰。」

我揮揮手，哥布林跟著揮手。

是怎樣，哥布林超 Nice 的嘛。不曉得是每個哥布林都這樣，還是他個性與眾不同，不過眼前的他無疑是個友善的哥布林。

幸好沒接消滅哥布林的任務。

以後就專採藥草吧。

＊

沿著河流走了剛過半刻鐘，森林就到了盡頭。踏出茂密樹林一步，接下來就是眼熟的大片草原地帶，在遠處能看見那座城牆很高的城。

真的有城。

平安回來了。

哥布林萬萬歲。

改天帶些糕點去答謝他好了。

此刻，我正在冒險者公會回報任務。

「哦？這不是柯曼草嗎？」

「那是什麼？」

我隔著櫃檯和光頭肌肉大叔對話。

「比任務要求的艾露娜草更貴重的藥草，這附近很少見。」

「咦，真的嗎？這樣算任務失敗嗎？」

「原本是這樣，不過你找來了更好的東西，我替你補上就行了。募集柯曼草的任務是全年無休，有大商行會跟公會買，期限有跟沒有一樣。」

原來如此，還有那種任務。

就像流浪漢撿空瓶換錢一樣。

這比喻還真適合現在的我。

「謝謝你。」

這個肌肉男看起來很凶，說不定其實是個好心人呢。抑或是成果至上主義。

「那麼，這是你的酬勞。」

「啊，謝謝。」

肌肉男從櫃檯下拿了幾枚硬幣出來。

「這麼多柯曼草，值三銀十銅吧。」

「這樣啊，謝謝你。」

我全然不懂一枚銀幣有多少價值，只能先拿再說了。噹啷啷啷。

收下硬幣以後，塞進剛才裝藥草的褲袋。

「那麼，這次工作就這樣了。」

「好的，謝謝你。」

話說這位大叔長得真的好可怕，乍看之下完全是黑手黨，對話自然就只剩那幾句。

然後就是，公會裡的氣氛也讓我很難說。在國外進到全都是剽悍白人的酒吧，一定也會吸到同樣的空氣。

像我這種體格矮小的黃皮膚和風臉日本人，待起來實在是坐立難安。可能是因為人種不同，常有視線在我身上打轉，那種感覺也很糟。

於是我匆匆離開了冒險者公會。

*

不知道錢的價值真是傷腦筋，根本人生卡關。

我便在路邊找了個幼女來問。小朋友，可以教叔叔錢要怎麼算嗎？教得好的話有賞錢喔。就這樣。

結果順利弄懂了。

一銀幣等於一百銅幣。吃一頓飯要五到十銅幣，住一晚旅舍是三十銅幣起跳，而一銅幣約等於日幣一百圓。

所以我手上大約有三萬圓。

很好很好。

給幼女三枚銅幣當謝禮以後，她就高高興興跑走了。

在日本和高中女生對話同樣長的時間，要收千圓以上，和國中女生對話會被警察抓走，光是接近小學女生就會觸發警報器。

受不了，異世界其實是蘿莉控天堂吧。

Yes Lolita，go fuck！

「得先買個背包和換洗衣物才行……」

現在我就只有這麼一套衣服，非常不好。在河裡洗過的襯衫和褲子愈來愈乾，再加上氣候乾燥，傍晚時就會乾透了吧。可是用這麼一千零一件衣服迎接明天，實在令人不安，再說它到處坑坑疤疤的。

因此，要開始逛街了。

我在大街上隨意找家店觀察行情。

二手貨比較便宜，於是我逛了幾間舊衣店，很快就湊齊上下一整套。有厚皮縫製的外套和褲子，還有類似棉質的內衣褲一類。

同時逛逛附近的雜貨店，購入背包。說是背包，其實也只是較大的皮繩束口袋，非常簡單。

這樣總共耗資銀幣一枚。

還滿貴的。

剩下兩枚銀幣。

該買什麼好呢？

這當然沒有別的。

「到了異世界就要配劍啊！Sword、blade，就是那種東西。」

四十近在眼前的中年大叔還要作劍士夢，真是笑話。

去武器行看看吧。

武器行。

我在大道上快步走動，尋找武器行。

天就快黑了。

*

找到武器店了。

一進門就看到滿坑滿谷的刀槍劍斧。天啊，怎麼說呢，好像來到這種風格的主題樂園了。

怎麼看都看不膩。劍好棒。武器好棒。整體氣氛根本就是奇幻遊戲的武器行直接化為現實。

可是價格都高得嚇人，標價沒事就三十到五十枚銀幣，貴的還能上三百。拜託拜託，這都能買一輛全新的 PRIUS 了耶。

我可沒膽把亮晶晶的 PRIUS 拿在手上揮。真的不行。

「請問……」

每樣都貴得下不了手。

希望有一枚銀幣的貨。

「怎樣？」

我試著詢問店員。

「有一枚銀幣就能買的武器嗎？」

「一枚銀幣？沒有。」

店員在櫃檯另一邊，沒什麼反應就立刻回答。

頂多只有那麼一瞬間往我瞄了一眼，真是冷淡。感覺就是工匠型的矮人。這麼說是因為從外表看來，這店員就是個矮人。

活生生的矮人耶，好棒。

「沒有啊……」

「不只是我的店，哪裡都沒有一枚銀幣就能買到的武器，沒有常識也不是這樣的。就算買得到，那樣賤賣的人也一定有鬼。」

「啊，這樣啊。不好意思，打擾了。」

「真是。不買東西就快點出去。」

「好……」

我死心離開武器行。

看來先放棄武器比較好。

我一面在街上走，一面盤算下一步。

這陣子的工作應該就是收集藥草，而最大的問題是採集地有哥布林出沒。好在今天遇到的是講道理的哥布林，但下一次恐怕就不可能那麼幸運了。

至少得準備個足以防身的武器。

「呃，有攻擊魔法就好了……」

射射火球什麼的。

可是我只拿治療魔法，沒拿攻擊魔法耶。

其實我在牢裡也想過這件事。真是大失敗。

被動

魔力回復：ＬｖＭａｘ

魔力效率：ＬｖＭａｘ

主動

治療魔法：ＬｖＭａｘ

剩餘技能點數：２

看吧，就是這鳥樣。

主動技能只有治療魔法嘛。

「…………」

且慢，左邊好像多一行出來了。

有剩餘點數？

叔叔好高興。

「只能用一用了吧。」

可是不曉得怎麼用。

再說這個視窗根本沒滑鼠能點。

不不不，等一下。

這時候只要用心想的就行了吧，戲都是這樣演的。

「我想射火球。射火球射火球。給我火球。火球火球火球。火牆其實也不錯，火箭也行，火槍就更帥了。爆炎，爆炎也很棒啊爆炎……」

我念念有詞地走。

旁人投來看見神○病的眼神，但我不管。

躲我也無所謂。

喃喃了一會兒，感覺來了。

體內爆出抽搐般的刺激。

「來啦！不知道怎麼形容，有種很紮實的感覺！」

我帶著近乎肯定的想法打開技能視窗。

被動

魔力回復：LvMax

魔力效率：LvMax

主動

治療魔法：LvMax

火焰魔法：Lv1

剩餘技能點數：1

「看吧有了，知道厲害了吧！」

多了一個技能。

雖然不曉得具體上是什麼魔法，但好歹能放點東西出來吧。如果神聽見了我的祈求，那就會是能燒盡敵人的熊熊烈火之類的。

這樣不買劍也沒問題吧。

「很好很好，今晚就能安心找旅舍了。」

穿著血衣在森林裡遊蕩到快渴死時，還不曉得自己會變成怎麼樣，但現在卻似乎能看見未來了。

有繼續向前走的勇氣。

對了，技能等級的上限到底是多少？火焰魔法以外都是Max，沒個基準。關於這世界的數字，只知道貨幣是採用十進位。

再來就是，其他人升級也像我剛才一樣，一直念著同一件事就行了嗎？完全沒個頭緒。

疑問愈來愈多，真想要攻略 Wiki。

再從路邊找個幼女來問好了。

這裡的幼女都願意聽我這種醜大叔說話，真是愛死她們了。來來來，個個有賞。話說，如果一次給個兩三銀，能不能來個全套啊？

等口袋深一點以後就來試試看好了。

「……總之，現在先吃飯吧。吃飯。」

就這麼辦。

肚子好餓喔。

＊

看太陽快下山了，走在街上的我找個居酒屋兼餐廳的店進去。

從門口就香味撲鼻。

店裡相當熱鬧，坐了九成滿。

安全滑上僅剩的吧檯空位，已經是一小段時間前的事了。現在我一邊嚼著不知道是什麼生物的肉，初嘗異世界的酒。

還滿好吃的嘛。

不錯不錯。

菜類似牛排。

酒接近德國啤酒。

兩邊我都愛。

「好吃好吃。」

菜盤馬上就被我清空了。

今天走了很多路，胃口很好。

吃完飯就來大口喝酒。

這酒真香。有酒真好。

幸好這世界也有酒。像我這種已經矯正無望的酒精中毒患者，要是轉生到沒酒的世界一定會瘋掉。真是太好了，得救啦。

灌完第二杯，我噗哈～地吐出一大把酒氣。

「啊～有酒真好。」

只可惜我沒有千杯不倒的體質，不節制一點會出事。畢竟這裡治安比日本差多了。

「不過再喝一杯應該無所謂吧。」

就再點一杯吧。

「不好意思……」

就在我舉手喊店員的時候。

冷不防有個硬物砸中我後腦杓。

叩！地一下，砸得很重。

「好痛……」

隨後啪唧一聲，是硬物在背後砸破的聲音。

是被盤子砸中了嗎？

這間店是怎樣啊？

「治療，治……治療……」

我拚命地搓後腦杓，施放治療魔法。

疼痛馬上就消了。

拜託，這間店到底是怎樣？

我帶著些許不滿向後望去。

看到的是劍拔弩張的場面。有兩個長相和冒險者公會那些人一樣凶狠的肌肉男，面對面不斷吼叫嗆聲。這畫面真是野蠻又獸性，好像隨時都會開打。

恐怖到不行。

「…………」

於是我乖乖回頭，移開視線。

被他們纏上就慘了。

「不……不好意思，我再來一杯……」

這次我比較低調地喊店員。

「……那個，你還好嗎？剛才好大聲喔。」

有個女服務生過來關心我的傷勢。

真是個好人。

她是個十五歲左右的少女，褐色的頭髮剪到齊肩，紅棕色的眼睛水靈靈地很可愛，完全就是個美少女。她勤快地在店裡打轉的模樣給人活潑印象，是個很適合穿圍裙的人。

「還好，我沒事。那個，我要再來一杯一樣的。」

「你……你還真是鎮定耶……」

「沒有啦……」

有酒就行了。

背後有人打架關我屁事。

不管。女服務生點頭受命之後就去替我斟酒了。

經過一小段等待。

覺得她差不多該回來時，我後腦杓又捱砸了。

「好痛……」

這次有鏗～的感覺。

比上次強烈得多。

我叫都沒時間叫就在櫃檯上趴倒。

隨後，地板傳來叩的低沉聲響。

大概是被木杯砸中了吧。

「治……治療，快治療……」

我急急忙忙地治療。

轉瞬間，後腦杓的疼痛就退去了。

「……受不了，這什麼地方啊。」

我往背後一瞄。

那兩個肌肉男還在那邊互瞪。

「那個，你……你沒事嗎？」

女服務生端酒回來了。

和先前一樣，視線往我後腦杓看。

很高興她這麼關心我。

「沒事，我還好。」

「真的很大聲耶……」

「不要緊。那個，可以給我了嗎？」

「啊，好，請用。」

再來吧。

不是砸我，是酒。

「啊～喝酒真爽……」

「……你……你的頭好硬喔。」

「其實也沒有特別硬啦。」

治療魔法萬萬歲。

要是沒有它，我恐怕要嗚咽個好幾分鐘吧。

「啊……」

「咦？」

女服務生錯愕一叫。

同時，我被轟地一撞。

整個人被撞出椅子，摔在地上。

完全撞飛。

那是很重的東西。

「嗚喔喔喔喔喔喔喔喔喔喔喔！」

我忍不住大吼。

到底在搞屁啊。

大吼當中，我對自己放出第三次治療魔法。

確定不痛以後才起身。

這時，我發現其中一個肌肉男倒在旁邊，剛剛撞過來的就是他吧。倒地的肌肉男似乎撞到了頭，已經不省人事。

另一個肌肉男則是得意地看著他。

「那個，這位客人……」

美少女店員表情擔憂地問。

「你……你沒事嗎？」

「……說沒事的話是沒事啦……」

竟然會有人這麼關心我這種人。

真是感激不盡。

光是她的眼神就能治癒我的心。

「……怎樣，你也想來嗎？啊啊？」

站著的肌肉男往我瞪來，掰著手指威嚇。臉紅成那樣，看來他已經喝茫了。一定是隔天醒來就不曉得自己做過什麼事的那種。

總之先看看屬性再說。

名字：歐德．馬克菲爾

性別：男

種族：人類

等級：23

職業：劍士

HP：420／709

MP：0／0

STR：170

VIT：220

DEX：121

AGI：87

INT：20

LUC：28

這我打不贏吧。

INT專精豪華主義的我裝甲薄如紙，被他佔得先機就死定了。

來不及用治療魔法就完蛋。

「並沒有……」

我安分地拉椅子坐回原處。

「哼！怕了是吧，你這個死處男。」

抱歉我是處男。

抱歉我沒經驗。

話說回來，找我碴做什麼啊。

「……對不起喔。」

總之先道歉吧。

「哈！你這個小牙籤真沒意思！」

對方似乎這樣就發洩完了，目標轉到其他地方去。

看來是得救了。我也將眼睛從肌肉男身上移開，以免再有牽扯。自然而然往吧檯上一看，發現酒竟然奇蹟似的留在原處，一滴都沒灑。

我拿起酒杯，咕嚕咕嚕地灌。

啊～喝酒真爽。

好好喝。

不過怎麼說呢，有點怪怪的。

腳邊躺了個肌肉男。

背後的肌肉男又去找別人的碴。

店裡氣氛好緊繃。

有種醉意一下全醒了的感覺。

呃，今天就喝到這裡吧。

「不好意思，我要結帳。」

「啊，好的……」

付了十幾枚銅幣以後，我就離開了酒館。

＊

在旅館住了一晚。

隔天在附近的餐廳解決早餐以後，我大清早就來到冒險者公會，希望這時間那些凶神惡煞會比較少。

然而很遺憾，雖然他們滿臉橫肉，個性倒還挺勤奮，會館裡和昨天一樣有一大堆肌肉男。也許早上和傍晚正好是尖峰時段吧。

「不好意思。」

「喔，是你啊。」

我隔著櫃檯和肌肉男櫃員交談。

對方記住我的長相了。一群高加索人種中的蒙古人種，當然是十分顯眼。四周幾乎都是西洋人面孔，精靈和獸人的長相基本上也偏歐美，扁臉的除了我以外一個也沒有。

例外就只有長相根本不像人的吧。

「你好，我想接昨天那種藥草任務。」

「噢，單子我幫你寫，你就去吧。」

「不好意思，可以先讓我看看藥草長什麼樣子嗎？」

「啊？你不知道啊？」

「也不是啦，就是想確定一下，不好意思。」

「真是的，麻煩耶你。」

肌肉男唸唸有詞地從櫃檯後的架子取出皮製資料夾，抽出幾張紙。

「這些都可以採，我們會跟你收購。」

「好的。」

紙在櫃檯上排開。

每一張都有精美的花草圖畫。

不知道是誰畫的，真是令人佩服。

我快速瀏覽，記住內容。

「謝謝幫忙。」

「我收起來嘍。」

「不好意思，打擾你這麼久。」

我們的對話很簡單。

再寒暄兩三句之後，我就匆匆離開了公會。

前往森林。

這次沿著昨天發現的河流走，以免又迷路。

*

順河不知走了多久。

進了森林又走了一段。

發現前方有個眼熟的人物。

「喔~你是昨天的哥布林嗎？」

「人類……」

哥布林出現了。是那個好哥布林。

他站在河邊注視我，與昨天不同的是懷裡抱了個小哥布林。

小哥布林呼吸又重又亂，似乎非常虛弱。仔細一看，一隻手竟然插了支箭。

中箭已有一段時間了吧，傷口像是遭到感染，潰爛得很厲害，還腫到有另一隻手的兩倍粗。

「怎麼會那樣？」

「我妹妹……快死了。」

「是喔，那是你妹妹啊？」

「……人類，請你治好她。」

「好哇好哇，包在我身上。」

馬上幫她治好。

我對哥布林抱在懷裡的妹妹哥布林使用治療魔法。

默念治好吧治好吧。

隨後傷口開始蠢動，肉體要驅趕異物般將箭頭逼了出去，並隆起來填補傷口，重新長出皮膚。

紅腫的患部一帶也恢復原來大小，顏色變回哥布林的綠色。

整個過程只有幾秒鐘。

也太快速了吧。我不禁質疑世界是否真能允許這種事存在。

「喔喔……」

哥哥哥布林以驚嘆眼神注視懷中。

妹妹哥布林的傷勢已完全癒畢。

「厲害吧。」

再厲害也是別人賞給我的就是了。

不曉得那個說話輕佻的神正在做什麼。

「哥哥，我不痛了……不痛了……」

「喔喔，喔喔喔喔喔。太好了，太好了……」

兩人相視了一會兒，確認彼此平安無事般擁抱。

太好了太好了。

這畫面真是令人動容。

只是我沒什麼成就感。

畢竟我一點辛勞也沒有。

「……人類，你救了她。謝謝你。」

「不用放在心上啦，禮尚往來嘛。」

「我還是，要謝謝你。真的是，得救了。」

妹妹哥布林在哥哥懷中呆呆地看著我。

哎，反正就是哥布林嘛。

分不出性別，是我們種族不同的緣故吧，就像我們人類不會分動物雌雄一樣。不然就不會有鑑定師這種特殊職業誕生了。

「那我還有工作要做，先走啦。」

找藥草要緊。

這時，哥布林留住了我。

「……今天也是找藥草嗎？」

「對啊，又是藥草。」

不工作就沒飯吃了。

還在日本時，一兩天不工作還是拿得到薪水。只要坐在自己的位子上隨便逛逛網頁，說自己在「技術調查」就行了。

如今肩上這皮袋就是我全部財產，真是刺激得教人興奮不已啊。要是沒有治療魔法，恐怕我已經崩潰了。

「這樣的話，你等等。我要報答你，替你摘。」

「咦，真的嗎？」

「要花一點，時間。你就，等著吧。不要亂跑。」

「喔，謝啦。那我就在這裡等了。」

這真是太好了。

我還真幸運。

*

大概等了快一小時。

在我開始膩了的時候，哥布林回來了，而且雙手抱著一個大皮袋。走在身邊的妹妹也同樣抱著皮袋。

「哇……哇塞，好大一袋喔。」

「這裡面裝的，都是藥草。」

皮袋重重地放在我腳邊。

往開口一看，裡頭塞了各式各樣的藥草。

太誇張了吧。

「這些全部要給我？」

「還有很多，你再等一下。」

「不用不用，已經夠了。真的夠了。」

太多我也搬不回去。

「……真的嗎？」

「真的，我不需要那麼多。沒事的，你有這心意我就很高興了。」

「這樣啊……」

哥布林被我拒絕而顯得有些遺憾。

是怎樣，這哥布林超好的嘛。

「哥布林，不能進城。可以放在，這裡嗎？」

「好好好，夠了夠了。真的很謝謝你。」

「這是答謝你，救我妹妹。」

「嗯嗯嗯，我知道。沒問題。」

「謝謝你。非常謝謝你。」

「不客氣。對了，我有個忠告要給你，或者說要跟你報告一下現況。」

「……現況？」

「河另一邊那座城鎮的人，把獵殺這座森林的哥布林當作是一種榮譽，所以待在這裡很危險。可以的話，我覺得你搬去其他地方比較好。」

「是嗎？……你也會，殺我們嗎？」

「不不不，怎麼會呢。你是我的救命恩人，我才不會做那種事。」

「這樣啊……」

「如果你想讓妹妹活下去，我覺得趕快搬到其他地方比較好。」

「……知道了。」

「不能搬也不用勉強喔。」

「嗯。」

這個哥布林是怎樣，還會說「嗯」耶。

真是個老實人，有點可愛。

「哥哥？」

妹妹哥布林擔心地交互看著我和哥哥的臉。

不過她畢竟是哥布林，不怎麼可愛。醜醜的。

可是不知怎地，冠上「妹妹」聽起來還不錯。不錯不錯。

「知道了。我會離開，這座森林。」

「這樣最好。」

「……掰掰。」

「喔，掰掰。有緣的話，我們以後再見。」

「好。以後再見。」

就這樣，哥布林兄妹消失在森林深處。

留下大量藥草當作禮物。

＊

於是乎，我抱著兩大包皮袋回去了。

比去程多花了一倍時間才回到城裡，而原因當然是雙手之間的東西。皮袋裝的是草，所以並不重，只是體積很大很難抱。

過了城門，我就直線前往冒險者公會。

嘰～磅噹，進門。

沒人喊歡迎光臨。

「不好意思，這些麻煩你了。」

我將兩個皮袋擺在公會櫃檯上。

肌肉男櫃員從後頭走出來就說：

「……這什麼鬼？」

「應該都是藥草……」

我打開袋口，讓他看內容物。

裡面是大把大把的草草草。

種類實在很多，其實啥是啥我也分不清楚。可以看到昨天櫃員講的柯曼草，出發前從圖鑑上看過的草零星混在裡頭，而大部分我都不認識。

至少我無從判別。

「你採得還真多……」

「因為發生很多事。」

肌肉男都看傻眼了。

換作是我也是一樣吧。

「管他的。我要清點清點，你坐著等會兒。」

「好。」

我按照指示，在櫃檯最尾端的位子坐下。

現在時間大概稍過中午吧，會館裡還有很多應是冒險者的硬漢。雖也看得到十多歲的少年少女，不過只佔整體的兩三成，主要族群是二三十歲的肌肉男女。

「…………」

能感到有人在看我。

我似乎受到不小的注意。

因為我是黃種人吧。要是我家附近的餐廳來了個歐美人，我也會偷瞄。

白人就是屌。

「…………」

那些視線讓我如坐針氈。

我在此發誓，要是回得了日本，我再也不會偷瞄歐美人。

但難受歸難受，我也不是希望他們都別來跟我說話。

「……真無聊。」

我環視會館，找東西打發時間。因此盯上的，是幾面掛在牆上的告示板。板上釘了許多羊皮紙，明列著一行行用這世界的文字寫成的記述。

「到底都在寫什麼呢？」

有此疑問時，我忽然想起一件事。

這時候就要靠技能吧。技能！

有沒有這方面的技能呢。

心動不如馬上行動，即刻執行是我的美德。

記得還有剩一點才對。

「文字文字文字，我要文字。我要能讀能寫的文字技能，文字技能。文字文字文字文字文字文字，什麼都好，文字來吧！就是那種感覺的，拜託了……」

我誦經似的不斷嘟囔。

然後不可思議地，有種令人心裡一震的奇妙感覺。

並帶來莫名的肯定。好像腦裡有個鐘叮咚叮咚響一樣。

「……喔，很有感覺。」

不會錯。

被動

魔力回復：ＬｖＭａｘ

魔力效率：ＬｖＭａｘ

語言知識：Ｌｖ１

主動

治療魔法：ＬｖＭａｘ

火焰魔法：Ｌｖ１

剩餘技能點數：０

看吧，我成功啦！王八蛋！

確定獲得技能後，我又往牆上的告示板看。

「……喔呼，太棒了。看得像日語一樣懂！」

板上刊載的雜七雜八我全都看得懂了。原本鬼畫符一樣的字串，都帶著實際意義進入我腦中，給我有如剛學會騎腳踏車的快感。

好高興。

太方便了。

我所看上的告示板，是用來招募的。

一排排都是募集隊友的單子。

【隊員募集單】
職業：後衛（治療）
階級：B以上
備註：孤傲之谷經驗者從優論酬
募集者：黑翼龍（團隊）

【會員募集單】
職業：後衛（治療）
階級：C以上
備註：無
募集者：曉之團（公會）

【隊員募集單】
職業：前衛（騎士）
階級：B以上
備註：需有三色屬性防具
募集者：無限之矛（團隊）

【隊員募集單】
職業：後衛（治療）
階級：E以上
備註：年輕團隊
募集者：懷特萊茵（團隊）

【組隊請求單】

職業：前衛（劍士）
階級：C
備註：有十年經驗和屬性劍
名字：雷亞

【組隊請求單】
職業：前衛（遊俠）
階級：B
備註：有十五年經驗
名字：約翰

【隊員募集單】
職業：後衛（攻魔）
階級：C以上
備註：能治療更好
募集者：金屬哥布林（白金）

等等。
總共釘了幾十張。
原來如此，夥伴是這樣找的啊。
「……找補師的還真多。」
堪稱有一半募集單都在找補師，還有種前衛過剩的感覺，供需比並不平衡。
照這情況，有人要我這中年大叔的機會也不是零。
我不禁寄予不小的期待。
看來請求組隊和募集團員都釘在一起。
那我也來寫一張好了。
兩個比一個好，三個比兩個好，人數暴力是絕對真理。
於是我離開座位前往告示板。
拿備於一旁的小張羊皮紙和木炭似的物體振筆疾書。

【組隊請求單】
職業：後衛（治療）

階級：F

備註：新手

名字：田中（三十多歲）

這樣就好了吧。

再把紙釘上告示板就大功告成了。

這樣應該沒錯吧。年紀也寫了，不會有挑錯人的問題才對。

「……回去吧。」

我回到櫃檯。

接下來約三十分鐘的等待時間，我都是用看人進出公會打發。原以為冒險者幾乎都男性，但其實女性也不少，佔三成左右。只限於出入會館的就是了。

片刻後，肌肉男櫃員喊了我。

「喂，久等啦。」

「啊，好的。」

注意力一轉回櫃檯，就看到他出現在我正前方。

嚇死我了。

「藥草很多很雜，總共算你一〇五枚銀幣。」

「咦，真的嗎？」

「嫌少啊？」

「不，一……一點也不會……」

換算成日圓就是一〇五萬，好大一筆錢。

想不到藥草這麼值錢。

「錢都在這。」

「謝謝。」

櫃員將一個皮囊擺在櫃檯上。

打開一看，裡頭裝滿了銀色硬幣。

好重。

「先在這裡點清再走，以後再回來吵我可不管。」

「知道了。」

我乖乖按吩咐數錢。

一、二、三、四……

數量多，數起來很累人，不過光頭肌肉男說得也沒錯，離開以後才發現數字不對就麻煩了。他都特地不給金幣，而是給方便花用的銀幣，不能辜負人家的好意。

這裡就該老實地數。數數數。

數字沒錯，總共一〇五枚。

「清點無誤，我如數收下了。」

「好，拿去吧。」

「謝謝。」

「對了，裝藥草的皮袋也還你。」

「啊，好。」

裝藥草的皮袋有兩個。

扁扁的空皮袋相疊著擺上了櫃檯。

伸手一取，青草味就撲鼻而來。

「好，銀貨兩訖，沒欠啦。」

「非常謝謝你。」

我稍微敬個禮，離開了冒險者公會。

*

發了筆橫財，手頭寬裕多了。

「就算買不起 PRIUS，WagonR 也行吧。」

一〇五萬，新車都買得起，要改裝排氣管和換個炫泡的空力套件也綽綽有餘。還能在儀表板上面鋪白色絨毛墊，換個粗得跟什麼一樣的方向盤。各種想法蹦了出來。

荷包飽飽就是爽。

接著想到的就是玩女人。

泡泡浴。

打炮。

異世界性生活。

奇幻版本。

有這麼多錢，玩個一晚沒問題吧。雖不知這裡行情多少，就算再貴，十枚銀幣也能玩得過癮了吧。

換算成日幣有十萬了。

在吉原的高級店家也能玩上兩小時。

可是一想到這筆錢的來源，心裡就免不了一陣猶豫，罪惡感不脛而走。即使真的去玩女人，恐怕也開心不起來。

一想起那對哥布林兄妹就教人心酸酸。我是容易感傷的男人。

「…………」

我向神討治療魔法是為了什麼呢？

完全是為了玩女人啊！

為了在異世界妓院放無雙！

為了擁有百病不侵，全年無休泡泡浴的肉體。

因性病猖獗，已經沒人能真心縱情於花街柳巷。身居這大退潮中的我，也因為害怕染病而守身至今。就當是這樣吧。不過，我還是很想無後顧之憂地拋棄老處男這個稱號。

所以我跟神討了治療魔法，好讓這副肉體嘗嘗不必擔心性病的性行為，無憂無慮的黏膜接觸。那一定能給我飛機杯所辦不到的充足感受。這樣的期待一天比一天強。

但這次，剛好資金來源讓人過意不去。

「……就花在正途上吧。」

無奈的我就此掉頭轉向。

＊

來到的是武器行，先前買不起而黯然離開的店。

「不好意思。」

「怎麼又是你，不買就回去。」

「不是，我這次有帶夠錢。」

「……哦？」

「可以幫我看看有沒有適合我用的嗎，預算大概五十枚銀幣。」

「才一兩天的功夫，真虧你賺得到。」

「是老天眷顧。」

我面帶和善微笑接近櫃檯後的矮人。雖然他一副凶悍的頑固老爹樣，仍是身高約一公尺的小個子，大概和森林裡替我摘藥草的哥布林差不多。

「你會用劍嗎？」

「不會。」

「那你會用什麼。」

「抱歉我先問一下，外行人比較適合用什麼？」

「……用來護身是吧。」

「對，就是那樣。」

「知道了，你等一下。」

「謝謝，麻煩你了。」

經過兩三句對話，矮人就意會了似的往後面房間走，大概是去查看有無庫存吧。

等呀等呀等。

幾分鐘後，他回來了。

「這把行了吧。」

「……感覺好普通。」

矮人拿來的是一把劍。

「因為這是普通的短劍嘛。」

「這樣啊。」

短劍是吧。

雖有個短字，也有八十公分長。我這個極為普通的社畜沒拿過比菜刀長的刀械，感覺已十分具有威脅性。

他咚地一聲擺在我面前，不曉得想做什麼，害我有點抖。

「這是鐵打的嗎？還是鋼？」

「鐵？那什麼東西？」

「呃，我是想問原料。」

「這把用的是多魯茲礦山的丹尼礦，我親手打的。」

「……原來如此。」

那是什麼礦，聽都沒聽過。

無所謂。不管原料為何，劍就是劍。

「那這把多少？」

「二十銀。」

「還滿便宜的嘛。」

我環顧店內，和其他標價作比較，感覺很划算。果然高檔貨就要擺在容易被人看見的地方嗎？還是他考慮到我是新手，挑了把特別便宜的呢？

可是我直率的感想卻讓矮人皺起了眉頭。

「……挖苦我啊？」

「咦？」

然後是意外的提議。

「好吧，算你十五銀。」

「謝……謝謝。」

竟然降價了，好開心喔。

好像不知不覺造成了誤會。

給自己一個讚。

「那我就買這個。」

「要掛在腰上的話，皮帶和鞘算你一銀就好，怎麼樣？」

「啊，我要買。」

「馬上來。」

購物行安然結束。

他收錢，我拿貨。

繫上腰帶，再套上納入鞘中的劍便大功告成。

劍意外地重，讓我稍微失去平衡。

「……真不搭。」

「我也這麼覺得。」

我一定用得很爛。應該說絕對很爛。

可是總比沒有好，這種東西光是帶著就很有意義了。武器能造成遏止力，就像美蘇冷戰那樣，核武那樣，蘇聯解體那樣。而且要是哪天真有個萬一，說不定就是它救了我一命。

「謝謝，那我告辭了。」

「砍傷了就拿來補，一枚銀幣修到好。」

「啊，好的。我會記住的。」

維修也是要花錢的呢。

而且價格頗高。

拿現代日本汽車的保養費用也很高來看，是不是就不貴了呢。不不不，這還是不小的花費。想到它不過就是塊鐵板，就覺得這是個冤枉錢。盡可能別用它吧。

用得不好，馬上就要缺角了。

＊

劍買了，再來是防具。

現在只有堪用的衣服，也就是布衣。一點都不像冒險者，還比較像村民。不折不扣，就是個村民。

此後若要持續冒險，好歹也該準備一式皮甲。既然我耐力低，這方面就得顧好才行。

內容貧瘠要靠行頭來掩飾，這就是女子力。

於是乎，我來到防具行。

順道一提，老闆也是矮人。

我看見櫃檯後有人就直接過去打招呼。

「不好意思，我需要鎧甲、靴子和盾牌之類的一整套。」

「一整套？」

「對，請幫我找一套。像冒險者套裝那樣的。」

「……預算呢？」

「二十銀左右。」

「好咧。」

這個矮人也是臉臭臭的。

照樣短短說完就到櫃檯後的房間去了。

等了幾分鐘，他抱著許多東西回來。

「……這些怎麼樣？」

「喔喔，好棒。」

真的搬來了一整套。

有盔甲、靴子和盾牌，連褲子也有。

盾比想像中的大。

「這些都算是還沒用過，狀況很好吧。」

「就是啊。」

還以為他會搬舊貨出來，真是太幸運了。他說「算是」，而且一整套只要二十銀，應屬於舊貨和新品之間吧。

「怎麼樣？」

「那我全要了。」

「好咧。」

我當場就決定買下了。反正我也看不出那些防具的價值，只能相信對方推薦給我的東西。我相信你喔，矮人先生。

或許是因為如此，我更覺得對話平淡無味。

不過和這麼一個臭臉矮人對話，本來就不會有趣到哪去。其實這樣一點問題也沒有，效率還非常好。

付完帳以後就是試穿，並檢查尺寸與穿脫的感覺。

不知是幸還是不幸，根本不需要改，可以直接穿走。

看來我的體格在這個世界是平均值。

「謝謝。」

「弄傷了就拿回來，不要太糟都可以修。」

「知道了。」

在臭臉矮人目送之下，我告別了防具行。

*

就這樣，武器防具都湊齊了。

皮甲、皮盾、皮靴、某某金屬製成的劍……怎麼樣啊，很完美吧。就像湊齊新手套裝一樣。有股小小的充實感，怎麼說呢，以非常美妙的形式慢慢填滿我的心。

「糟糕，好像可以去冒險了。」

我滿心雀躍地走在大街上。

都一把年紀了還樂得跟小孩一樣。

中年戰士田中駕到！

而且錢包裡還有幾十銀，這附近的住宿費只要幾十銅，生活當前是沒有問題。含餐費在內，足足能過上兩三個月酒足飯飽的日子。

哥布林萬萬歲啊。

「希望他們平安搬走了……」

我不禁為他們祈福。

哀愁地抬頭一看，天空已是一片紫紅。

太陽沉得差不多了。

「吃飯吧。」

我在大街漫步，找一間感覺不錯的餐廳進門，點了店裡推薦的肉餐和酒，與自己乾杯。

當然，不是昨天那間店。

菜夠水準，酒夠水準，這頓晚餐感覺還不錯。

今天沒有再發生其他事，我回旅舍便倒頭就睡。

＊

隔天大清早，我離開旅舍就直接來到冒險者公會。

目的是查看昨天張貼的組隊請求單。

「……有寫東西耶。」

那張羊皮紙上多了一行流暢的文字。

【組隊請求單】

職業：後衛（治療）

階級：F

備註：新手

名字：田中（三十多歲）

招募者：懷特萊茵（團隊）

有人填了招募者欄，可以當作他們接受了我的請求嗎？胡亂猜想了一會兒還是沒頭緒，我便乖乖去櫃檯問。

站在後邊的依然是那個光頭肌肉男。

「不好意思。」

「啊？又是你啊，這次怎麼啦？」

「有人答覆了我的組隊請求單，現在我要怎麼辦？請問有辦法讓我和他們取得聯繫嗎？」

「呃，你說那個。在這等一下就好。」

「在這等就好嗎？」

「因為他們最近每天都會到公會來。」

「你說的是『懷特萊茵』沒錯吧。」

「對。話說，你會用治療魔法啊？」

「是啊，多少啦……」

「啊啊？這個年紀來當新手冒險者，是被轟出來的神官嗎？醜話我先說在前頭，你可不要把麻煩帶進公會裡來啊。出事了我就叫官兵來抓你。」

「不是，我沒有那種問題。」

好像把我當壞人看了。

問題是出在會用治療魔法嗎？

「那好，你就慢慢等吧。他們遲早……喔。」

「什麼？」

「說人人到，他們來了。」

「咦？」

肌肉男的視線指向公會門口。

喀啦一聲，有人推開西部劇酒吧那種雙開門正要進來，總共三個。他們就是在組隊請求單上答覆我的懷特萊茵一行吧。

「好……好年輕喔……」

「因為那是低等團嘛，記得是十六歲上下。」

「……這樣啊。」

兩女一男。

男的是個帥哥，身高與我相仿，大約一七五左右，有張金髮碧眼的摩納哥王子系長相。不知是白人本來就是傲視群雄地美，還是他天生麗質，反正就是那種感覺。

裝備方面，他和全身包皮的我不同，穿的是重點都有金屬板遮蓋的準金屬裝備。沒有佩盾，揹了把大型的劍，活像RPG的主角。很帥嘛你。

與他並排的兩個女孩的外表也非常地優。一個是有頭金色長髮和鮮紅眼睛的大小姐型美少女，以十六歲來說頗為嬌小，身高恐怕不足一五〇，讓人很懷疑她是否能承受冒險生活。

裝備是銀色的全身金屬甲，腰間佩有單手劍，看來同樣沒帶盾，暴發戶的味道濃得不得了。總之就是美少女遊戲的劍士型女角色常有的扮相。從眼角略顯上吊來看，有傲嬌的感覺。

另一個女孩完全是另一個樣，頗為樸素。從頭到腳用斗篷整個蓋住，兜帽深得連髮色都看不見。這肯定是後衛的魔法師了吧。

不過從兜帽底下稍微露出的臉看，她百分之百是個美少女，且顏值之高讓大叔我都有點興奮了。這種乖巧少女就是可愛，完全就是大叔我的菜。

「喂，你們三個！這邊！」

肌肉男在逕自品頭論足起來的我身旁大喊。並大力揮手招來那群年輕人。

他們也乾脆地跟從，來到櫃檯邊。

我們的距離因而近到手一伸就能觸及彼此。

「他就是那個田中。」

肌肉男用下巴指指我說。

看來現在是自我介紹的時間了。

「很榮幸認識各位，我叫田中。」

面對帥哥美女組合，讓我有點緊張。

對方則是從容不迫，落落大方地寒暄。

「榮幸的是我們才對。我們三個就是懷特萊茵的成員。」

帶頭說話的是那個帥哥。

笑容爽朗的他伸手出來。

窩囊的我卻是戰戰兢兢地跟他握手。丟死人了。

「你好。」

「哎呀，這麼快就能見到面真是太好了。」

「啊，哪裡，我也很高興。」

他笑容燦爛到好像能噴出星星。

但站在他身旁的金髮美少女表情卻是不滿到極點。

「……喂，真的是他沒錯嗎？」

「對呀，照大哥說的話，他真的就是田中先生喔，艾絲特。」

「為什麼我要和這種人……」

她厭惡全寫在臉上。

無所謂，這是常有的事。

和這張臉交陪了幾十年，想不習慣也難。

沒什麼好傷心的。

對，小事一件。

「對不起，她心情不太好。」

「沒關係，我不在意，請繼續。」

「……在意一點嘛。」

金髮蘿莉喃喃地說。

帥哥不理她，繼續說道：

「謝謝體諒。事不宜遲，來自我介紹吧……」

「啊，好的。」

不知何時，肌肉男櫃員已經離去，彷彿做完工作範圍裡的事就默默離開我們身邊。轉頭一看，他在長長櫃檯另一端應付其他冒險者。

「哎呀，我們先找個位子坐吧，站著不好說。」

帥哥食指指的是一張四人桌。

「啊，好。」

不管說什麼都要先來個「啊」，應該是處男的毛病吧。

＊

「好的，所以就是亞倫先生、艾絲特小姐和柔菲小姐是吧。」

「以後請多多指教喔，田中先生。」

雙方的自我介紹都告一段落。

帥哥叫亞倫。

疑似傲嬌叫艾絲特。

兜帽妹妹叫柔菲。

都很好記，真是太好了。

「我們原本是四人隊伍，可是負責治療的在前一次任務中受了傷。說找人替補可能有點冒犯，可是田中先生你是我們當前唯一的依靠了。」

看來對話是由帥哥一手包辦。

兩個女生都只是默默看著我們談。

其中，金髮蘿莉火熱熱的抗議視線不斷射來。

她的意願好像不怎麼高。

「原來如此。」

「不嫌棄的話，能請你加入我們的隊伍嗎？」

「好，只要各位願意，請務必讓我加入。」

我則是全力喊願意。

能和小妹妹一起冒險真是太棒了。

雖然時間多半不會長到哪裡去，考慮到我完全沒有異性經驗，這時是該乖乖點頭。能和國中生樣的白人美少女一起共事，不是超幸福的嗎？

「謝謝你，今後也要請你多多指教。」

帥哥爽朗地笑著點頭。

看來這支隊伍的進退應對，基本上是由他掌握。也就是隊長的定位吧。

「可是，這樣真的好嗎？」

「怎麼說？」

「那個，因為我們年齡有點差距……」

總之呢，我也該為自己找個台階下。

不然很有罪惡感。

畢竟對方是十幾歲的年輕人，我則是三十好幾。

很糟啊。老人臭薰死人啊。

「不不不，冒險者不分年紀。」

「這……這樣啊……」

這表示補師這種職業的供給就是這麼不敷需求吧，否則他們這樣的年輕人也不會拉我這種噁大叔入夥。就先當作這樣吧。

至少，如果我們立場對調，我一定會全力避免這種事。

幸好我討的是作弊級治療。有點高興了。

「那麼，請恕我冒昧，可以直接談工作的事嗎？」

「咦？啊，好的。那就麻煩你講解指點了。」

工作。工作來啦！

儘管對方年紀小，這三名少男少女在這裡仍是與我對等的合作對象。組成團隊，不過是利害關係一致，總有一天要分道揚鑣。何況金髮蘿莉透露出一身富豪千金的氣質。

再怎麼樣，說話都不能失禮。經歷長年社畜生活而培養出來的精神，讓我無論對誰都會自動變得畢恭畢敬。這年頭沒事就有人二十幾歲便成為百億新興企業的CEO，每一張名片都要誠心誠意遞出去。

小小的失誤，恐怕會成為日後的致命傷。

「啊，哪裡，不需要這麼恭敬……」

「不不不，請別介意。拜託了。」

聽我笑著這麼說，帥哥即使有些躊躇也繼續說下去。

「事情是這樣的。其實我們明天有個工作……」

我跟著繼續聽。

大致是說，他們已經接了工作，若情況允許，哪怕是新手補師，他們也願意帶。

原來如此原來如此。新人的技能組合的確是愈早查明越好，該割的時候，早點切割對雙方都好。

不然要是跟到差勁的案主，在緊要關頭遭到叛離就吃不完兜著走了。這是非常合理的事。

「好，我知道了。那就明早南門見。」

「沒問題嗎？會不會太趕了點？」

「不會，我也沒有其他事好做。」

我答應帥哥的話，敲定了明天的行程。

太好了，明天要和美少女出外冒險。

和帥哥聊未來相關話題時，兩個女生一句對話也沒有，讓我心中有著一絲不安，但我這可悲的中年大叔還是暗爽在心裡。若沒有這樣的機會，怎麼可能跟十幾歲的女生出遊呢。

「任務內容，是消滅出沒於附近村落的半獸人。」

「啊，好的，沒問題。」

雖不知半獸人是個什麼樣的怪物，考慮到我個人負責的角色，應該不會有任何問題。就目前所知，我頂多只要在後方丟治療魔法就行了。

「……哇，爛透了。」

結果金髮蘿莉擺出極為厭惡的表情。

厭惡百分百。

眉頭都皺了。

縱然如此，就算如此。

「請……請各位多多指教。」

我還是這麼回答。

儘管我知道她討厭我，只要對方是美少女，不管怎樣我都高興。想到路上說不定能和她們說上幾句話……沒錯，這樣有點對不起她們，可是還是很爽。

蘿莉蘿莉！蘿莉蘿莉！

「真的嗎，謝謝你。」

能和她們這樣青春可愛的小女生共度光陰，是任何事都無法取代的珍貴體驗。幾年後就要四十歲的人，對此深有感慨。有年輕人陪伴的時光，實在是無價之寶。

絕對不會錯。

所以，雖然對不起她們，這時候還是得低頭請求。

「別這麼說，我才要感謝貴團願意邀請我呢。」

務必讓我跟隨各位。

一路上還請多多關照。

先在這裡謝過各位了。

帥哥也笑著回答。

「別客氣，田中先生。我們也請你多多照顧了。」

好高興。

真是無限感激。

就這樣，這天的行程就此確立。

*

和懷特萊茵的人分享資訊以後，我立即離開冒險者公會。

目的地是雜貨店。位置是給街上的幼女幾枚銅幣問出來的。這城市的幼女都願意和我這種醜大叔說話。

先走那邊～再走那邊～然後再走一下就是嘍。

指示含糊到不行，可是卻奇妙地對得上，照走了幾分鐘就抵達應是目的地的雜貨店。

這城市的幼女性能好高啊！幼女好棒棒！

於是，噹啷噹啷，我推門進店。

「不好意思，我要買冒險者的用具，像袍子、睡袋和糧食那些東西一整套，可以嗎？啊，可以的話，麻煩用魔法師用具感覺來挑。」

我詢問櫃檯後的店員。

「整套？好吧，可以讓我自己挑的話，是可以幫你找一套來……」

對方是近四十歲的女性。

我來雜貨店，是為了調度明日所需。

像我這種老害，光體力就和年輕人差很多，拖慢腳步是可以預見的事。這般當然至極的想法，歸結出要盡可能減輕這點的結論，所以我就到這裡來買好用物資了。

所謂小心駛得萬年船，事前準備永遠不嫌多。

以前我曾一時興起想登山，砸錢買了登山鞋、登山裝、登山背包等一整套用具，結果隔週爬高尾山回來以後就再也沒上過山了。而這一次，我還是一個樣地來到了雜貨店。我就是這麼一個凡事都先從表面功夫做起的人。

「啊，那就麻煩妳了。」

「好的。」

我確定請雜貨店太太替我準備一整套用具。

她輕點個頭就到後面房間去了。

是去拿庫存了吧。

「背包有我自己買的和哥布林給我的皮袋，不用買了。」

家當愈來愈多，讓人有點開心。我身無分文地來到這世界，現在已經能湊齊生活雜物，真是值得慶賀。在日本時，我從沒想過擁有物資是這麼快樂的一件事。

在店裡東看西看一會兒後，太太回來了。

「這樣行嗎？」

她將物品都擺在櫃檯上。

有小刀、提燈、金屬餐具、水袋、毛毯、繃帶、藥草、裝有不明液體的小瓶子、食物等雜七雜八，擺滿了整張台面。乍看之下還真像露營用具。

「啊，可以。請問多少錢？」

「我想想，總共算你三銀就行。」

「啊，好的。就三銀。」

我也不敢殺價，免得傷了和氣，乖乖照付。然後把哥布林給我的皮袋交給她，請她裝進去。

她一面裝，一面心血來潮地問：

「對了，你是魔法師啊？」

「呃，是啊。」

「哼~？真是人不可貌相。」

「這……這樣啊。」

「你會用什麼魔法？」

「治療魔法，還有一點火焰方面的……」

「咦，治療魔法啊。」

「對……對啊……」

「既然是治療魔法，那你該不會是從教會或魔法學校來的吧？這麼大年紀了還穿得像冒險者一樣，買冒險者的東西，你還真愛玩呢。大部分魔法師都已經找個好位子安定下來了吧？」

「這樣啊？」

「那是當然的啊。年輕人還能理解，可是你這種年紀的人會用治療魔法還買這種便宜裝備當冒險者，不就是在說自己不成材嗎？至少一般人會這樣看你喔。」

「……原來如此。」

「真是太浪費了。還是說你技術真的不行？那就沒辦法了。」

「沒有啦，發生了很多事……」

那雖是雜貨店太太的個人推測，但可以窺知在這個世界，能用治療魔法等於社會地位有一定保證。冒險者公會有那麼多團隊在募集補師，也是受到這背景的影響吧。

「話說回來，這是可以一獲千金的工作，三十幾歲還過得去啦。不過我勸你不要太愛追夢，不然最後很容易落得兩頭空喔。早點找個教會任職對你比較好。」

「是喔，說得也對。」

我不知道這國家的就業情況如何，但能感到即使換了個世界，這類市井煩惱還是大同小異。

和太太多聊幾句之後，我就離開了雜貨店。

除對話以外沒有發生任何特別的事件，購物行即告結束。

到門外仰天一看，看似太陽的光源在很高的位置，該是午餐時間了吧。到處走來走去，肚子也餓得差不多了。

「…………」

今天沒其他行程，我便老實順從欲求以食為先。

在大街上走了一會兒，進入一間頗為熱鬧的餐廳。

「……喔喔。」

一進門，我就明白這間店生意為何興隆了。

原因就出在匆忙穿梭於狹窄桌間的女服務生。那實在是非常美豔、性感、誘人犯罪的絕世美少女。大多數客人的視線都追著她跑，而我也和他們一樣，眼睛很快就釘在她身上。

「一位嗎？」

「啊，對。」

她馬上就來招呼我了。

近看更美。

臉蛋是模特兒水準，有頭高紮的過腰金髮馬尾，圍裙女僕裝更是讓她魅力加倍。年紀大概是十五到二十歲，喔不，白人外表相比於黃種人比實際年紀成熟一點，可能更年輕吧。

無論幾歲，可愛就是可愛。

白拋拋幼咪咪。且不只長相標緻，身材更是火辣。曲線性感到極點。那安產形的大屁股翹得連穿著裙子都很明顯，胸部又是巨乳，說不定有H罩杯。柳腰細得沒話說，腹部又非常緊實。

受不了。

好想上她。

「櫃檯位子可以嗎！」

她以活潑動作帶我入座。

笑容好燦爛。

我老實點頭就位。

不用嘗味道就知道，這是間好店。

「決定好點什麼了嗎？」

她注視著我問。

略顯上吊的藍眼瞳滴溜轉動，簡直像個洋娃娃。

「啊，如果有推薦或是每日特餐，我就點那個。」

「好的～！每日特餐一份！」

向廚房叫菜的語氣也很活潑。

收到！廚房那跟著應聲。

「菜馬上來，請稍候～」

最後她留下一句話就匆匆離去。

店裡空間不算大，外場似乎是由她一手包辦。

很忙的樣子。

招呼過我之後，別的客人一喊就過去了。

「……不去別的餐廳了。」

我緊盯著她的背影，那對鮮嫩多汁的屁股下此決定。

看來今晚尻槍的配菜有著落了。

當眼珠子一路跟著屁股轉到眼角時，我忽然聽見感興趣的對話。店內一張兩人桌位，有對男性顧客正邊吃邊聊。

「說實話，我還是比較喜歡希安啊～」

「是怎樣，你這個死蘿莉控。」

「女人的價值可不只是取決於胸臀大小而已。」

「喜歡小妹妹還說什麼冠冕堂皇的話，省省吧。」

「女人的重點在於內涵，外表只是裝飾罷了。」

「這間店的蘇菲亞不也是個好姑娘嗎？」

「是這樣沒錯啦……」

看來他們是在討論對異性的喜好。

由此可見，剛才那位女服務生就名叫蘇菲亞。另一個叫希安的也頗令人好奇，也是這間店的服務生嗎？

順道一提，這兩位顧客的桌邊各擺放著長槍和金屬盔，再從內衣都是同一款的鎖子甲來看，應該都是這地方的士兵，趁休息時間來這吃飯的吧。

記得城中要衝或城門口也有同樣裝扮的衛兵，幾天前押我進牢那個也是同樣穿著，不會錯的。

「可是希安很厲害喔。十幾歲就當上魔法騎士團的副團長了耶。」

「要比頭銜的話，蘇菲亞也是全城第一的餐廳招牌美眉喔。」

「唔……聽……聽說希安再不久就會升上團長……」

「好啦，午飯就開心吃吧，我知道希安也很棒啦。」

「唉，她到底是怎麼了呢？最近這幾個星期都沒看到她耶～」

「上哪出差去了吧？人家和我們這些小兵不一樣，是堂堂魔法騎士團副團長耶。薪水也一定差很多。」

「是沒錯啦，可是我這個粉絲還是會擔心啊。」

「你擔心又能怎麼樣。」

「就是會擔心嘛，有什麼辦法？」

「你就是那點讓我覺得你腦子有問題。」

「隨便你怎麼說啦。」

這兩個感情真不錯。

年紀是二十出頭，青春洋溢。

讓人有點羨慕。

我就這麼一邊聽他們聊天，一邊默默吃我的飯。

*

到了隔天。

我出門前往昨天指定的集合地點——南城門廣場。

那裡似乎是馬車停靠區，周圍有一大排像馬的生物，還有供牠們拖曳的車輛，說穿了就是站前轉運站。

懷特萊茵所有成員皆已出現，等待我的到來。我以為自己已經來得很早了，想不到還是比他們晚，急忙跑過去鞠躬道早。

「抱歉我來晚了。讓各位等我真不好意思。」

「不，我們只比你早到一點點，請別介意。」

「謝謝。」

帥哥代表全隊回答。

我有點想和其他兩個說話，但難度好像有點高。

她們都不看我，冷淡地面對其他方向。好哀傷。

「那我們這就出發吧。」

「好。」

在帥哥號令之下，我們啟程前往遭獸人侵擾的城鎮。

看樣子是要搭馬車過去。他們事前租了一輛，只要搖搖晃晃就能抵達目的地。按指示來到城外，就看到一輛由兩匹馬牽引的堅固篷馬車等著我們，且有車夫替我們駕馬。

從金髮蘿莉的全套白銀鎧甲也好、雙馬馬車也好，在在都能看出這群年輕的低等隊伍口袋頗深。他們之中至少有一個是富家子弟，依我看就是金髮蘿莉吧。

但我瞎猜歸瞎猜，可不敢實際開口問。不懂的事就少碰為妙，沒事少亂問的好。於是我決定擺出什麼想法也沒有的憨臉登上馬車，和他們一起到目的地。

絕對不能冒然涉入她們的私領域，使得原本就很差的好感度更加惡化，至少要維持能正常打招呼的關係。畢竟我還有可能和這個隊伍出任務，不會一次就結束。

如果可以，我是很想繼續和他們組隊。

就算只說到一句話，對我這單身狗而言也非常值得高興。

「對了，田中先生，有件事我想請教一下。」

在馬車上搖晃了一會兒，城鎮小如豆粒時，帥哥開口了。

他坐我對面，金髮蘿莉和袍子妹一右一左在他兩側。

我是覺得整體重量平均一點，馬拉起來會比較省力。這樣重量太偏一側了。

「啊，好的。請說。」

「方便的話，能告訴我你治療魔法的等級嗎？」

「啊，等級啊。」

確認性能的時候到了。

問題是，該怎麼表達才好呢。

「這個等級應該要怎麼說才好呢……」

我的屬性視窗是顯示ＬｖＭａｘ。

直接這樣講好像不太好。

「單純用層級表示就行啦。有E級左右吧。」

「呃……」

我也不懂層級怎麼分。

那在他們之間好像是常識。

隨便回答就糟了。

我便順著他的話點頭。

「對……對啊，差不多就那樣。」

「這樣啊，我知道了。」

有時也是需要善意的謊言。

我不知道E級是什麼水準，但我只會比E好，不會比E差。畢竟我好歹也是全滿。這樣講誰也不會受害，應該沒有任何問題。

「根本不能用嘛。都這個年紀了還只有E，你都在混嗎？」

「沒……沒有啦，發生過很多事……」

金髮蘿莉直言不諱地嫌棄我。

看來對三十歲的人而言，E級是相當低。然而我都當眾說出來了，不方便這麼早就改口，只能以自身無知為恥，忍受現況。

「非常抱歉，學藝不精之處還請多原諒。」

總之先老實道歉。

對方發飆時，先道歉就對了。

誰對誰錯，責任在誰都是其次。

「好了好了，艾絲特妳別說了。我們還要一起出任務呢。」

「……哼！」

在帥哥安撫下，金髮蘿莉沒趣地轉一邊去。

「有件事我有點好奇，你也會用劍嗎？」

「咦？啊，沒有，這是……」

帥哥的視線指向我的腰間。

那裡有我昨天剛買的短劍。

一次也沒揮過的十成新。

「就只是護身，嚇唬人的而已，一次也沒用過。」

「啊，這樣啊。不好意思，問這麼無聊的事。」

「不會不會，是我自己裝扮容易引人誤會，真是對不起。」

一直道歉個沒完。

我在這世界的地位，其實比在日本時還要低吧，所以我才會老是道歉。這樣說就通了。

先前我因為獲得劍和皮甲而感到滿足，但這點程度或許沒多大幫助。再多花點心思升級好了。

車裡四人就這麼平淡地對話，在馬車裡搖搖晃晃。

＊

叩咚叩咚，馬車晃著貨台慢慢前進。我們能用的話題早已用光，馬車裡靜悄悄地，只有車輪駛過路上凹凸的聲音特別響。氣氛尷尬死了。

說不定懷特萊茵一行平時旅程都很熱鬧，只因為今天多了我這個異物才變得這麼沉默。一這麼想，我就坐立難安。

先忍忍吧。現在只能忍耐。

帥哥說要稍微睡一下就躺平了。

金髮蘿莉在旁邊呈體育課坐姿，頭埋在雙膝之間。這姿勢是很棒，不過全身有裝甲和襯衣蓋住，走光機率零蛋。不愧是全身甲，防禦力果然很高。

另一邊的兜帽系魔法少女，則是雙腿屈膝偏一側的姊姊坐姿。如果穿裙子就還有點機會，可是她長長的裙子一路蓋到底板上，別說夢想和希望，連個屁也沒有。而且臉也朝下，在兜帽遮掩下連眼睛都看不見。

所以現在是只有我頭還抬著的奇蹟狀態。

「…………」

屁股坐得好痛，好難受。

我們所搭的馬車貨台，其實等於三張榻榻米大小的平坦木板地，只是上頭架了篷子，還沒有椅子等設施。和小貨卡後斗沒兩樣。

沉默的壓力加上屁屁不適。

好痛，好悶，好難過。

「…………」

有點想回去了。

原以為年齡差距不是什麼大問題。然而我沒有開話題的契機，連話題本身也沒有，我能聊的日本文化和常識在這時候也根本派不上用場。總覺得跟我起初想像的不太一樣。

車夫能在此時此刻獨自清閒地駕馬，讓我羨慕死了。

可是現實總是這樣，也只能接受了。

「那……那個……」

先隨便找個話題好了。

正要開口，車夫就帶消息來了。

「差不多要到休息區了，各位想下來走走嗎？」

喔呼，午餐時間到嘍。

＊

午餐。

被馬車搖了這麼久，肚子感覺不太餓，況且我早餐又在旅舍餐廳吃了個飽。所以午餐我打算用昨天在雜貨店買的肉乾打發。

然而，懷特萊茵一行的想法不太一樣。

「我們來準備午餐吧。」

帥哥興致昂揚地說。

現在，我們人在通往原本那座城的綿綿長路邊。

為了不妨礙其他人通行，馬車停得很遠。類似馬的生物拴在樹上，大啖著腳邊的草。

道路兩旁都是森林，似乎是直接闢開森林一隅鋪成的。難怪景色有好一段時間都沒變過。

我們要去的村落就在這條路另一邊，距離出發點半天路程。多半是為旅人而建立的旅社聚落吧。

「啊，我去撿些乾柴過來。」

「不必麻煩了，她會負責生火。」

「咦？」

帥哥打斷了我的行動。

其視線指的是柔菲美眉。

我懂了，用魔法是吧。

「呃，那我該……」

「和我一起幫忙做菜就很夠了。」

「啊好，我知道了。」

擢升為烹飪員了。

看來他們早有預定要做正式餐點。

我也不能一下子就單獨行動，便老實頷首決定幫忙。

昨天買的簡易調理台等烹飪器具和食物很快就派上用場，真是買對了。

我的背包可不是大好看的，東西多到這樣走在東京街頭會被人以為是流浪漢。幸好我們搭馬車，不然出發沒多久就要叫救命了。下次出發前多想想行李分配或許比較好。

「請問，水怎麼辦？」

「水也是柔菲負責弄。」

「這樣啊，水也靠魔法。」

魔法真方便。

既然能造飲用水，改天我也要學。

「不好意思，我需要一些水。」

柔菲就站在稍遠處。

我來到她跟前，請她造水。

一旁的金髮蘿莉用凶狠視線說：「滾遠一點。」放心放心，我找的是妳旁邊這個女生，不會跟妳講話的啦。

而且她就只是雙手抱胸站在那裡，看來是個地位頗高的人。

「用這個鍋子裝嗎？」

「啊，對。就這個。」

我順兜帽少女的疑問遞出鍋子。鍋子是由懷特萊茵提供，一開始就擺在馬車上。像是新買不久，沒什麼焦痕。

柔菲從我手上接過鍋子，雙手捧於胸前，注視鍋底唸唸有詞。給不知原委的人看見了，會以為她是腦袋壞掉的可憐女孩吧。

「請賜予這容器恩惠之水……」

注視了一會兒，鍋裡開始有水湧出。

這真是厲害。

像個小噴泉。

「喔喔，好方便喔。」

「……好了，拿去。」

她將鍋子交還給我。

嘩啦嘩啦，鍋裡的水已有八分滿。接下鍋子的雙手有沉甸甸的感受，真的是水。沒有怪味，也沒有混濁。若相信帥哥的話，完全是可以喝的水。

「啊，謝謝。不好意思。」

再度敬個禮之後，我將鍋子拿到調理台。

用柔菲給我的水洗菜、削皮。

「哎呀，魔法真的好方便喔。」

「就是啊。她的魔法總是能幫我們很大的忙。」

「你們這隊伍不錯嘛。」

就這樣，即使偶爾穿插一些閒聊，午餐的準備仍暢行無阻。柔菲接下來也是應需要而一下造水一下生火，以提供廚房基礎所需的方式協助。

多虧有她，整個烹飪過程沒有因地處戶外而出現任何遲滯。

咚咚咚。我用剛買的菜刀將不知名的根莖類蔬菜切塊，一點不剩地丟進旁邊咕嚕冒煙的鍋子。高湯的部分，是用昨天在雜貨店買的肉乾熬的。

「那個，田中先生，你刀法還真不錯耶……」

帥哥看了我一連串動作後甚為驚訝地說。

「說來慚愧，這是因為我長期獨居的關係。」

「這……這樣啊。」

他說有麵包，所以我決定做燉菜。雖然每樣菜我都不認識，不過船到橋頭自然直吧。

我面前是放置砧板的簡易調理台，一旁的灶是原本就在那裡。據說是因為這條路開闢當時就已經存在，距今有幾百年歲月。

換言之，這裡是自然產生的旅人營地。在大城近郊有這種地方也是很正常的吧。

「田中先生，還有什麼是我能幫忙的嗎？」

「啊，方便的話請幫我準備碗盤。」

「知道了。」

懂得主動幫忙的帥哥實在是好人一枚。

反觀只會坐在一邊看戲的金髮蘿莉，教人不勝唏噓。

一問之下，才知道她的手藝是毀滅性地糟。

柔菲也是同樣地笨手笨腳，所以過去都是帥哥負責煮飯。

「哎呀，有田中先生幫我做菜真是太好了。」

「很高興能幫上一點忙。」

帥哥笑呵呵地擺桌子。

處理燉菜之餘，我也隨口應和。當一切準備就緒，所有人抓起餐具，已是十多分鐘後的事。

我們都在馬車貨台上吃。

不只懷特萊茵的三人和我，車夫也一起圍桌而席。

「……還滿好吃的嘛。」

金髮蘿莉表情很不甘心地說。

「真的嗎？能合妳胃口真是太好了。」

「哼……」

我努力陪笑，但她還是冷冷轉向一邊。

看來要和她說上幾句日常對話都很難。

兜帽系少女也差不多，只是默默地吃。

我也默默地嚼自己的。

嚼嚼嚼、嚼嚼嚼、嚼嚼嚼。

「田中先生，有件事我想請教一下。」

「啊，好的。什麼事？」

帥哥看著我說問。

我也抬起頭，將意識從盤子轉向他。

「如果冒犯了，還請你原諒。你會用治療魔法，所以是教會出身的嗎？還是曾經在哪所學校執教呢……」

「呃，沒有，並不是那樣。」

好像也有人這樣問過我。

有過一次經驗，讓我很快就編出合適的設定。

「算是我起步得慢吧。因為發生了很多事，到了這個歲數還厚著臉皮跑去冒險者公會登記。原本都只是在城裡工作的普通人，沒有任何值得一提的經歷或事蹟。就這樣。」

重點部分全部模糊帶過。

「這樣啊……」

「因此，我恐怕很容易給各位添麻煩……」

「啊，哪裡。請別放在心上，我們也都是新手啊。」

「你這樣說，真的覺得很欣慰，謝謝你。」

再低頭道歉幾句，帥哥就不再問下去了。

*

東西收拾乾淨，我們又登上馬車。

晃了幾刻鐘，總算到達了目的村落。聽帥哥說，這村落已有幾百世代的歷史，是個規模較一般村莊大，但以城鎮來說又偏小的聚落。

進村後到夜晚這段時間，都是自由行動。

這是因為我們要驅逐的半獸人，只會在深夜出來破壞田地或害人，一次也沒在白天出現過。這樣的習性，跟鹿啊熊這些害獸很像嘛。

下榻以後，我們開始整理行囊。

房間是男一間女一間。我個人是希望四人全住一間房，不過這微小的希望馬上就炸了。話說回來，能避免我獨睡一間的慘劇就不錯了吧。

「自由活動結束以後，請到這旅舍集合。」

「啊，好。知道了。」

我們離開房間，和兩個女生會合。

在走廊交換資訊以後就暫時解散。

他們三個會做些什麼呢？

雖然沒頭緒，不過識時務的我隨即帥氣離場。

電燈泡哪邊涼快哪邊去。

「那我先失陪了。」

我敬個禮，離開他們三個。

出旅舍來到戶外。

與之前待的城鎮相比，這裡非常清靜。行人少了幾個層級，有鄉村的感覺。況且男丁白天多半會出外工作，村裡人口密度也更少了吧。

我漫無目的地走在裸土路上。

回頭想想，離開旅舍以後在這裡我也無事可做。

真是失敗。

所以我很快就決定折回旅舍了。

要是他們還在房間可能會有點尷尬，但他們總不會窩到晚上吧。對那樣的現充團體來說，出外玩樂根本是生活意義，現在應該是在快快樂樂吃東西。

感覺中餐都還沒消化完，晚餐可以免了。

隨便吃點肉乾即可。

今天起得很早，先補個眠為夜間活動做準備吧。只是被馬車晃來晃去就好像耗掉不少體力，想在柔軟床舖上呼呼大睡的情緒開始湧現。

「好，就去睡吧。」

我遠眺著道具行和酒館等店舖，繞行全村一週。

走到腳開始痠了就回到旅舍，進門前和門口的老闆娘打個招呼。一樓是餐廳，牆邊有段階梯，上二樓就是客房了。

在嘎嘎作響的走廊上走了一小段。

「啊～愛睏了～」

來到房門前時，忽然聽見奇怪的聲響。

停下了我準備打開男性房間的手。

聲音是從隔壁的女性房傳來的。

「啊！啊！亞倫，好爽！那邊好爽！」

「好，我也很爽！」

「你……你們兩個，不要不理我！」

「等一下嘛，馬上就讓妳爽一爽。」

那是激烈的叫床聲。

還有心碎的聲音。我的。

「…………」

「啊啊！深一點、再深一點！再深！」

「啊！啊！啊！啊！」

「唔！我不行了，要射了！」

「給我！把我……把我灌滿！」

「啊啊啊啊！啊……啊啊啊！」

房中清楚傳出兩女一男的聲音，且全都有印象。兩個女的都在叫春，讓我一時有點懷疑，不過男的和我在這幾個小時有過不少對話，不會認錯。

「……不會吧。」

打得這麼火熱。

喃喃自語的我悄悄轉了身。

其實我早就想過他們可能是這樣的關係，可是這樣發生在面前，對我這死處男來說刺激還是太大。超乎想像的震撼，讓我的腳自動走向村裡的酒館。

酒館有好幾間，我挑人最多的進門。在吧檯坐下，廢話不說直接點酒。黃湯一口口下肚，回神已乾完第三杯。

酒精最強傳說。

「啊～酒實在太棒啦～」

即使幾小時後就要工作，我還是照喝不誤。

當太陽開始西斜，酒館也愈發熱鬧。結束一天辛勞的男性紛紛進門，喊聲乾杯大口喝酒。店裡空間不大，近一小時就客滿了。

女服務生也忙碌地招呼客人。

「尤奈，再來一杯！」

「來了～」

「這邊也要！」

「好好好～！等一下喔～！」

這間店的女服務生雖沒有城裡酒吧那個性感美少女蘇菲亞那麼正，但也夠漂亮的了。年紀十五歲上下，說她美嘛，不如說她可愛，褐色頭髮剪成齊肩的妹妹頭。

隨客人呼喚高聲應話的模樣，讓我看得很是暢快。

到處繞轉的嬌小身軀，似乎完全體現了她活潑的個性。客人的反應也很好，沒事就有人逗她，想拉她坐下喝兩杯。

有種當地叔伯偶像的感覺。

「……一想到她到了晚上也會和男朋友上床，感覺就好心酸喔。」

下流的妄想，就是我的下酒菜。

這酒濃度不高，像啤酒一樣會發泡。

蒸餾酒在這世界好像不太普遍。鑑於蒸餾酒在轉生前的世界大概是十世紀才問世，大概能略為推知這世界的文化文明發展到什麼程度吧。

我懶得推就是了。

在我借酒泡爛思緒的時候。

一道吼叫衝了進來。

店門「砰！」一聲猛力翻開。

同時——

「來……來了！半獸人來了！好大一群半獸人殺過來了！」

一個不知打哪來的男子使盡吃奶力氣死命大吼。

剎那間，舉店譁然。

「你說真的嗎！」「怎麼會這麼早來！」「好大一群到底是有多少啊！」「喂喂喂，不是請人來殺了嗎！長老有請沒錯吧！」「快把妻小帶回家裡！」「男人快抄傢伙到村東去！」

看來上工時間提早了不少。

地點是村子東邊吧。

沒辦法，出動了。

「尤奈，尤奈。」

我喊來女服務生。

「咦？客……客人你還不走嗎？半獸人——」

「錢給妳。」

「啊，謝謝。」

「不用找了，自己留著。」

「好……好的……」

我靠酒膽說出嗝屁之前至少想說個一次的話，在吧檯留下一枚銀幣當酒錢。

紳士到不行啊。

尤奈現在一定是目瞪口呆地看著我吧。

我不再逗留，起身離店。

消息已經傳開，村民們東奔西跑，亂成一團。吵成這樣，就不用我去旅舍打斷那場亂交派對了。

「上場嘍……」

我決定直接前往事發現場——村東。

＊

半獸人比我想像中巨大多了。

體格有三公尺那麼高，腰纏獸皮手握木棒，似乎有一定程度的智能。不過我不認為他們和我認識的哥布林一樣能夠溝通。

集體進犯的半獸人正在村外圍肆虐。

數量大概是十幾隻。

先趕到的村民上前抵抗，卻只能稍微傷到兩三隻就全軍覆沒。男的宰掉，女的當場強姦。不分幼熟都被三十公分大肉棒插得唉唉叫的畫面真是震撼。

老實說，雞雞好硬。

「……好大啊。」

身為男人的我羨慕極了。

然而眼前仍是鬼哭神號的地獄圖。

女人的哭叫聲刺得我耳朵都痛了。

似乎是因為半獸人數量太多，後面趕來的男丁也不禁猶豫是否該上前救人。大概是周圍散落的屍體，提高了眼前這群強姦魔在他們心中的威脅程度吧。實在很恐怖。

要是我沒醉，說不定已經決定蹲在這裡視姦到底了。

大概是「好耶，有免費的擼管菜了」之類的心態。

「喔喔喔喔喔喔喔喔喔喔喔喔喔喔喔！」

一隻半獸人狂吼著朝這裡衝了過來。

想找下一個獵物吧。

畢竟他們是吃人的生物。

女的強姦，男的吃掉。

這就是半獸人的作風。滿屌的嘛。

簡單粗暴。

「可惡，來這裡幹嘛！」

是時候用前幾天剛學到的火焰魔法攻擊了。

被動

魔力回復：LvMax

魔力效率：LvMax

語言知識：Lv1

主動

治療魔法：LvMax

火焰魔法：Lv1

剩餘技能點數：0

對，這個。就是這個。

王八蛋，吃我的火啦！

「出來吧！那方面的魔法！」

我向前攤出一掌高聲呼號，隨後腳下嗡一聲浮現魔法陣。鮮紅光輝畫出圓形的幾何圖案，和奇幻遊戲的魔法特效沒兩樣。

是怎樣，超帥的啦。

這麼想時，我的肘部以下已放出光芒，同時朝半獸人攤開的手掌前方也冒出幾十公分大的火球。不只是熊熊，根本是轟轟，且噴灑火塵振振脈動。

感覺很有看頭喔。

「好啊！媽的看招！火球！」

發射！

我對那團火焰灌注擊發手槍的印象。

於是它就飛出去了。火球！

飛行速度比想像中快好多。

它以眼所不及的速度向前疾飛，擊中半獸人。

火堆轟隆一聲爆炸，把目標上半身炸得一乾二淨，並將夕暮時分昏暗的四周照得通紅。挾肉爆炸的火焰，完全奪去了半獸人腰部以上。

失去半截身體的半獸人當場倒地，再也沒有動靜。

啊，好像升級了。

有叮的一聲。

名字：田中
性別：男
種族：人類
等級：5
職業：無
HP：609／609
MP：93500000／93500000
STR：75
VIT：60
DEX：52
AGI：42
INT：5922000

LUC：19

LUC升得很慢，可以當作我運氣不好嗎？

啊，對了。既然升級了，那麼技能點數也像前天那樣變多了吧。面對這麼多獸人，唯一的攻擊手段卻只有Lv1，教人不太放心。

被動
魔力回復：LvMax
魔力效率：LvMax
語言知識：Lv1
主動
治療魔法：LvMax
火焰魔法：Lv1
剩餘技能點數：2

好，讚啦。變多了。

這裡就不要小氣，全給他點下去。

被動
魔力回復：LvMax
魔力效率：LvMax
語言知識：Lv1
主動
治療魔法：LvMax
火焰魔法：Lv3
剩餘技能點數：0

好好好，這樣很好。

蹭著蹭著，前方爆出一陣連續咆哮。

「喔喔喔喔喔喔喔喔喔喔喔喔喔喔喔喔喔喔喔喔喔喔喔！」
「喔喔喔喔喔喔喔喔喔喔喔喔喔喔喔喔喔喔喔喔喔喔喔喔！」
「咕喔喔喔喔喔喔喔喔喔喔喔喔喔喔喔喔喔喔！」「吱喔喔喔喔喔喔喔喔喔喔喔喔喔喔喔喔喔！」

半獸人的注意力全轉到我這來了，似乎是同伴遇害惹毛了他們。表情好像也變得比較糾結。

他們一隻接一隻衝了過來，原本忙著侵犯女人的也雞雞一拔就加入這波攻勢。

被撐得縮不回去的洞洞流出濃濃精液的畫面，非常猥褻撩人。

「…………」

我隨便挑幾隻檢視屬性。

名字：麥可
性別：男
種族：獸人
等級：13
職業：強盜
HP：1420／1509
MP：0／0
STR：170

VIT：220
DEX：121
AGI：187
INT：20
LUC：88

名字：史密斯
性別：男
種族：獸人
等級：13
職業：強盜
HP：1500／1809
MP：0／0
STR：220
VIT：190
DEX：101
AGI：177

INT：10
LUC：78

名字：托利斯
性別：男
種族：獸人
等級：13
職業：強盜
HP：1220／1509
MP：0／0
STR：201
VIT：190
DEX：121
AGI：161
INT：29
LUC：38

個體之間有所差別，但基本上都大同小異，感覺就是之前酒館找我碴的那個肌肉醉漢加強版。比較令人注意的，就是HP比人類高很多吧。應該是體型巨大的關係。

「哼，雜碎。」

數量。想像數量多的狀況。

一個不夠。被圍毆就一次KO了。

我很可能敗戰。

感覺還滿危險的。

但依然從容不迫，是因為酒意。

酒真是超好用。

「我三十幾年處男可不是白守的啊！」

伸出的手臂前方噗噗噗地冒出火球。先前只有一個，不過現在有十幾個，大概是升級了的緣故。

尺寸也變大了，超過一公尺吧。火焰在其表面轟隆隆地躍動，給人強烈的熾熱印象。

這個火力就大嘍。

不愧是Lv3。

比起火球，更有流星爆的感覺。不過只要能幹掉敵人，叫什麼都無所謂啦，重點是要不要了對方的命，一擊必殺才是魔法師的課題。這是我在網遊上學到的。

「「「「喔喔喔喔喔喔喔喔喔喔喔喔喔喔喔喔！」」」」

半獸人群逼到只剩幾公尺的距離。

我朝他們放出火球。

比上一次更具威脅的火球轉瞬間就擊中半獸人。轟轟轟的巨大爆炸聲緊湊串連，還能從鞋底感到些微的地面震動。好大的衝擊。

火球一接觸目標就炸彈似的爆開，一一炸碎半獸人的肉體。應該是升級的緣故吧，爆炸比先前更猛。飛散的碎肉啪噠啪噠地噴了一地。

「髒死了……」

剛買的皮甲也被啪噠一下。

沾了塊不知道哪個部位的肉。

畢竟是皮製品，不早點弄掉恐怕會留下汙痕，討厭啦。

黑煙冒了一陣子。

等煙散去，見到半獸人已經漂亮全滅。

還能動的一個也沒有，大部分都是失去大半身體，變成滿地看不出部位的肉塊。

爆炸衝擊在地上挖出一個大坑，讓人有點不好意思，不過我已經做得很好了，別想太多。好歹也有及格吧。

「……結束了嗎？」

我喃喃地放下了手。

「不，還沒完。」

還得善後呢。

那才是我發揮本領的時候。

我走向遭到姦汙的女性。她們個個衣衫襤褸，下體裸露。這還是我有生以來第一次不用付錢就能觀覽女性的胸部和私處，超高興的。我真是個小人啊。

這是福利啦。福利。

然而當心兒怦怦跳的我才踏下第一步，又有一聲咆哮傳來。

「喔喔喔喔喔喔喔喔喔喔喔喔喔喔喔喔喔喔喔喔！」

與村落相鄰的森林中，出現了另一個半獸人。

膚色和剛才打倒的不同，是灰色的，而且體型更大，將近五公尺，比一般的樹還高。登場的時機也好，氣勢也好，滿滿都是魔王的味道。

「…………」

不管我怎麼看、再怎麼看，也看不出什麼東西。

先看屬性吧。

名字：蓋爾
性別：男
種族：高等獸人
等級：56
職業：首領
HP：20609／20609
MP：100／100

STR：7500
VIT：9662
DEX：6752
AGI：9942
INT：1900
LUC：1339

不妙。這個蓋爾好誇張。

就算是魔王，這個屬性也設壞了吧。

竟然和嘍嘍的性能差了兩位數。

「高……高等半獸人……」

後頭的村民們全都嚷嚷起來。

「這裡怎麼會有高等半獸人！」「快……快逃！打不贏的！」「趕快跑！快跑！」「棄村進城！到城裡去！」「派快馬聯絡騎士團！」「嗚啊啊啊啊啊啊啊啊！」

村民們慌張得不得了。

我也很慌張。

不曉得我的魔法能對這傢伙起多少作用。

殺不死就完蛋了。

在我直打哆嗦的時候，背後傳來耳熟的聲音。

「田中先生！」

懷特萊茵亂交團駕到。

「呃，你們來啦。」

我面對半獸人這麼說，只動眼稍微瞄一下。

他們急忙向我跑來，但在見到前方二三十公尺處的巨人時嚇得停下腳步。錯愕望著灰色半獸人的表情，因驚恐而僵硬。

「高……高等半獸人……」

亞倫兄低語道。

其他兩個女孩也一樣。

「……為什麼會跑來這種地方？」

「咦，那……那是高……高等半獸人？有那麼大嗎？」

完全嚇傻了。

我也嚇傻了。

全都嚇傻了。

正因為需要打倒這種怪物維生，冒險者這種職業才不簡單。愈做會愈沒自信吧。就像剛進公司，上司就以在職訓練為由，要你現場指揮預算幾千萬的國營企畫。

可是呢，早稻田或慶應出身的優秀新人就是會正面接受這種腦殘要求，打拚出一番成績，沒事就讓人深痛地領悟到高學歷就是不同，強校不是白念的。

我認為，到最後往往是天資和毅力決定人與人之間的差距。如果年紀大了，有了些業務經驗，反而容易退縮，拿不出應有的能力，或是動不動就選擇自保。

「田……田中先生，這……這個狀況……」

「只剩一隻了，大家加油吧。」

我維持與半獸人對峙的姿勢，與種馬哥對話。

我沒有嫉妒他。應該沒有。喔不，好像有。有又怎麼樣。

我也很想玩3P啊操你〇的。

「呃，可是……」

亞倫的注意力在半獸人和傲嬌之間來去，應該是在擔心自家女人的安危吧。從他視線移動方式來看，金髮蘿莉排第一，柔菲排第二。

啊啊，我也好想要這種妹啊。

有值得守護的人在，真是讓我羨慕死了。令人憧憬啊。

「田中先生！我們先撤退吧！只憑我們是不可能對抗的！」

「不好吧，還有很多人倒在那邊耶。」

視線所指之處，有幾個私處全都露的的女性，她們也因為大隻佬半獸人的出現而嚇得不敢動彈。可能是因為受過虐待，絕大多數都受了傷，還有幾個手腳折得奇形怪狀，無法自力脫逃。

「還是要撤！等到騎士團到了以後再說吧！」

剛才好像也有人喊過騎士團這個詞。

是類似自衛隊的東西吧。

「所以田中先生，拜託你快撤吧！」

可是說這種話也沒用，對方可不會給我時間跑。

「喔喔喔喔喔喔喔喔喔喔喔喔喔喔喔喔喔！」

魔王級半獸人高聲狂吼，朝我衝過來了。

速度完全不是先前的半獸人能比擬，比機車暴衝還要快，我實在不認為自己的腳程跑得過他。這麼一來，只剩一條路能走了。堂堂正正加油吧。什麼意思啊。

「又不是大就比較厲害，混蛋！」

我急忙造出火球。

因為對方是往我直衝。

「田中先生！」

「你是怎樣啊！」

「！……來了！」

懷特萊茵一行三人的聲音從背後傳入耳中。

我無視於其呼喊，向前伸出右手，造出幾十個火球。

火球全只是浮在空中，遮蔽我與半獸人之間。結果他自己衝了進來。到底是對自己有多少信心啊。

無所謂，跟他拚了。

「哼，燒成灰吧！」

啊～我好帥。這樣說好帥。

接著用力握拳。

火球跟著逼向半獸人。包圍其四周的火球同時動作，命中目標。

爆炸聲轟隆隆地響。

遠超乎前一次的衝擊震撼八方，讓人不禁想摀起耳朵。可是這樣實在很拙，必須忍耐。

我保持向前挺臂握拳的姿勢動也不動，靜觀其變。

另一隻手插在口袋裡，根本帥翻全場。

我真的超強爆帥的啦。

前方是滾滾煙塵，能見度零。想到半獸人說不定會突然衝出來，我就緊張死了。

不過，到時候再說吧。

酒真的很厲害耶，效果好猛。

「喔喔喔喔喔喔喔喔喔喔喔喔喔喔喔喔喔！」

煙塵中，咆哮聲再三迸響。

他該不會還活著吧？

希望是臨死的慘叫。

這麼想的下一刻，他來了。

「……！」

那巨大身軀衝破煙霧直撲而來。

高揚的拳頭瞄準了我。那巨拳比我的身體還要大，躲也來不及躲。到了這一刻，我卻束手無策。

只能默默看著他反擊。

我就說吧，魔法師最重要的就是要讓目標死透。

我，要死了。

「…………」

「…………」

可是我的身體沒有受到任何衝擊。

拳頭逼到我鼻尖前僅僅幾公分的距離就戛然而止，然後半獸人巨漢全身搖晃，轟隆一聲倒下。

之後等了一會兒，也不見任何動靜。看來是真的死透了。

好險好險，真是千鈞一髮。

「……哼，沒意思。」

我盡可能地烙一句狠話。

其實心臟狂跳，腋下也早已濕成一大片。

但是，這種時候就是帥的人贏。

我慢慢放下前伸的手臂。

遠觀的村民也隨這動作齊聲歡呼，每一個都在讚頌我的功績。喔呼，真是太爽了。有生以來第一次。

讚啦讚啦。我他媽強到爆了。

「田中先生！」

亞倫等懷特萊茵的成員也跑了過來。

「真是不好意思，我一個人偷跑了。」

總之先低頭道歉。

專斷獨行其實很容易造成整個隊伍的困擾，不過這次狀況危急。

「沒關係，那……那不要緊……」

「對不起。」

「話說回來，原……原來你也會用攻擊魔法啊。」

「是啊，等級比治療魔法差就是了。」

技能上限仍然不明。

到底要升到多少才會封頂呢？

「……這……這樣啊。」

「嗯。」

說到治療魔法，我這才想起那群被害的女性。

這可是不必付錢就能賞生猛活鮑的大好機會，豈有被帥哥三言兩語干擾的道理。我適時結束與帥哥的對話，轉身離去。

「田……田中先生？」

「我想先處理一下那邊。」

「啊……」

我快步趕往鮑魚們的懷抱。

哎呀，真是的。為什麼洞洞和棒棒的差別就能讓人興奮成這樣呢？

我以屬性畫面檢視被害女性，將她們的HP治療到最大值。往像是死了的人看，HP也果真是零。看來用HP分辨生死是不會錯了。

少部分有中毒或染上性病等異常狀態，我也替她們治療了。這麼好懂真是太好了。不只是治療魔法好用，連屬性視窗也很方便呢。

＊

治療完傷患之後不久，我被請到村長家裡。

約五坪大的接待室中，擺了幾張作工精良的桌椅。桌上有幾個斟了看似茶類飲料的杯子，靜靜冒著蒸氣。好香啊。

懷特萊茵其他人也與我同席。亞倫坐我旁邊，再過去是金髮蘿莉和柔菲。四人在沙發一字排開。

而村長在我們正前方。

他年約四十五歲，褐色短髮摻了幾絲灰白，身高體型皆為中等。看似主見強烈的面容，此刻是柔和地放鬆，嘴邊蕩漾源源不絕的笑意。對我們的態度是低到不行。

「真的非常感謝各位。」

開口第一句就是低頭道謝。

鞠躬有快碰到桌面那麼深。

「哪裡哪裡，別這麼客氣。」

「多虧有各位在，損害才能壓得這麼低。」

「那真是太好了。」

「各位真的是我們的救星，請再受我一拜。」

村長抬起頭又再行一禮。

十分恭敬。

「不必不必，我們做的是契約上的事，不用這麼卑躬屈膝。」

「可是我們實在沒想到會有高等半獸人……」

「凡事都可能遭遇預期外的阻礙，您就別放在心上了。而且今天被害絕不算少，真的非常抱歉。」

「不不不，沒那麼嚴重。損害有歸有，可是各位面對那麼多半獸人，還是把他們都解決了。」

「承蒙村長這麼看得起我們，真是不好意思。」

我也鞠躬致歉。

對方鞠躬，跟著鞠才不失禮。

「田中先生別這樣，該道歉的是我們才對。」

「哪裡哪裡，別這麼說……」

畢竟都死了十三個，而且大半是二十至四十歲，正值壯年的男性。對規模只有數百人的聚落是個大損失吧。

該怎麼彌補這缺口呢？

現在想想，我完全不曉得亞倫他們和公會簽了怎樣的契約呢，晚點問問他吧。要是得賠錢就慘了。

見面時謝個不停，日後厚顏求賠的人多得是。對付這種角色，先發制人比什麼都重要。

「今天各位很累了吧，儘管在我家好好休息。」

「啊，謝謝。可是我們都已經在旅舍下榻了……」

「東西搬過來就行了。這裡的房間至少比旅舍大一些。」

設想真是周到。

可是這裡不是我說了算。

「那個，亞倫先生，你覺得呢？」

我向坐在身旁的少年問。

自從來到村長家，他幾乎沒說過話，還好嗎？

「咦？啊，好。就接受村長的好意吧。」

「那麼非常抱歉，今晚要麻煩您照顧了。」

「各位願意住下嗎！那我會準備特別豐盛的晚餐款待各位，只是需要一點時間準備，能請各位稍候片刻嗎？」

「真的嗎？那真是太好了。」

晚餐也意外升級了呢。

好開心。好人有好報啊。

此後，聚到村長家的村民們也紛紛前來致謝。謝謝你。實在感激不盡。感謝各位的大恩大德。長那麼大還沒有一天受過那麼多人道謝呢。

晚餐過後，即是就寢時間。

村長覺得我們需要休息，便沒有再多叨擾。

不過房間分配依然沒變，我和亞倫一間，金髮蘿莉和柔菲一間。看來村長家也沒有大到可以給我們一人一間。

這樣不如自己一個人在旅舍睡還比較快活。但想歸想，我也知道這種話不能說出口，就順了人家的好意。

說起來，我已經十多年不曾和其他人同寢一室了。最後一次應該是和大學時代在朋友的公寓過夜吧。勾起好多回憶。

夜裡，男性房間中。

除了我以外，懷特萊茵的三人也在這裡。

「田中先生，真的很抱歉。」

「不，別放在心上，事情都順利結束了嘛。」

「可是我們……」

「別說了。」

我深深覺得，如果我有膽說「要道歉就把艾絲特和柔菲借我爽一晚」，我的人生也許會過得很快活。

收到這趟任務的報酬以後，我一定要去嫖一嫖。異世界應該沒有兒童色情防治法吧，我要找一個幼齒的來狂插猛送，中出到飽！

我要小妹妹，想要小妹妹的愛。

其實我真正要的不是妓女，而是願意給我無償的愛的可愛女孩。

「這次任務酬勞，我會全額讓給你。」

「不需要做到這種地步，況且你們也用了不少經費吧？」

「這方面你不用擔心，我們的資金還很充裕。」

「……真的好嗎？」

「真的。」

「那麼不好意思，那我就收下了，謝謝你。老實說，目前我經濟拮据，這實在是幫了我一個大忙。」

「那真是太好了。」

帥哥絲毫沒有介意的樣子。

話說我們是面對面地坐在並列的床Ａ床Ｂ上，我坐床Ａ，金髮蘿莉、亞倫和柔菲坐床Ｂ。

應該還有更均衡一點的坐法吧。

「你那個魔法到底是怎樣？」

坐在亞倫左側的金髮蘿莉問話了。

氣憤的她眼睛吊得好高。

「……不像火球術嗎？」

「不……不是那個問題啦！」

我說出心中疑問，結果馬上被罵。聲音好大。

「對不起。」

「治療魔法也一樣，Ｅ級根本是鬼扯嘛！」

「唉，對不起。」

被罵得好凶。

總之先道歉就對了。

「都是我的錯，實在非常抱歉……」

「你是怎樣，要我們是不是？」

「艾絲特，他也有他的苦衷吧，不要隨便刺探人家的私事。妳也有一兩件不希望別人問起的事吧？」

「可……可是……」

「田中先生，不好意思。她只是有點倔強之處，基本上仍是個善良孩子，請不要怪罪於她。」

「怎麼會，我的說法像欺騙了你們，該道歉的是我才對。」

金髮蘿莉一副要撲上來咬人的臉。她脾氣還是一樣衝，只因為有帥哥的苦笑才讓她守住理性。

看起來是很倔強沒錯啦，可是善不善良就很難說了。至少對我來說就像埋在土裡，完全看不見。

「亞倫！」

「夠了夠了。艾絲特，妳冷靜點。這次是多虧有田中先生，我們才能得救。這妳應該也懂吧？」

「可是他騙了我們耶！」

「他和我們一樣都是冒險者，而且我們昨天才認識。同為冒險者一分子，妳不覺得追究這種事很沒道理嗎？」

「這……或許是這樣沒錯啦……」

金髮蘿莉開始耍賴了。

一旁，柔菲難得開口說：

「我有一個問題。你的魔法是在哪學的？」

「呃，這個嘛，該怎麼說呢……」

我也不知道那是什麼地方。

話說柔菲長這麼可愛，竟然也是個每晚啪啪啪的蕩婦啊。從對上半獸人時帥哥的反應來看，不管怎麼想她都是排第二，這樣也願意投懷送抱，貞操觀念真是鬆得可以。

我還滿喜歡清純浪女的啦，只不過實際在面前被別人上，感覺還是很悶。

怎麼說呢，既然是別人的女人，我對她的興趣也跟同性差不多了。

隨便說說就好。

「我向神祈禱以後就會用魔法了。」

但我依然實話實說，這才是正港男子漢。

「……向神祈禱？可以的話，請告訴我是哪個神。」

「名字……名字啊。呃……」

那個輕佻的神有說過自己叫啥嗎？沒有印象。

「那個，我沒有問那麼多耶……」

「你向不知道名字的神祈禱？」

「是啊，中間發生很多事。」

「……原來如此。」

對了，我還滿討厭語尾會加「desu」的女生，刻意塑造風格的感覺很強烈。不管怎麼樣，聽了就有火。因為我是處男才會排斥這種事嗎，也就是所謂的玻璃心？

啊啊～好想和她們恩恩愛愛無套3P。

「抱歉引起各位的不信任，真的很對不起。」

「請別在意這種事，只是在一邊看的我們才該道歉呢。」

感覺帥哥是這當中最忠厚老實的人。

怎樣啦，明明就是匹種馬。

是因為左擁右抱才有這種氣度嗎？

真令人嚮往。

我也好想要這種氣度。想要得不得了。

「今天已經晚了，先各自回房休息吧。」

「說得對。」

獲得亞倫同意後，今天就到此散會。

＊

隔天，平安完成工作的我們回到城裡。

回程上，村長的公子和我們同乘一輛馬車，要向城裡的官差傳達村裡的被害狀況。年紀大概二十五歲左右，近期就會接替父親的工作，成為新村長。

叩咚叩咚。貨台一樣讓人屁股痛痛。

「哎呀，不愧是冒險者。如果只是一兩隻半獸人，村裡的好手還敢不放在眼裡，可是整群來襲就招架不住了。而您竟然還能將整群半獸人一次燒光呢，太厲害了！」

公子說得非常興奮。

即使村裡有十幾人死傷，他依然是神采飛揚。啟程至今近一個小時的時間，他的興奮一點也沒有減弱的跡象。或許是因為年輕吧，被那雙閃亮亮得眼睛盯著看，感覺怪難受的。

「過獎了，其實狀況很驚險，我還以為死定了呢。」

我不禁想起半獸人那逼至眼前的巨拳。

那實在很可怕。真的。

「非常謝謝各位。關於半獸人群規模比事前調查更大，還有高等半獸人混在裡面這些事，我會親自向公會報告，不會讓各位吃虧的。」

「啊，好，勞您費心了。」

「其實我女兒也在那裡。真的……真的非常感謝各位救了她一命。」

「這樣啊……」

原來如此，所以才會這麼激動啊。

好像有點能理解。

回程和去程一樣，沒發生任何特別的事。中午我們又用去程路上那個營地煮飯，含車夫在內一共六個人同進午餐。

在天色開始轉暗時，我們平安抵達城中。

歸還租來的馬車後，五人一同前往冒險者公會。

*

「好的，事情我都明白了。」

有代理村長的證詞，以及懷特萊茵成員的協助，彙報過程是意外地順暢。

原以為我這樣的小咖，想證明自己打倒了高等半獸人這樣強大的怪物，需要一連串極為繁複的手續。

可是我們帶來的部分屍體，以及各位目擊者的證詞，對肌肉男櫃員而言似乎都是確足的證據。

「我會照你們申請的方式處理。」

「不好意思，麻煩您了。」

我低頭致謝，而櫃員難得態度溫和地說：

「這次真抱歉，會有這種狀況主要是公會的疏失。別說誤判規模，連有高等半獸人都沒發現，這可是好幾年才會有一次的大紕漏。」

「這樣啊。」

「這部分，我們會另外貼一筆補償金。不過數字還要和上面討論，不能說給就給，能麻煩各位明天再來一趟嗎？獎金我會一併奉上。」

「既然如此，這兩筆錢就都給田中先生吧。」

帥哥不假思索地說。

「咦？都給我？」

我忍不住問。

既然他們也在場，拿點危險加給也不過分吧。

「我們是在場沒錯，但也只是旁觀而已。說起來，如果只有我們三個，對上高等獸人不會有勝算。由此說來，我們和村人一樣，都被田中先生救了一命呢。」

「可是，至少等確定金額以後再說吧……」

「就這樣了。大哥，再來麻煩您了。」

帥哥不讓我插嘴，逕自談下去。

口袋是有多深啊。

其他兩名女性似乎也對錢不屑一顧。

「好吧。既然你自己這麼說了，我就照辦嘍。」

「就這麼辦。」

「好咧。」

事情就這麼順利辦完了。

人家要給我，我就收下吧。

反正他們有金髮蘿莉這個財主，錢不是問題。

脫離無殼生活

Evasion of the Vagabond

隔天，我依約前往冒險者公會。

嘰一聲推開西部劇般的雙開門時，已在館中的冒險者視線全射了過來。我盡可能不去注意他們，快步走完門口到櫃檯的幾公尺距離。

肌肉男櫃員就在那裡。他勤快幹活的模樣今天也一樣可怕。

「喔，等你好久啦。」

「您好，抱歉讓您久等了。」

「不要一直道歉啦，這樣很麻煩耶。」

「不好意思。」

「……算了。喏，錢給你。」

肌肉男將一個皮囊擺到櫃檯上。

有金屬碰撞的喀鏘聲。

「裡面除了任務報酬以外，還有提供錯誤情報的慰問金、消滅高等半獸人的賞金、公會買下屍塊支付的費用，總共十六枚金幣。其中大半是來自消滅高等半獸人，光這筆就值十金。慰問金五金，然後是任務報酬一金。慰問金有五金，是因為規定為消滅報酬的一半。」

「……所以高等半獸人是個狠角色嘍？」

「是啊。基本上都是用一整隊去圍一隻，每個人分一到兩金。高等半獸人很少攻擊人類聚落，所以就算要殺光是移動就很花時間。扣掉必須經費以後，實際上的報酬對B級冒險者來說算是普通吧。」

「原來如此。」

「那是需要五人以上團隊花費幾天往返的任務。五個人的話剛好一人兩金，扣掉路費剩一金五十銀。到位以後搜索巢穴什麼的，很容易花上十天半個月。半個月賺一金五十銀是多是少，就因人而異了。」

「這麼說來，B級收入還滿高的嘛。」

「是啊，所以數量少，我們這只有十幾個，C級的話就有一大堆了。能升上B級的，都不是泛泛之輩，不管哪裡的公會都不會亂發。」

「這樣啊。」

B級就有月收三百萬啊。

這麼說來，冒險者還真是個有魅力的職業。

然而昨天的經歷，也讓我明白這真的是得拚命賺錢的職業，很難做到退休的年紀。我再也不想面對比我頭還大的拳頭，好可怕。昨晚也夢到了。

「如果你拿來的是高等半獸人皮，還可以賣到更高的價錢。那種皮對魔法有抵抗力，很值錢的。不過想打倒高等半獸人又要保持外皮完整，可就是難上加難了。如果能漂亮剝下來，至少是十金起跳。畢竟從屍體剝皮也是個大工程。」

「知道了，非常感謝您不吝賜教。」

「我說你啊，可不可以把那種語氣改一改？在我聽起來，那根本是在嘲弄人耶。其實我個人到現在還是不太相信你有辦法獨力打倒高等半獸人。」

「那單純是因為您長得太嚇人……」

「……是喔。」

我也沒辦法啊，王八蛋。

下意識就會用那種語氣說話。

不喜歡就整得可愛一點嘛，肌肉男。

「算了，趕快點一點。」

「是。」

我立刻照吩咐點收皮囊裡的硬幣。

一、二、三……

金色硬幣的確有十六枚。

這就是金幣啊，第一次見到。

一枚一百萬，十六就是一千六百萬。變成大富翁了。

「的確是十六枚沒錯。」

「好，付清啦。不要傻傻被人摸走嘍。」

「是，非常感謝您。」

「還有，你從今天起就是D級了，記住喔。」

「連升兩級啊？」

「因為你打倒高等獸人的關係。要是這次是矇到，以後接任務就會慢慢掉回去了，儘管放心吧。然後，連續失敗五次就要永久除名。」

「啊好，我知道了。謝謝您。」

「掰啦。」

就這樣，我在冒險者公會領完錢了。

不需要跟人分，全都進我自己的口袋。

多到哥布林牌藥草賺的錢都像是誤差。

＊

好啦，現在該做什麼呢？

捧著大錢苦惱了一會兒，最後我走向不動產商。為什麼這麼做呢，因為我想在這座城有個固定的住處。身為典型的日本人，一有大錢就想買房，買自己的家，透天的！

這麼大一筆錢，以後不曉得什麼時候賺得到，再說我在這個世界無親無故。所以當下最該做的，就是脫離現在這個流浪漢身分。

想去洗泡泡浴，等房子買了以後再去也不遲。

我可是腳踏實地的人。

快四十歲的人生可不是白活的。

這可是再過幾年，連貸款都會被刁的年紀啊。

有房最強傳說。

於是乎，我又賞幾個錢給街上的可愛幼女，問出不動產商的位置。不好意思，可以告訴叔叔哪裡有在賣房子嗎？好嗎～？拜託嘛～

原以為這次比較有難度，結果還是令人讚嘆。

先走那邊～再走那邊～再稍微走一下就有嘍。

照例按例又是模糊到不行的指示，不過乖乖跟著走，還真的沒有錯。走了幾分鐘，就找到看似不動產商的地方了。

這城市的幼女真方便，又很可愛，太棒啦。

廢話不多說，噹啷噹啷，我伴著輕巧鈴聲進門去。

「不好意思，我想買房子……」

「好的好的，請這邊坐。」

店員是人類。

同樣是白人，年紀和我差不多，是個褐髮剃得短短的帥氣中年人，身高有一百九吧。好高啊，真想成為這種中年人。他就是這麼一個一見到他就讓我就忍不住咒罵自己長相的大叔。

「不好意思，我想找個獨棟的房子，預算十五枚金幣左右。有嗎？」

「十五枚金幣啊，其實有點困難……」

「這樣啊……」

城鎮周圍建了高高的城牆，住宅數量有限，所以我早料到房價一定不便宜。坐擁獨棟樓房再養隻大型犬的男性浪漫，恐怕是只能以後再談了。

「喔不，等一下。有，只有一間。」

「真的嗎？」

「它格局有點怪，要去看看嗎？」

「好，拜託帶路！」

真是太幸運了。

不廢話，直接殺過去。

＊

我們來到位在鬧區角落的獨棟住宅。

「土間還真大。」

而且還擺滿了不知用途的器具。有形似燒瓶的玻璃瓶，似乎能進行排水集氣法的木架，還有個櫃子收納整理得整整齊齊的不明金屬片。到底是用來幹什麼的啊？

再加上土間邊緣附設個櫃檯，有如之前造訪過的武器行和防具行，身兼作業區與販賣其成果的店面功能。整個樓層大約是三十坪左右吧。

「是啊，這間是包含家具器物一起賣。直到前年，還有個鍊金術師住在這裡。地點鄰近大路，所以一樓兼店面和工作室，二、三樓才拿來住。作工很紮實喔。」

「原來如此。我問一下，這城裡獨棟住宅的價位大概是多少？這裡我人生地不熟，想多看幾間再做決定。」

「這個嘛，獨棟住宅的話，不管再小再偏僻也是二十金起跳。順道一提，這一區的行情是在五十到一百金。面對大路的還要翻倍呢。」

「咦，那這裡為什麼……」

「就是所謂情形複雜的嘍。前一個屋主買了兩天就喊賣了。」

「真的假的？」

難道是凶宅嗎。

「請問一下，是什麼原因？」

「……有那個。」

「咦？哪個？」

「起先的屋主，也就是那個鍊金術師的鬼魂吧。」

「呃……自殺嗎？」

「聽說是病死。」

「喔呼。」

很典型的狀況嘛。

「而且是剛住進去就馬上遇到，每個人都是買了幾天都想賣。多虧於此，我們光靠差額就賺了不少。當然，如果你不喜歡這方面的東西，不買就什麼事也沒有了。」

「了解。」

說到凶宅，在現代日本可是寶貝呢。可遇不可求，碰到了算運氣好。即使是都心的山手線沿線，也可能出現屋齡僅十年的二十平方米只要月租五萬的理想國。鬧鬼又怎樣，正好陪我這快四十的孤單臭男人聊天。

脫離流浪生活遠比鬧鬼重要多了。

「那好吧，我買。」

「之前買的都是逞一時之勇喔。」

「別擔心，我不怕這種東西。」

「之前買的都這麼說喔。」

「總共多少錢。」

「十六枚金幣。」

喂喂喂，只比剛才講的預算多加一，就要把我消滅半獸人的報酬吃光了耶。他是看我好說話，想趁機削我一筆吧。

這樣我不就沒辦法洗泡泡浴了嗎？目前還有哥布林牌藥草賺的錢，生活費是沒問題，可是我之前已經跟自己說好，必須用自己賺的錢來打炮。

慢著，把哥布林的錢投入買房資金，多的錢挪為生活費不就好了嗎？我真是天才。

然而，還是得先講個價。

「能不能打個折扣？」

「只要你十天以內不脫手，我就少算你一枚金幣。其實啊，我對之前每個屋主都是這樣說，可是從沒有一個讓我折到價的。」

「謝謝喔。」

「那麼，我們就回店裡簽約吧。」

「好。」

就這樣，我的愛屋得來全不費功夫，輕鬆得有點傻眼。

有家萬歲！有房萬歲！樂死我也。

＊

購屋手續很快就辦完了。

接下來，沒幾個像樣家當，活像流浪漢的我返回旅舍收拾僅有的行李就前往新家，近一個小時就搬家完畢。

從今天起，我也是一國之君了。

生前無法完成的夢想在此實現。

啊啊，我朝思暮想的透天樓。

「太高興啦～」

光是這樣，我就覺得能活到今天真是太棒了。

再來就是養隻大型犬。

我想要黃金獵犬。黃金獵犬讚。

能養在室內的大型犬超棒。

「話說回來，鍊金術師是個很厲害的工作吧……」

這住宅是三層的石造建築，一樓土間佔了八成，也就是仲介說的鍊金術師工作室吧。這景象好像在那類遊戲的背景中見過，很容易進入狀況，讚。

與工作室相對的櫃檯另一邊就是店面了，和工作室相比是小很多。若當作藥局收銀台和設置於其旁邊的成藥專區來營業，還真是那種感覺。不過裝潢是奇幻風。是的就是奇幻風。

爬上樓梯，二、三樓即是居住空間。這兩層的大小都和一樓無異，也就是三十坪乘二，共計六十坪。一個人住很夠了，養寵物也綽綽有餘。

浴室廁所，客廳和廚房餐廳都在二樓，三樓是起居室和臥室。房門就在樓梯邊，有兩個大小相近的房間。

每個房間都留有家具，灰塵又不多，感覺今天就能開始住。需要另外做的，頂多就是洗洗床單吧。

「真是太棒啦。」

心中雀躍不已。爽歪歪啊。

樂得恨不得明天就開始當鍊金術師。

夢想中的2LDK，而且還附工作室。

「先把生活必需品買一買吧。」

應該會需要毛巾或燈燭等不少東西。住旅舍全都有得租，在這裡就要自己準備了。

讓人想起剛開始獨居時，在百圓商店物色雜貨的年輕時光。心情上是一樣的吧。

「走嘍～」

情緒高漲。

口袋裡還有一點錢，多買一點好了。

＊

買完生活必需品後，時間已接近中午。

中餐我在附近鬧區的大排餐飲店之中挑一間定食屋

解決。味道可以，分量算多，價格不算貴，沒有太深的印象。大概不會再來了吧。

吃飽以後，我開始打掃房子。

我將整個下午都花在打掃室內上。以包家具的中古屋來說，這裡頗為乾淨，幾個小時就掃完了。如果仲介沒瞎掰，可能是經常買了又賣，每過一陣子就會有新屋主打掃的緣故。

真是買到好房子了。

當天色終於轉暗，我給床鋪換了床單，今天預定的搬家作業也就此結束。從今天起，我便備妥了不必依靠旅舍也能長期在此生活的基底。

太棒了！

有家萬歲！

有家好棒棒！

在便宜公寓獨居的打工系近三十女性，即使生活雜物全靠百圓商店，也要砸大錢買時髦窗簾或新品窗簾的愛美心理，如今和我這個中年大叔連上線了。我也買了漂亮的窗簾喔，和輕飄飄的蕾絲窗紗一組喔，還附兩枝窗簾桿，不買可惜啊。

感覺好棒。奇幻風格的住家工作室降臨啦。

前所未有的充實滿溢心中。

不過難得的運動，倒是讓我肚子都扁了。

「……呼，去吃晚餐吧。」

晚餐地點已經選定。

就是那個有性感妖豔大奶妹當服務生的酒館。

*

太好了，我要看的大奶妹今天也有上班。那身穿圍裙女僕裝，搖胸擺臀穿梭於酒館之間的模樣，實在色得沒話說。今晚的入居喜炮就用她的胸臀當配菜吧。

「蘇菲亞，我也要再來一杯～！」

「好～！」

客人一喚，蘇菲亞就趕過去。

胸部搖搖，屁股晃晃。

我用心聆聽她活潑的聲音，要烙在鼓膜上。

讚啦讚啦，可愛死了。

金馬尾像尾巴一樣搖來搖去也很高分。

「啊～太讚啦。」

多虧於此，這酒喝得好痛快。酒真好喝。餐點也不錯。

今天我充實得幾乎聽不見周圍酒客的喧囂，現在的我是不是世界上最幸福的人呢？極為自我中心的幸福感經過酒精的推助，令人飄飄欲仙。

今晚似乎能睡得又香又沉。

大概是這種想法容易引來壞事吧。

酒館裡忽然響起任誰聽了都會不愉快的怒罵。在我醺得正舒爽的時候，問題抓準時機發生了，而且糟得足以一擊打消這空前的幸福狀態。

「混帳東西，你沒聽見我說的話嗎！」

「有聽見，但問題是——」

「其他人不是說看見了嗎！為什麼就是不給我看！」

「所以說，我……我真的不會那種——」

怒吼響徹整間酒館。

酒客的注意力也好奇地集中過去。

這裡的偶像蘇菲亞就在那裡，還有個壯年男性在找她麻煩。男性的行頭非常氣派，一看就知道是個貴族。他的斗篷和滾邊領子完全就是那種感覺。

而他本身是個翹鬍子十分顯眼的美男子。

頭髮剪得很短，和鬍子一樣都是棕色。即使有些歲月的痕跡，長相依然不壞，是個不錯帥的中年大叔。略垂的眼角，隱約散發奇妙的魅力。感覺過了人生的折返點也一樣是個萬人迷。

年輕的時候應該更受異性歡迎吧。

「到底為什麼！」

「我不過是個小小的平民，魔法這種東西，我……我實在……」

「妳不是魔法師嗎！」

「怎……怎怎怎麼會呢！」

「什麼……」

「非……非常抱歉……」

蘇菲亞極為倉皇地向貴族用力鞠躬道歉。

結果那力道讓她的馬尾甩過後腦，正面拍在貴族的眼窩上，啪唰一聲很是痛快。

「啊！我……我的眼睛！眼睛……」

「對……對對……對不起！」

似乎是打個正著，貴族大叔按著臉咿咿唔唔。

冒失的女服務生，則是倍加惶恐地反覆道歉。

再補一記馬尾攻擊。

看得酒客都忍不住笑了。

這讓貴族大人火上加火。

「混……混帳……」

「真的很對不起！求……求求您饒了我吧！」

蘇菲亞臉色都發青了。

狀況有點糟。在劍與魔法的奇幻故事中，如果有貴族騷擾村姑，下一章就是鮑魚大噴水不要～～～的感覺。稍微想像一下。喂喂喂，還真想見識一下。但要是讓這位大人物綁走蘇菲亞，我們這些小老百姓就得從此和她的咪咪屁屁說掰掰了。

完全是 Bad end。

這樣不好。非常不好。

「妳應該沒有騙我吧！」

「小的怎麼敢！我……我真的不是……」

貴族手一伸，抓住蘇菲亞的手。

酒客都只是旁觀。

貴族之於平民，就像人事部長之於還有房貸要繳的普通員工那樣不可侵犯吧。不想害妻兒喝西北風，就乖乖照我的話去做吧，齊藤小弟。就只是要你表現一點對公司的忠誠而已嘛。

之類的。

資本主義形成的階級制度實在太可怕了。可怕可怕。

「慢著慢著，你這樣未免太粗魯了吧。」

我站起了身。

咯咚一聲向後推開椅子，直挺挺地站起。

轉向貴族。

「你做什麼？衝我來的嗎？」

「你沒看到她很反感嗎……快點住手。」

我好帥啊。

完全是正義的英雄。

說這種具壓迫感卻有幾分柔情的話，真是帥呆了。

「我是不知道貴族有多麼高貴，但如果抓手就能獲得異性芳心的話，隨便一隻半獸人也辦得到吧。難道貴族都是比半獸人還不如的野蠻人嗎？」

「你……你……你說什麼！」

貴族馬上就惱羞了。

看來自尊相當高。

「趕快放下你的手，用自己的言語打動她的心吧。要是你不會說人話，我心腸不錯，可以教教你。既然你會用兩條腿走路，應該能學會正常和人溝通才對。」

「可惡！混……混帳東西，你知道我是誰嗎！」

「不知道耶。」

我的情緒有點怪。

是酒精的力量吧。

「什麼……」

貴族大叔已經氣得臉紅脖子粗了。

我這裡也是顯得有幾分醉意。

「要是你再不放手，我的火球就會噴出前無古人的烈焰，你會當場爆得灰飛煙滅，連一片骨頭都不剩喔。那實在很噁心呢。」

啪！

我帥氣地彈響手指。

幾個排球大小的火團同時出現在貴族周圍空中，飄啊飄地。表面還像太陽閃焰一樣有火焰跳動，轟轟作響。

其熱量透過空氣傳遞，使整個酒館的氣溫都上升了。

我完全不曉得有幾度，只能肯定它非常熱。實際上，貴族有一小部分頭髮已經滋滋滋地燒焦了。

「唔……！」

「殺你，比喝光杯子裡剩的酒還要簡單。只要我手指再彈一次，你這個人就會從這世上完全消失。如果你還是不肯放了她，愛怎麼做就請自便吧。」

我臉上始終掛著帥到不行的淺笑。

到此為止了。

勝負已經分曉。

腳下不覺之間浮現的魔法陣，漂亮地烘托我的壓迫感，替我作特效、畫龍點睛。

看著地面上閃亮的圓形幾何圖案，讓我體會到畫面的呈現手法真的很重要。這點做得好，爛片都會變佳作。女性化妝也是同理。我明天也開始化妝好了。視覺系的。

「不過我認為你辦不到就是了。」

「……有意思。」

然而對方不退反進。

「愚蠢的東西，竟敢挑戰我魔導貴族法連。有膽就試試看啊，你以為十幾二十顆火球就嚇唬得了我嗎？愚蠢！要比魔法的話，嗯，我還求之不得呢！」

魔導貴族好屌啊。語感上。

「那你就覺悟吧。永別了。」

「！」

手指再度彈響。

飄浮於魔導貴族周圍的其中一顆火球，立刻以眼睛都跟不上的速度往位在中央的他移動，我自己都看不到是什麼時候動的啊。

發現時，兩者已經相觸。

火球只是稍微碰觸他的背部。

緊急煞車了似的若即若離。

「嘎！」

即使喝醉了，我還是稍微冷靜想過。蘇菲亞就在旁邊，而且要是和攻擊獸人一樣全力爆炸，整個酒館也會被炸成灰，我自己也不會平安無事。

所以，我只是讓火球輕輕碰一下他的背。急停就是源自這種胸懷的慈悲。我真是個好人，治療系到極點。想治癒被炎涼社會蹂躪的心神，就來一顆暖心的推測百萬焦耳火球吧。

「啊啊啊啊啊啊啊啊啊啊啊啊啊啊啊啊啊啊啊！」

效果非常卓越。

魔導貴族口中迸出貫耳慘叫，蹦跳似的全身一顫，最後面部著地倒下，一抽一抽地開始痙攣還口吐白沫。

低頭一看，他整個背都黑了。

皮沒了，肉熔了，骨頭焦了。

有一股不快的焦肉味撲鼻而來。好臭。是鐵板燒肉出差錯的味道。

看來我把他背上的肉都燒光了。

「……不會吧！」

感覺很不妙，這事關生死啊。要趕快換新鐵板才行，不然快樂的燒肉時間就冷掉了，分秒必爭。店員，快點快點！

真的會抖啊。

打高等半獸人時只是烤焦表皮耶，人真是太脆弱了。以後得看對象調節火力，否則容易釀成大禍。傷腦筋。

「咿……」

蘇菲亞驚慌一叫。

要是魔導貴族死了，以後好像會有很多麻煩。我現在殺的不是半獸人，而是這城裡的人，感覺會被人在背後指指點點。

這時，腦袋裡依然冷靜的部分對我說，你不是剛買房子而已嗎？你不是剛有個家而已嗎？

對於有家一族來說，輿論比什麼都重要，也就是鄰居對自己的評價。做不到這點，不可能有幸福的居家生活。想都別想。根本絕望。

因此，我連忙狂放治療魔法。

「給我好起來啊啊啊啊啊啊啊啊啊啊！」

隨我一吼，倒地的魔導貴族底下浮現魔法陣。

燒掉一大塊的背部逐漸恢復原樣。

骨骼復原，肌肉包回去，無數管狀物在這當中密密麻麻地長。最後皮膚將這一切全部掩蓋，只剩衣服還是破的，但我的魔法沒那麼神通廣大。

別在意。人家是貴族，有得是錢，要買多少件都行。投入一千萬治裝費的衣帽間也是一筆財產，外表的缺陷就用高價服裝和美容整形來彌補，真想過過這種人生啊。

「喔喔喔喔喔喔喔！好厲害，傷都好了！」「不會吧，那麼重的傷耶！」「他剛才根本就死了吧！」「有沒有搞錯！你等級到底多高啊！」「喂喂喂，幹嘛給我們看那麼噁心的東西啊！」「哇，好誇張。」「原來人的身體裡面是長那樣啊……」

圍觀的酒客口中紛紛蹦出非常隨便的簡短感想。

魔導貴族負傷的肉體在眾目睽睽下完全痊癒。

最後恢復意識。

「……！」

他驚慌地跳了起來。

接著觸摸身體到處檢查，發現沒有一點傷。

心裡可能一團亂了吧。

「你……你……你……」

即使嘴巴發抖，話也說不好，他還是要嗆聲。

「你給我記住！」

結果他馬上就跑掉了。

誰也來不及喊住他。

那身影迅速穿過門口，跑出店外。

最後一刻，他的表情根本是嚇歪了。活像一時好奇就種起大麻，結果隔天就慘遭通報的現役東大生，再也不相信這世上的一切。

真是太爽了。

教訓惡霸，拯救美女，實在爽得不得了。

看著魔導貴族慌慌張張跑出店門逐漸遠去的模樣，讓我沉浸在濃濃的充實當中。我還是有生以來第一次用盡全力否定一個人，竟然是這麼痛快。再加上酒的影響，我不禁為自己陶醉。

「哼，沒意思。」

我隨口撂個狠話，坐回原來的椅子。

沒喝完的酒還擺在吧檯上，我便端起來喝兩口，滋潤說多了而乾渴的喉嚨。

真的有夠爽。

如果接下來剛解救的蘇菲亞過來道謝，我就真的別無所求了。來，快點，快來道謝吧。

好期待。

心兒怦怦跳。

愈跳愈快。

噗通噗通。

結果等到最後，來的是個近四十的男性。

「這位客人，不……不好意思喔，由於出了剛才那些事……我們今天要關門了……」

「咦？」

誰找你啊？

我不要男人啦。

「不好意思，可以先結帳嗎？」

「呃，那個，我還想多坐一下……」

「你願意幫這孩子，我實在非常感謝你，可是那個，那個……我……我們明天會繼續開，拜託，麻煩你明天再來吧！」

轉頭看看，其他顧客也紛紛離店。

看來真的要關門了。

「呃，那個，我……我知道了。」

怎麼會這樣。

可惡啊。

還以為下一回合就是和蘇菲亞的歡樂摸摸園地了。

就算不會進展到以激烈的肌膚相親交心的地步，感謝的話語仍能為處男的心灌注人性的溫暖，讓我稍微多懷抱一點希望享受未來人生啊。好想過充實的生活。

想死我了。

「所以，那個，我走了。」

「謝……謝謝光臨。」

我放一枚銀幣在吧檯上，今天就此告退。

＊

沒能在酒館和蘇菲亞有進一步接觸。

可是我還有房子，我還有自己的家，有住處。現在，我就是躺在可以遮風避雨的獨棟樓房裡的床鋪上。好軟好綿，自家的床怎麼這麼溫暖，夫復何求啊。

「啊啊，好軟好綿好幸福……」

一從酒館回來，我就倒在床上享受幸福時光。

醉意醺到好處，腦袋天旋地轉。

轉轉轉。

可是我轉得很舒爽。

不考慮後果的行動，原來是這麼爽。歷經長年社會生活的我，體內似乎累積了大量負面壓力，而今天一口氣爆開了。這感覺竟然這麼愉快。

「啊～太爽了～受不了……」

我看著仍不習慣的天花板嘟噥。

這瞬間，有人攻來了。

『滾出去～』

那是不知來自何處的聲音。

同一時刻，頭上出現一根冰柱，喳一聲插進我躺在枕頭上的腦袋旁邊，周圍床單還啪嘰啪嘰地結凍。

長三十公分的銳利冰錐是個可怕的威脅，要是刺中了臉，我連知道自己死了的時間都沒有就死了。

「靠，不會吧！」

難道是魔導貴族來報仇了嗎？

剎那間酒意全醒，我跳了起來。

接著見到，有個半透明人影飄浮在房間中央。

『滾出去～』

人影周圍一個接一個地冒出冰柱，全都和剛才刺在床上的同樣大小。感覺像我火球術的冰箭版。

王八蛋，竟敢抄我。

「誰怕誰啊！」

我也趕緊亮出火球。吃我的火球啦。

即使穿著睡衣，我也在自己周圍造出火球，數量比對方的冰柱更多。火火火，火是好東西。

『喂喂喂！給我等一下！』

結果對方緊張起來了。

『房子會燒掉！不要在這種地方用火！』

「對喔！」

這是我的房子。

我剛買的家。

失火就笑不出來了。

我急忙滅火。

『受……受不了耶！你這腦殘……啊！你看那塊牆壁，都燒焦了啦！混蛋！你要怎麼賠我！』

「喔喔喔喔喔喔喔！我的家！黑……黑掉了！」

對方說得沒錯，牆上黑了一塊。

狀況糟到在沒有燈光的黑暗中也能看得很清楚。

『這才不是你家，是我家！』

「這就是我家！我剛買下來的家！」

話說這傢伙是誰啊？

輪廓乍看之下是人類，可是顏色很淺，看得到背後的東西，會是所謂的幽靈嗎。這時我忽然想起仲介關於凶宅的一連串對話。

對方身高大概一三〇出頭，年紀九～十歲左右，比艾絲特年輕許多。而且是個有頭過腰金髮和藍眼睛的可愛少女。兩隻尖尖的耳朵最為顯眼，會是精靈嗎？

她和奇幻遊戲裡常見的魔法師一樣，穿著袍子，深灰色的底讓白皙膚色更為搶眼。手裡握著狀似法杖的東西，還直挺挺地指著我。

至少外觀不是魔導貴族，搞錯了。

「先等等，妳到底是什麼人？怎麼亂進別人家裡。」

『我是這房子的主人，隨便進來的是你！』

「那可不。這間房子是我經過正當合法手續買下來的，絲毫沒有妳這個第三者介入的餘地。要是妳想靠武力解決，我也會全力阻止妳。」

『……正合我意，看我宰了你。』

「是合我的意吧，我絕對要把妳趕出去。」

房子就是日本人的心。

對日本人來說最重要的不是別的，就是自己的房子。

愛與理想要說多少就有多少，可是房子就沒那麼簡單了。

而其中最高級的就是東京的房子，尤其是所謂都心三區的千代田區、港區和中央區。在這裡買房，即是日本男兒的目標與終點。

付完貸款才是人生的圓滿結局，最適合妝點人生最後一段路程。好想把住在山手線範圍內的喜悅，以及房子有資產價值的安心每日伴身邊的生活，獻給我仍不存在的太太和孩子。

即使來到異世界，這信念也不會改變。

絕不許任何人阻礙我。

沒錯——

我豈能白白讓人將這一切從我眼前奪走。

『去死！』

我需要火系以外的魔法。

技能、技能視窗，Come on！

被動

魔力回復：ＬｖＭａｘ

魔力效率：ＬｖＭａｘ

語言知識：Ｌｖ１

主動

治療魔法：ＬｖＭａｘ

火焰魔法：Ｌｖ３

剩餘技能點數：５

大概是打倒半獸人而升級了吧。

剩餘點數增加到不錯的數字。

為了消滅我家的敵人，我要全部用掉。

不惜成本與她全力一戰。

我建超世願必至無上道斯願不滿足誓不成等覺我於

無量劫不為大施主普濟諸貧苦誓不成等覺我至成佛道名聲超十方究竟靡不聞誓不成等覺離欲深正念淨慧修梵行志求無上道為諸天人師神力演大光普照無際土消除三垢冥明濟眾厄難開彼智慧眼滅此昏盲闇閉塞諸惡道通達善趣門功祚成滿足威曜朗十方日月戢重暉天光隱不現為眾開法藏廣施功德寶常於大眾中說法師子吼供養一切佛具足眾德本願慧悉成滿得為三界雄如佛無量智通達靡不遍願我功德力等此最勝尊斯願若剋果大千應感動虛空諸天人當雨珍妙華南無阿彌陀佛南無阿彌陀佛南無阿彌陀佛南無阿彌陀佛南無阿彌陀佛南無阿彌陀佛。

我面對射來的冰柱用力祈禱。

向屋神祈禱。

「有了！」

被動

魔力回復：ＬｖＭａｘ

魔力效率：ＬｖＭａｘ

語言知識：Ｌｖ１

主動

治療魔法：ＬｖＭａｘ

火焰魔法：Ｌｖ３

淨化魔法：Ｌｖ５ NEW！

剩餘技能點數：０

就是它！不折不扣！

話說技能視窗也進化了耶，新增部分還有標示，還滿機靈的嘛。這樣就明瞭多了。

「少在我家亂——————！」

我要把妳完全消滅。

這間房子是我的家。

不需要我以外的人。

請客人來玩是以後的事。

等玄關鋪上格子踏腳墊再說。

『唔喔！』

地板上出現涵蓋整個房間的魔法陣。

隨魔法陣發出蒼白光芒，眼前的幽靈也發生變化。她忽然短促一叫，然後變成呻吟，非常痛苦似的抱起頭來。

同時飄浮在她周圍的冰柱啪嘰啪嘰地潰散，連小小的碎屑都在人世黑暗之中融化般消失。

『慢……慢著！等一下！我會消失，我會消失啦啊啊啊啊！』

「那就快點出去吧！離開這個家！」

『唔喔喔喔喔喔喔喔喔喔喔喔！』

入侵者慘叫著飛向窗口。沒有撞破玻璃，直接穿透牆壁逃到屋外去了。

「哈，有膽再來啊！」

我為自己的家帶來了和平。

接著，我的意識也來到了極限。

酒意也醞得差不多了，我直接倒到床上去。

閉上昏花雙眼的瞬間就失去了意識。

＊

隔天，我神清氣爽地醒來。

「我……在自己家過夜，在自己家醒來啊……」

絕對的充實、無上的充足、終極的滿足。

沒有比這更美好的幸福了。我以全身感受著令人不禁咬牙的喜悅。滿窗陽光所帶來的暖意與朝氣，照得我一身皮膚通透晶亮，彷彿是人世祥和的縮影。

啾啾吱吱吱。類似燕子的不明鳥鳴，為這早晨更增添了幾分綿柔。有種神奇的力量，讓我不禁想永遠在這裡發呆。

好幸福。此時此刻，我非常地幸福。

感覺就像主角經過漫長冒險而終於擊敗魔王，卻落得意識不明的下場，但是在今天終於在病床上醒來。故事接近尾聲，接下來是恬淡的結局。

「我是勇者……」

有房子的勇者。

今天就慢慢來享受有家的感覺吧。

啊啊，房子真是太棒了。我可愛的家。

我慵懶地躺在床上，任憑時間流逝。

過了將近一小時吧。

肚子裡的蟲發出難聽的咕嚕聲。

「……吃午飯吧。」

不曉得現在是幾點，大概是那個區間沒錯吧。

＊

我去的是蘇菲亞那裡。

他們那晚上是酒館，白天是餐廳。如果能欣賞那豐臀巨乳嫩大腿，每天來都可以。我抱著如此堅強的意志走進店裡。要是能跟蘇菲亞來一發，我死也甘願。

「這……這位客人……」

我找了吧檯的位子坐下。

隨後，昨晚見過的男店員表情極為為難地走來。

「不好意思，我要一份今日特餐。」

「呃，那個，我們……」

對方臉色有夠難看。

「怎麼了嗎？」

「對不起，我們今天……」

男店員表情愁苦地支吾其詞。

搞不懂，苦惱什麼啊。

「請問，找我有事嗎？」

反問之後，答覆從背後送來。

「那個，不……不好意思……」

「啊……」

是蘇菲亞的聲音。

蘇菲亞找我說話了。

轉頭一看，果然沒錯。

「請……請問，找我所為何事？」

淺薄的異性經驗，使我答得生硬到不行。

誰教蘇菲亞這麼可愛。太可愛了啦，蘇菲亞。

對此，蘇菲亞則是回答：

「對不起，真的很對不起。」

「咦？那個，為什麼要道歉呢……」

「對不起，就是，能請你……不要再來了嗎？」

她抬著眼說。

想不到是逐客令。

「……咦？這是怎麼回事……」

「我們這只是個小店。所以，那個……要是被貴族盯上，就是，很容易就被搞垮。所以真的很……很對不起。可是，所以，請你以後不要再來了。」

蘇菲亞低著頭，泫然欲泣地說。

聽到這裡，我終於明白整件事的根幹。

「喔……」

是昨天做得太過火了吧。

在這世界，貴族這種階級的地位似乎比我預想中還要強勢。因此，她甚至要向我這種素不相識的醜八怪低頭，請求我再也不要上門。

「我……我知道了……」

看來昨天的義舉是個錯誤。

不管怎麼選，我都要跟蘇菲亞說再見了。

我已經進入這條路線。

「對……對不起……」

蘇菲亞看也不看我的臉，就只是低頭道歉。

我好像知道那代表著什麼。喔呼。

「別這麼說，是我給你們添麻煩了，真對不起。」

這裡就坦率道歉吧。難得找到這麼一間好店，還決定要天天都來，結果才來三次就吃了禁令。怎麼有這麼悲哀的事。

「那麼，我這就告辭了。」

我離開座位，走出店門。

再找別間店吃午餐吧。

擁房之力在我睡醒時帶來的幸福，全被這遭遇給抵銷了。

*

這天我再也沒做其他事，只是在自家懶懶地過。可說是一種賭氣的方式。

中餐是到附近鬧區買個像便當的外帶餐點解決。

還滿好吃的。

某某生物的胸肉刺成一串，沾醬去烤。

沒有洗澡。

整天都在床上打滾。

*

隔天，我很早就醒了。

「擺爛也沒意義。」

我發現，這樣下去不太好。

於是我決定，今天得找些正經事來做。還沒具體決定要做什麼，總之先下床再說。趕快換衣服，把昨天的髒衣服洗一洗吧。

我需要規律的生活。

想到就要立刻去做，上午就把家事全處理好了。剛搬家的人，對於打掃總是特別有幹勁。我到附近商店買了掃除用具，要認真把家裡的灰塵清乾淨。

昨天睡了太久，今天活動筋骨感覺很舒服。

掃自己家的感覺真是太棒了。

整個人都沉醉在打掃裡面。

打掃是很有意義的事。

不只是房子本身，打掃者的心彷彿也會清理乾淨。

打掃真好。棒透了。

在我浸淫在愉悅氣氛，奮力維護自家環境時，樓下忽然傳來敲門聲。

咚咚咚、咚咚咚。

然後是人聲。

「有人在家嗎！有人在家嗎！」

女人的聲音。好像在哪聽過。

不會吧。

我急忙衝下樓梯。

奔向兼店門功能的正門。

「來了來了，哪位——」

我懷著不小的期待打開門，果真見到心裡想的那個人。不是別人，就是我的心靈偶像，酒館女服務生，火辣身材的金髮美少女，蘇菲亞是也。

「啊。太……太好了……」

她見到我的臉就鬆了口氣。

「啊，妳好。早安。」

她怎麼在這裡？

為何知道我住這裡？

找我做什麼？

滿腹的疑問。

但無論如何，貴客來了就該好好款待。

「那個，先進來再說吧？」

「不了，我來是因為，那個，不……不好意思，拜託跟我過來！」

「……喔。」

是怎麼啦？剛見面就突然被拉出去了。

＊

我們來到的是蘇菲亞工作那間酒館。再過近一個小時就要中午了，店裡卻一個客人也看不見，就連員工也沒有。見到的只有寥寥幾個，看似老闆的男性、蘇菲亞，以及——

「你不是……」

「哦？你真的來啦。」

前天被我狂電的魔導貴族。

這樣事情就簡單了，看來是蘇菲亞出賣了我。賣給誰呢，當然就是這位貴族大人了。往她看去，眼睛才稍微對上，她就立刻撇開。

從狀況來研判，蘇菲亞身旁的壯年男性應該就是這裡的老闆不會錯。他也一樣，眼睛一和我對上就立刻努力裝作不認識，全身滿滿散發著「拜託不要連累我們」的態度。

「有何貴幹？」

「沒什麼，只是想和你聊聊。」

「……聊聊是吧。」

「馬車已經備妥了，上車。」

不容拒絕的語氣。拒絕了會怎麼樣呢。我往蘇菲亞瞄一眼，只見她淚汪汪的眼睛直要我上車。

市井中的貴族，就像在歌舞伎町呼風喚雨的黑道一樣吧，這樣就能理解她為何如此迫切了。

「那好吧。」

「走。」

三言兩語就被綁架了。

路上，我們一句對話也沒有。

*

馬車抵達的是魔導貴族的宅邸。

好厲害的豪宅，周圍土地足以容納幾十間我家。扗著路的大門距離玄關還有一段路，寬得可供馬車進出。看來這個魔導貴族的位階不是普通地高。

在他的帶領下，我來到豪宅的中庭。

「要在這做什麼？」

「你的魔法非常厲害。」

「……是嗎？」

「尤其是治療魔法，簡直神乎其技。再表演一次給我看吧。」

「喔……」

完全不是我想像中的對話。

「喂，妳過來！」

魔導貴族叫來一個路過的女僕。

她是年約十五的少女，正好走過鄰接中庭外廊。她三步併作兩步地趕來，手上剛曬好的床單類摺得整整齊，疊得好高。

捧著大量洗滌物的輕飄飄女僕真可愛。

「是的，老爺！有……有何吩咐？」

「站在那裡。」

「是。」

女僕按照吩咐，站在我與魔導貴族之間。

魔導貴族的手忽然一甩。

俐落地切斷了女僕的雙腿。

「咦……」

她一時間還不明白發生了什麼事，身體失去支撐而咚刷一聲仰著倒下。手上潔白的床單開花似的膨起，當空飄散。

緊接著，她的口中迸出源自劇痛的哀號。

「啊啊啊啊啊啊啊啊啊啊啊啊啊啊啊啊啊！」

魔導貴族毫不理會，抓起他斬下的雙足隨手拋遠。

呈拋物線飛走的斷肢有如裝了火藥，在落地前一刻炸成碎肉。

「不會吧……」

我目瞪口呆。

整個人都傻了。

「來，把她治好。」

但凶手卻若無其事地要我動作。

「好……好的。來了」

我一點反抗的意思也沒有，應要求動手治療。斷面出血劇烈，即使不會當場死亡，拖久了一樣會沒命。

我是有點想看可愛女生在我面前癱軟的樣子啦。

然而現在不是滿足那種欲望的時候。

輕飄飄女僕好可愛，好可憐。

「…………」

我對倒地的女僕伸出雙手。

其下浮現魔法陣，傷口開始復原。

就像用快轉看蜥蜴斷尾再生，骨頭長出來，血管線路擴散開，肌肉蓋過去，皮膚再全都包起來。

僅僅幾秒，她的傷就完全痊癒了。

「你的魔力真是不同凡響。」

「拜託喔，這樣人家也未免太可憐了吧？」

「剛才的魔法陣可以再用一次嗎？」

「咦？是可以啦……」

「那麼……」

魔導貴族揚起了手。

其前方是倒地的少女。他又想砍腳了吧，我實在是於心不忍。

「等等，不用那樣應該也可以。」

「是嗎？那就好。」

他極為冰冷地說。

「既然這樣……喂，妳可以走了。」

「咿……咿咿咿！」

女僕尖叫著飛奔而去，逃出中庭。

「再多陪我走走，這樣我就不追究你日前的無禮之舉。」

「喔……」

我就這麼糊里糊塗地跟著他到處亂走。

老實說，我到目前為止還是不了解他接近我圖得是什麼。為什麼想看我的魔法，真是奇怪。再說，腳被砍的女僕有夠可憐。

可是陪他閒晃約一小時後，我看出了不少東西。

這個自稱魔導貴族的男子，是個愛魔法勝過三餐的人。接近我可能不是圖謀不軌，而是日前我使出的魔法讓他深感興趣，勝過了當時所受的恥辱，才會安排今天這場會面。

結果就是在中庭沒完沒了地替他畫魔法陣。從途中對話，我得知他是全國屈指可數的頂尖魔法師之一，甚至國家出錢請他研究。同時也是伯爵家之長，在這國家有極大權勢。

這樣的人為何會在市井酒館裡發酒瘋？我們見面的情境讓我疑惑不已。不過呢，這也說明了他的個性，今天也是單獨來找我，是個行動力強，不拘小節的人。

「嗯，太棒了。我要把這個魔法陣記下來，不許拒絕。」

「我是無所謂啦……」

唯一的問題是，他態度始終那麼高傲。

就像女性會用外表和收入當作取捨男性的標準，這個魔導貴族是以有無魔法才能作評判。就像聯誼場上又醜又沒錢的人根本沒人權一樣，他根本不把沒有魔才的人當人看。

相反地，只要對方擁有優秀的魔法能力，就算自尊遭到粉碎，他也會拿出最起碼的肚量。因此即使面對幾乎殺了他的人，他也能若無其事地應答。根本不是正常人的行為。

說不定還滿酷的就是了。

「嗯，真是段意義非凡的時間。」

「那真是太好了。」

就這點來說，他是個個性簡單明瞭的人。

在紙上畫下幾面魔法陣之後，魔導貴族滿意地點點頭。

「……我可以回去了嗎？」

「吃個飯再走吧。這點禮數我是不會吝嗇的。」

「啊，謝謝。」

還請我吃飯啊？

「對了，我要你下個月再來。」

「咦？」

「我會用這段時間研究這些魔法陣。有一個月的話，應該能看出些端倪吧。我想和你一起討論。知道了吧？」

「不知道。什麼意思啊，我才不要……」

「不然每扣你一天，我就給你五枚金幣，怎麼樣？」

「咦？還有錢拿？」

「不夠嗎？」

「不，這樣我就能接受了……」

「那就說定了。我會派馬車給你，非來不可，知道了嗎？」

「好，知道了。」

這個人有夠強硬。

貴族是不是都是這樣啊？

陪他做這做那，時間轉眼就過去了。過得好快。

最後，我直到天空布滿紅霞才離開豪宅。

馬車送我到家時，天已經全黑了。今天一整天都被綁在貴族的豪宅裡，美其名是和他研討魔法，事實上是聽他掉書袋和炫耀功績，我只有當應聲蟲的分。

讓人想起前個世界經歷過好多次的同事酒會。

大概是精神疲憊了吧。

這天我很早就上床睡覺了。

＊

隔天，我打掃土間時發現一本書。

「……鍊金術師入門？」

看來是本教學書，而且還是鍊金術師。

這讓我有點好奇，隨手翻了翻。所幸之前先拿了讀寫技能，看書也不是問題。書名上的入門二字不是標假的，連我這個異世界新手也能一步步地理解。

「很好很好。」

原來鍊金術是這麼回事。

回神時，我才發現自己已不知不覺埋首於書中世界。

原本要打掃土間，結果屁股一下就黏在櫃檯後的椅子上，讀了個昏天暗地。整本大致瀏覽一遍後，上午時間都已經結束了。明明我是天一亮就伴著旭日開始打掃的呢。

最好奇的，是最後一頁的項目。

回春祕藥。

書上寫喝下它就能讓肉體年輕十幾二十歲。換言之，只要有這種藥，就算是我這樣的中年大叔也能把青春年華重新來過。

「實在太棒了……」

然而頁面被撕掉一半，失去最關鍵的製造方法，只能勉強看懂提及祕藥存在及功效的部分。

但這仍是極大的發現。

有種活到快四十歲才找到人生方向的感覺。

這個作者艾迪塔根本天才。

從今以後，我要靠鍊金吃飯。

「……鍊金術師，怎麼聽怎麼帥。」

完全中毒了。

我已經無法想像自己以其他行業維持生計的樣子，而且滿腦子都是自己回到十幾歲的時候，幾乎快把自己洗腦成認為這副近四十的軀體只是假象了。

若能回到年少時代，說不定長得不帥也能交到女朋友，而且不像蘇菲亞那時一樣留下遺憾的結果。大概就是「我們一起離開這裡重新來過吧」之類的。這種的讚。超棒。美呆了。

就算再艱苦，我也要把回春祕藥做出來。

「除了成為鍊金術師，沒有第二個選擇了吧。」

那麼打鐵趁熱。

這好歹也是鍊金術師用來當工作室的房子。道具和設備一應俱全吧。

「好。」

當前的行動目標誕生了。

一年級鍊金術師

Novice of Alchemist

想當醫生的話，該從哪裡著手呢？和高中老師談這種事，應該就是指點你去考大學醫學系吧。那麼，想當鍊金術師該怎麼做呢？

「念城裡的學校就行嘍～」

「這樣啊。」

在街上給幼女幾個賞錢，她就告訴我這裡有鍊金學校。

原來有這種地方啊。

「所以要怎麼走？」

「嗯～？那個啊，先走那邊，再走這邊，然後再走一次那邊～！」

「喔，知道了。先那邊再這邊然後再那邊是吧。」

還是一樣講得莫名其妙，但鑑於過去成功率百分百的經驗，照著走一定會到，這裡就相信幼女吧。

「掰掰嘍～！」

「喔呵，謝謝喔。」

幼女笑咪咪地揮手道別，一溜煙跑掉了。

好有精神。

真可愛。

我也笑咪咪地目送她離去。

幼女的身影很快就消失在大街雜沓裡。

「想不到會有鍊金學校。」

直到半刻鐘前，我還在自宅沉溺於鍊金書籍當中，眼睛看累了才出來透透氣順便吃午餐。隨便找間店填飽肚子後散步回家時，就碰巧遇到了見過的幼女。

而她這次賜給我的，是稱作天啟也不為過的指引。

學校耶，學校！

回顧起來，已經好久沒聽過這個詞了。自從公司取代學校以後，那是我千思萬想也回不去的地方。

「鍊金術師、回春、學校都打成一包了，豈有不衝的道理。」

學校處處是夢想。

學校遍地是希望。

人生的暑假。

感覺就像三十歲以後才去嘗試考醫學院的中年大叔。

「衝啊！」

先那邊再這邊然後再那邊。

＊

來到的是有如城堡宮殿，氣氛非常肅穆的地方。以白金漢宮那樣的建築來想像，應該八九不離十。有種與周圍屋舍完全不同世界的感覺。

我穿越不知在大什麼的正面廣場，進入築體內部。那邊繞繞這邊逛逛幾十分鐘以後，才終於找到類似服務檯的地方和類似服務員的小姊姊，而這是幾分鐘前的事了。

乍看之下，可說是大企業大理石服務檯的奇幻風全石造版，極為莊嚴。

聽服務檯小姊姊介紹入學事宜，就是我現在的狀況。

「請問是辦理入學嗎？」

「對，沒錯。」

「本校的確是不分國內外廣收學生，然而學生還是必須支付各種學雜費。非常抱歉，請問您這方面條件許可嗎……」

「懂了……」

果然是需要一筆錢。

要維持如此豪華建築的營運，恐怕要價不匪。

原本以為會是更小巧一點的學校呢。

「……請問，大概要多少？」

「註冊費十枚金幣，每學期聽講費五枚金幣，再加上其他各種開銷，平均每年需要五十枚金幣。」

「咦，每年五十枚？真的嗎？」

這國家的貧富差距根本海放日本嘛。

就算是鼎鼎大名的私立醫學院，一年也花不到一千萬吧。

「所以很抱歉，這裡幾乎沒有平民學生，大半都是貴族。即使是平民，也是中高資產家之後。」

「這樣啊。」

「您遠道而來卻讓您敗興而歸，實在很抱歉，但還是請回吧。」

因為我有副和風臉吧，服務員小姊姊似乎認為我來自遙遠的國度。設定多半是窮人不辭千里跨越國界，來到這裡求學企圖扭轉人生。幾乎全對。

「我知道了。既然這樣，那也是沒辦法的事。」

真可惜。還以為能上學了呢。

這麼一來，只能自學了嗎？

不不不，現在放棄還太早。

學校不一定只有這間。

「如果妳知道其他學校，拜託告訴我。」

「我想想。本校在國內是頂尖名門，同樣地，這地區的其他學校入學門檻應該也相當地高。如果是次級都市的學校，或是個人營運的小型學校，或許平民也能就讀。」

「原來如此……」

對我這種念不起的人還答得這麼仔細，這位小姊姊心腸真好。

她是有頭黑色長髮的白人美女，藍色大眼睛極富魅力。而且有對洶湧的海咪咪。會穿這身略顯拘謹，形似套裝的服飾，是因為這裡是上流學校吧。

算了，還是乖乖撤退吧。

唉，說不定再找街上的幼女問，她又會告訴我其他地方。

先走那邊，再走這邊，然後再走那邊這樣。

想著想著，忽然有人叫住我。

「嗯？你這傢伙怎麼在這裡？」

這個極為強橫又大膽不遜的聲音真耳熟，就是我昨天才見過面的魔導貴族。名字用這裡的文字寫起來好像還挺帥氣，可是我已經忘了。

「呃，我才想問你怎麼會在這裡呢。」

「我為什麼會在這裡？當然是因為我在這裡教書啊。那你呢，原來你是這裡的人嗎？」

魔導貴族從服務檯前方走廊離我們相當近的轉角走出來，一注意到我的存在就大步大步走過來，不管我正在和服務檯後的小姊姊對話就走進我倆之間。

「不不不，我是想來註冊，結果碰了釘子。學費真的太高了。」

「窮人的確出不起這筆錢吧。但話說回來，這裡正是因為有這樣的條件，才會成為名震天下的名門學府，絕不是壞事。」

「我也不是在抱怨這點。有錢人和窮人混在一起念書本來就一點好處也沒有，我沒話說。」

「是啊，正是如此。」

魔導貴族同意我的話並深深頷首。像這樣和和氣氣的時候，聊起來還算愉快，可是酒品似乎差到極點，不是我想深交的人。和這種人相處，最重要的就是保持適當距離。

這時，忽然有道倉皇的叫聲打斷我的思緒。

是來自服務檯另一邊的小姊姊。

「法……法連大人……！」

「怎樣？」

魔導貴族的視線往她移去。

且視線與口吻剎那間變得十分冰冷。

他對人的評價真的很極端。

「沒什麼，請問，法連大人認識這位先生嗎？」

「我怎麼會和不認識的人說話？」

「非……非常抱歉！」

小姊姊唯恐不及地低頭賠罪。

看來這就是貴族與貧民的標準對話情境。

「妳，叫什麼名字？」

「……！」

小姊姊嚇得全身誇張一跳。

不抖成這樣也難吧。

這位魔導貴族可是能面不改色地砍斷女僕雙腿的人。

「喂，快說。」

魔導貴族不耐地催。

「小……小的名叫莎賓娜。」

服務員小姊姊惶恐地答。

她已經抖到隨時都可能失禁了。年約不到二十五的美女恐懼到噴尿的畫面，一定很讓人興奮。希望她先穿上黑絲襪，再擺出M字開腳的姿勢。

然而現在時機不對。

她如此親切地給了我許多建議，讓我似乎對她萌發了道義之情，不忍看她因我受罰。於是向前一步，要阻止魔導貴族的蠻行。

畢竟她恪盡了窗口人員的職守，毫不歧視像我這樣的醜男。我好感動。

「等一下，你……」

但魔導貴族接下來的話卻是出乎我預料。

「妳在這裡留住這個人，對我很有意義，這點值得讚賞。下個月就會接到升職通知吧，做好準備。」

「咦？」

「怎樣，不服嗎？」

魔導貴族毫不拐彎抹角地說。

表情始終沒有變化，完全看不出心裡在想些什麼。

「不……不敢！一丁點也不敢！」

服務檯小姐立刻深深鞠躬反覆道謝。

「謝謝！感謝法連大人提拔！感謝法連大人提拔！」

腰彎得很用力，長長的黑髮唰唰地在背上晃動。

「錢的部分我來處理，立刻讓他註冊。」

「咦！請問，真……真……真的沒關係嗎？」

「同一句話別讓我說第二遍。」

「是……是——！」

服務檯小姐又是一陣哆嗦。

看來這魔導貴族在這所學校裡是權力極大的人物。

第一次聽到有人把「是」拉得那麼長。

「真的好嗎？我不一定因為這樣就到你班上去喔。」

「無所謂，你註冊為這裡的學生就夠有意義了。」

老實說，我還滿不想去的喔。我也不太希望你硬逼我去。

「這……這樣啊……」

「我還有課要上，失陪了。」

「喔，好，慢走。請認真上課。」

「嗯。」

暢所欲言之後，魔導貴族就這麼走了。

真的是滿滿把人生都獻給魔法的感覺。

到底要在魔法上有多少成就，才會像他那樣舉手投足都充滿自信呢？

「先生，既……既然如此，我們就來辦手續吧……」

「啊，謝謝。請多指教。」

服務檯的小姊姊聲音抖得好明顯。

這魔導貴族也太屌了吧。

＊

入學手續順利結束。

在一堆高加索人種中安插我一個蒙古人種的過程，當然是滿滿的怪。然而服務檯小姐說現在入學還不錯，看來時間點上沒有大礙。原來本期課程是昨天才開始，正值入學時期。

我就這麼造訪各相關處所，跳過所有付費程序，單方面領取課本等用品。量實在不少，拿得我都有點過意不去了。在學校裡東奔西跑，收集必須道具的過程，好像在解網遊任務。

順道一提，這學校原則上是全員住宿制。學生不只是這城市的人，還有來自同盟國的貴族。基於這點，宿舍容量足以容納所有學生，但這有一個大問題。

沒想到必須住宿。

「怎麼會這樣。我的房子不就面臨存亡危機了嗎？」

房子得要有人住。

失去人氣的房子壞得很快。

於是現在最重要的命題就是如何達成自家通勤。

沙丁魚電車可是上班族殺手。

「可惡，該怎麼辦才好。」

傷腦筋。

難得這麼認真地煩惱。

我看著掌心中學校發給我的宿舍鑰匙苦惱。

好像一人一間。

而且每間都有專屬女僕。

「宿舍啊……」

好歹得想個能從自家通學的方法再說。我家到學校有一個小時以上的路程。要是每天不辭辛勞地走，身心都要變健康了。內臟脂肪說不定會掉到十級以下。我才不要。

「要先確保交通手段才行。」

如果有腳踏車，就能縮短到二十分鐘以內了吧。

噢，實際多了。

為此後左思右想的我穿過走廊，來到目的地——走廊上一長排教室門之一。能感覺到裡面有不少人在對話。

這所學校是採學分制。我按照課程介紹手冊的指示找到應是鍊金術課程的教室，而眼前這扇門是關上的。從走廊上的時鐘來看，現在是上課時間沒錯。

「…………」

可以直接進去嗎？

算了，不管那麼多。

跟大學上課差不多吧。

多一兩個人旁聽也不會多顯眼。

我要自己別想太多，打開了門。

教室比一般日本大學教室小，容量在二三十名，不過裝潢不曉得在高貴什麼。視線所及範圍到處都是類似大理石的拋光石材，每個角落都有雕刻，氣派得亂七八糟。

至於學生所坐的課椅和成對的課桌說起來都是木造，但肯定不是市井大叔當個週日木工做出來的廉價家具，感覺是有牌有系列，由資歷四十年以上名匠一刀一鑿精心製作的成品。

就是這麼回事。

要說下去是很有得說，總之就是日本人想像得到的奇幻學校的奇幻教室，而且是貴族用的豪華版。

「…………」

全班都看過來了。

原本忙著談天說地的學生突然都往我這裡看。

而且每一個都好年輕。超年輕的，十幾歲佔絕大多數。少數幾個大概二十的混雜其中，但大多也不出二十五歲，幾乎沒幾個後段班，三十的更是一個也找不到。

而且每個都穿著作工精細的高級服飾。

我的異物感強到不行。

有如只穿運動衫運動褲就闖進有服裝規定的時髦酒吧。

「……幸會，大家好。」

我隨口打個招呼就登堂入室。

沒人回答。

我用力挺住，找最靠近門口的空位坐下。

這當中，學生們壓低聲音交頭接耳起來。

「那個大叔是誰？」「他到底幾歲啦？」「不是老師嗎？」「可是他直接坐下了耶。」「真的是學生？」「哪一國來的？鼻子太塌了吧？」「再說他皮膚也太黃了吧，像蜥蜴人一樣。」「整張臉的輪廓都好淺。」

不過他們好像也沒有特意隱藏，每一句都被我聽得清清楚楚。

感覺會掀起一場波瀾。

＊

竊語持續到下一堂課的老師進門才停。

反過來說就是老師一進門，竊語就停了。

我的心總算是勉強撐過這危機。

少男少女的質疑視線有夠難受，壓力大到好想回自己家，在自己家床上用自己家的被子整個人蒙起來，一口氣睡他個幾年。現在的年輕人真的是喔。

通過第一場考驗後，第一堂課終於開始。

「現在開始上課。」

不時能感到有視線向我掃射。

錯覺吧。不，很難說，但就當它是錯覺吧。

「我是莉迪亞·南努翠，你們接下來的二年級鍊金術教師，敬請指教。我會以各位應該在去年學過的鍊金術基礎為前提，指導各種應用方式。」

老師有條不紊地進行自我介紹。

也請妳多多指教。

我先用之前服務檯小姊姊給我的筆記本記下她的名字。

話說應用是個什麼應用法？我連基礎都沒學過耶。

從去年二字來說，這堂課是為二年級而開。我再度查看介紹手冊，發現自己的錯誤。

八成是跑錯教室了。

然而我也不好意思中途離席，只好坐到底。

「現在我們開始上課……」

莉迪亞當然不會知道我犯了錯，滔滔不絕地開始講課。

「嘰咕嘰咕嘰咕嘰咕。」

「布啦布啦布啦布啦。」

「噗哩噗哩噗哩噗哩。」

這個人說話速度好快。超快的。

我這種初學者根本跟不上。我對鍊金術的認識頂多來自家裡那幾本書，不加強就要萬年吊車尾了。既然拿別人的錢念書，這是應該避免的事。

而且魔導貴族那傢伙發起火來好像很恐怖。

「鍊金術實地應用的第一要點……」

老師馬不停蹄地講課。

我拚命睜大眼睛，咬緊牙關，以不管她說什麼都要吞下去的架式聽講。心情有如大考臨頭，要把她說的話一字不漏地全部抄進筆記裡。

因為我以為這裡傳授的一定全都是精妙的新知識。

然而課程才過幾分鐘，我就驚覺莉迪亞老師教的知識，其實相當於我在家所讀過的摘要，也就是只有一小部分。

我看這裡是每年學費五千萬的學校才那麼認真，結果情況有點不太對勁。怎麼說呢，老師講的東西我全都在書上看過了。喂喂喂，現在是怎樣？

「因此，鍊造中級以上藥水所必需的是……」

老師不停講來講去。

如果這是考試，我還能恭喜自己神猜題呢。

「這些材料主要分布在希格里溼地以南，然而那裡是蜥蜴人等強力怪獸的群居地，鍊金術師要隻身採集基本上是不可能的事，所以會以隊伍為單位……」

對了，剛才有人說我像蜥蜴人嘛？

直接踢出人類圈也太過分了吧。

「因此，要提昇中級以上藥水的品質就得……」

我自認態度很認真，可是愈聽愈想睡。大學畢業至今這麼多年來，我一直渴望渴望再渴望能有一天重回業已逝去的學生生活，結果成真以後，還是會想睡。

好睏。

我這才想起自己在大學是只顧學分，幾乎考試才會出現的幽靈人種。

上課時，老師經常會點學生回答問題。但可能是因為我長得明顯與眾不同，所以故意放過我或不想和我扯上關係……沒錯，一定就是這樣，混蛋。總之我從沒回答過，每次都平安無事。

大約經過一小時體感時間。

與原先預期相反，這堂課沒有發生任何麻煩就隨鐘聲結束了。

*

麻煩是課後才來。

穿過校園前往下一堂課的教室時，我在走廊上發現眼熟的金髮蘿莉。而她也一認出我就繃起一張臉跺腳走過來。

「……是怎樣，你為什麼在這裡？」

那正是先前和我組隊冒險的金髮蘿莉婊。在旅舍鄰房和同隊的帥哥亂交還高潮得吱吱叫那當時，如今仍記憶猶新，根本心靈創傷。

她一身中世紀奇幻世界貴族的打扮，還穿披風。具體的感覺，就是搜尋這類動畫圖片時上面幾排那樣。

「我從今天開始也是這裡的學生了。」

「嗯？幾歲了你？」

可是才剛見面，她就把我當狗嗆。

我也很在意年紀問題，勸妳不要太超過喔。

「話說回來，妳又在這裡做什麼？」

害我語氣不小心重了一點。

「我也是這裡的學生呀。」

「啊，是喔。」

「結果你家也是貴族啊？」

「咦？」

「我實在不認為一介冒險者有辦法負擔這裡的學費。」

「喔……」

您的問題真是合理極了。

「我有一點門路，所以……」

正是走後門也。

「記得這裡的理事是不容許這種事的人耶？」

「這個嘛，怎麼說呢……」

對方稍微高壓點就馬上退縮，是日本人的可悲習性。我竟然對年紀不到一半的小女生都抬不起頭，真教人抬不起頭。

「妳自己不也是冒險者？」

「我……我沒差啊！我既是冒險者也是貴族啦！」

「原來如此。」

果然是有錢人家千金。

用那麼好的馬車冒險可不是假的。

「那個，我還有課要上，先失陪了……」

「啊，等一下，給我站住！」

再跟她攪和下去肯定沒好事，現在就能感覺到別人的視線了。哪來的大叔？學校裡怎麼有大叔？為什麼跟那個女生那麼親近？好噁喔～！之類的視線聚集過來。

所以我逃也似的離開現場。

*

幾小時後，本日課程終告結束。

我依照為成為鍊金術師而訂的學習計畫和課表，往來於教室之間，勾起逝去十多年的大學生活回憶，使我稍有感傷。

可惜當時名為朋友的喜悅來源，今已不復存在。

在校園中孤單漫步，感覺好哀傷。

「而且課程內容好微妙喔。」

我沒有獲得任何超出自家書籍的資訊。課程是以聽講為中心，連供人實地操作的實驗台也沒有，頂多是講師事先擺在講桌上的幾個器具。

可能是因為新學期才剛開始，課程還沒進展到需要實作的階段吧。儘管課程名稱有「應用」二字，就我在家裡工作室讀過的書籍而言，距離真正的鍊金術還有一大段路要走。

「……總之別管宿舍了，先回家吧。」

儘管立了個造出回春祕藥的目標，照這個進度下去，恐怕念到往生都做不出來。

說不定現階段在家自學比較好。其實是真的比較好。就這麼辦。想感受出師前的不安再去學校就好。

只要考試分數夠，課不上也無所謂。

我就這麼東想西想，快步趕回家。

*

剛到家，就看到門口有陌生的人影。是兩個手持長槍，狀似憲兵的男人。他們反覆咚咚咚、咚咚咚地敲門，互相對話。「不在家？」「可能是裝死喔。再多敲一下吧？」

「咦，怎樣？我家出事了？」

心裡涼了半截。

但也不能裝作沒看見，便過去問個究竟。

「請問找我有事嗎？」

「你是屋主？」

「對……對啊，最近才搬過來的。」

「那正好，我們是來收稅的。」

「收稅？」

「居住稅和地稅，再加上利息。欠繳七年算下來，總共是一五〇枚金幣。」

一名憲兵不假思索地說明款項。

「咦……」

不會吧，完全沒想到會有這種事。

而且這欠繳是什麼鬼？

「一五〇枚金幣，比我土地加房子還要貴了耶！」

「因為這間房子老是有人搬進搬出，稅金都沒有正常繳納，累積下來就變成這樣。我知道你會有不能接受的地方，可是國家的制度就是這樣。既然你是現任屋主，就有義務全額支付。」

「真的假的……」

震撼大到有如腦門捱了一槌。

只看競標網上標價便宜就買下超便宜房產，卻傻傻沒看物件明細書、現況調查報告書和評價書等三天書，過兩天被迫繼承後來揭露的隨附債務，價格還是原本房價可以當尾數砍掉的七位數萬圓——這是競標新手常中的圈套。

沒想到我也有踩到的一天。

以為是奇幻世界就疏忽大意了。怎麼會有這種陷阱啊，混帳東西。奇幻世界哪需要稅的存在，溫馨一點行不行？誰都不想要這麼現實的社會體制好嗎？

「期限是這個月內。要是繳不出來，房子就直接充公。」

「這……這個月？」

「我看你是被這城裡的房產商騙了吧？不怪你，外國人本來就容易被敲竹槓，其他城也都是這樣。這次就當作買個教訓，下次小心一點啊。」

「…………」

原來那個仲介是個笑裡藏刀的惡德商人啊。

上當了。完全上當了。

難怪這麼便宜。

多麼痛的領悟。

「這月底我會再來收稅，記得準備好啊。」

「…………」

憲兵啦哩啦雜地說完了。

真是滿口官腔。

我實在無言以對。

好不容易得到的愛家、美屋、透天樓就要離我而去的事實，對我打擊實在太大，愣在原地好幾分鐘，連要進家門都忘了。

房子可是日本男兒的心之所在啊。

*

我到附近商店街買了本月曆。

掛上牆後，面對面瞪著它唸唸有詞，就是我現在的狀況。一排排格子的最後一個，被我親手畫上了一個圈圈。

距離房子隨附債權繳納期限，只剩二十五天，而我必須及時支付一五〇枚金幣，換算成日幣約為一億五千萬的荒唐數字。是夢就快點醒來吧。

如果是正當競標，就會一併算上累計修繕費、管理費等債款，開出堪稱合理的價格，而這也是競標形式的優點。然而我這次買房完全是單方面找上不動產的業者，是商人與民眾之間的買賣契約。

總額還比周圍房價高出一段很不合理的差距吧。記得仲介說過，那一帶的平均房價是五十到一百金。因此，我買房子時撿到便宜的感覺已是過去。

再從凶宅這點來看，該死的根本是搶劫。同樣一筆錢，城裡房子根本任我挑選，甚至能在這附近一次買兩間。虧一次不夠再虧第二次，就是我現在唯一的路。

喔不，現在不是計較得失的時候。

總之不付清這一五〇枚金幣，我就要失去好不容易得到的家，沒房子住了。無論如何都要避免重返流浪生活的狀況發生，這房子說什麼也不能丟。

問題是，這個數字實在太扯了。

「拜託，怎樣都來不及吧。一億五千萬耶，一億五千萬！」

要一打一打地獵高等半獸人才賺得到吧。

我怎麼能做那麼危險的事。獸人巨拳就在鼻尖的景象，如今還像昨天才發生一樣。和一整群那種東西幹架，有再多條命都不夠用。治療魔法再強，人先死了也沒意義。

再說我根本不知道上哪找那麼多高等半獸人。

而且期限就是這個月底。

「乾脆跟魔導貴族借算了……」

他肯定拿得出一五〇枚金幣吧。

答應的機會也不是零。

之前還說去他家一趟給五金。

「…………」

不不不，才認識沒幾天就借一億五千萬也未免太亂來了。欠那種好比黑道的人那麼大的恩情，風險跟高等半獸人的拳頭有得比。況且我不是才剛從惡德仲介學到教訓了嗎。

不可以隨便相信別人。

沒錯，即使是奇幻世界，處世之道還是與日本無異。能相信的只有自己。只有自己。

「……只能找一獲千金的機會了。」

下定決心後，我離開起居室，噠噠噠地踏著輕巧腳步聲下樓，到一樓工作室。那是放置巨鍋、能用排水集氣法的彎曲玻璃器材，擺滿不明物體X，活像理化教室的土間空間。

目標是立於器材邊的書櫃。

現在必須依靠先人的智慧。說不定書上整理了一些好賺的道具製法，我要的就是收集這些東西。什麼都好，需要能賣錢的東西。好賺的東西。

我一股腦地猛翻書。

＊

亂七八糟讀了一堆一後，我發現一件事。

置於我家工作室的書籍，作者大半是名叫艾迪塔的人物。而曾經長期住在這棟房子的鍊金術師，八成就是這個艾迪塔了。雖然是我個人的猜測，但應該不會錯。

「……病死是吧。」

這個不知是男是女的前屋主，其實有個目的。

而且他好幾本著作都能明顯看出這一點。

艾迪塔老師想治某種病。

他每一本書，都是為了造出一種藥品而寫。之前發現的回春祕藥，也似乎是其製作過程或是目的有所搖擺時的副產物。無論如何，他製藥都是為了治那種病。

「最後是來不及了吧。」

隨著成書日期愈來愈新，字跡也愈來扭曲，訴說著需要用藥的人就是艾迪塔老師自己，讓人愈看愈鼻酸。

而日期最新的一本已經不算是書，比較接近隨手筆記。最後幾行寫的不是鍊金步驟那類，而是充滿複雜感情，看不出悲喜的模糊字句。

是這麼寫的：

『這款藥的製法和材料確定如下所示。』

『可是，我怎麼可能拿得到紅龍肝呢！』

以上。

完全是口語。

「……龍啊。」

那是艾迪塔老師的所需藥材之一。

真有奇幻味道。

這個世界也有龍存在呢。

而且是紅龍。

應該也有藍龍黃龍這些異色種吧。

「…………」

艾迪塔老師患的病，在這國家叫做伊瑪拉丘病。

這種怪病會使得全身肌肉逐漸失去運動能力，最後別說眨眼，就連呼吸都有困難地衰弱而死，致死率百分之百。據說人類發病後頂多只有半年能活，精靈可以撐上兩三年。

現實世界好像也有類似的病。

「怎麼買了一個背景這麼悲壯的房子……」

艾迪塔老師其實是個很不得了的人物吧。

不禁有這種感覺。

將那款藥的製作方法記載得鉅細靡遺，卻仍不敵病魔而辭世，最大的原因是弄不到他筆記上的藥材紅龍肝吧。紅龍一定是強到亂七八糟。

「都知道做法了，真想做出來看看……」

有了完美的配方，感覺不會做不出來。

可是我現在都自身難保了。

完全沒有替他人製藥的餘力。

更別說擊敗紅龍了。

不過，我為什麼會這麼感傷呢？

和玩完催淚遊戲的感覺一樣。

就是在鄉下夏天有鳥什麼A什麼的那個。

好想在鄉間小路上騎機車狂飆喔。

「……肚子餓了。」

不經意往窗外一看，天已經不知不覺黑了，看來我一連看了好幾個小時。似乎是不記得何時點起的燈，讓我沒注意到時間的經過。

自動點燈真是太方便了。

乍看之下只是中世紀奇幻風格的室內照明，但正因為它真的是中世紀奇幻風格的室內照明，所以有個魔法性質的開關吧。太棒了。

「不管它，吃完飯再說……」

我決定先把尋找賺錢方法放一邊，出門填飽肚子。

＊

這天，在商店街餐廳吃晚飯時，我意外聽見了一個好消息。

來自附近座位，兩個冒險者裝扮的年輕人。他們外觀大約比我小一輪，開開心心地邊喝邊聊。

「真的嗎！做個藥就能賺一千金？」

「真的喔。我過來之前看到的。」

「可是那個叫什麼……伊瑪拉丘病？不是中了就死定了嗎？而且原因都查不出來，這種病要怎麼治啊？不可能的吧。」

「所以才值一千金啊。王族幹假的啊？」

「說得也是。」

「話說回來，一千金也太大手筆了。」

「就算是小氣得出名的國王，也很疼惜女兒的性命吧。」

「肯定沒錯。」

這一連串對話，夾雜著似乎在哪聽過的詞語。

不，我不會聽錯。

伊瑪拉丘病。

就是伊瑪拉丘病。

任務來了，事件發生了。不會錯的。

這麼一來，我怎麼能丟下沒解決的事件繼續向前跑呢。擱置的任務都會給此後攻略遊戲的必須道具，最近遊戲都充滿這種課金要素滿滿的陷阱。

回神時，我已經雙手一拍吧檯桌面，站了起來。

點晚餐時一併點的酒，給了我強大的行動力，把貴族燒個半死就是靠這個。話說我宰掉高等半獸人時也是靠著酒的力量嘛。酒真的超棒。酒精力量，Make Up！（註：出自美少女戰士）

回想過去種種之餘，我大步走向目的桌。

「不好意思打擾一下。」

一不小心，我已經笑呵呵地問出口了。

「啊啊？大叔你幹嗎？」

「我聽見你們剛才說的話，有件事想問一下……」

「這大叔是誰？你認識？」

「啊？我哪會認識這種大叔。」

兩人投來懷疑的眼光。

一個醜醜的亞洲中年大叔突然湊過來說話，這也是當然的事，我也很吃驚。可是都到了這一步，我怎麼能收手呢。一千枚金幣耶，肯定能解救我的危機。

「啊，小姐！麻煩給這桌的人倒酒。算我的。」

吃我的請客啦。

「大……大叔？」

「是怎樣。喂，大叔……」

不要大叔來大叔去的嘛，很傷心耶。

「我有件事想問你們，可以佔用一點時間嗎？」

就這樣，我使盡全力問出所有資訊。

我豈能放過有如算準時機掉下來的大好機會呢。要積極。積極把握。

＊

靠酒的力量賺到好消息了。

看來這國家的大頭有個重病的女兒。

具體而言就是，這裡國王的獨生女罹患重病，無論找遍最優秀的醫師用盡一切方法都沒有好轉。為治病奔波到最後，好不容易才找到一個線索，那就是某魔導貴族所研判的病名，但也就僅此而已。

最後，國王在幾天前以這類型的奇幻世界常有的方式，向民間貼出告示。說只要能治好公主的病就賞金千枚，再加上國家醫療相關要職。

一千枚金幣換算成日幣就是十億元。十億元耶。

這國家的王也太疼女兒了。

可是這種簡單明瞭的傻勁，對我是天大的好消息。

「除了做出這個特效藥以外，沒別的選擇了吧。」

於是我飛奔回家，再度確認伊瑪拉丘病的配方。那和回春祕藥不同，作法材料記載得齊齊全全，一字不漏。這樣就容易處理了。

即使文中出現意義不明的字詞，只要查閱艾迪塔老師精心製作的鍊金辭典，大半都能輕鬆解讀。程序也仔細到我這個外行人也覺得做得出來。艾迪塔老師真是天才。

配方檢查到最後，重點來了。

那就是老師自己也埋怨的最大障礙，紅龍肝。其他材料，靠這座工作室的庫存和市井藥材行就能備妥，唯有這個肝怎麼也弄不到。

而且，這伊瑪拉丘病雖有個病字，嚴格說來卻不是病。據老師所言，事實上是某種詛咒。再具體一點就是古代咒術之類的。

要治療這種病，就得使用比咒術觸媒更強的觸媒，在這裡即是紅龍肝。老師還提到，這種病最可怕的地方在於只要對象活著，詛咒就會永遠持續下去。

其實和撲克牌一樣。

場上出了什麼牌，就只能打更大的牌。

大概是這樣。

由於有這樣的背景，一時性的治療魔法或藥劑治不了伊瑪拉丘病。今天壓下了，過兩天又會發病。即使能持續施予治療魔法，也總不能一輩子都和魔法師同居吧。且就算能用魔法爭取時間，也需要相當高級的魔法。

「原來如此，所以徹底治癒才需要紅龍大大的肝啊。」

不過既然如此，一開始就別稱作「病」不就好了。

艾迪塔老師在配方內容外畫了個框框，裡頭寫了自體實驗的報告，說「我的伊瑪拉丘病用下級龍肝治不好喔！」老師就是憑種種實驗結果，導出需要紅龍肝的結論吧。

紅龍聽起來是很強的怪物，做成藥水效果應該也很強。

以撲克牌的大富豪來說，就像ＡＣＥ或鬼牌那樣。

而這個事實對我此後的計畫也造成巨大影響。

學某間製藥公司只治標不治本，還在專利期間哄抬半效藥劑價格那樣，只用治療魔法延續公主壽命的手法其實也不壞，只是想在一個月內賺到一五〇金恐怕有困難。

所以這次非得正面進攻不可。

「條件不是徹底根治就好了……」

這是要讓國王的獨生女喝下名不見經傳的異國市井小民手工調製的可疑藥水，萬一治不好就有大麻煩了。要是公主死了，氣瘋的國王亂牽拖的可能相當地高。

奇幻故事總是少不了發瘋國王主持公開處刑秀。

「既然這樣，只能去獵紅龍了吧。」

一個好大好大的目標誕生了。

＊

人需要什麼才能打倒紅龍呢？我這麼問以後——

「我覺得是值得信賴的夥伴喔～」

幼女笑容滿面地回答。

其實我想問的是削鐵如泥的傳說聖劍，或是能彈開烈焰的盾牌之類感覺一定很有效的超強寶物。有種拐個彎嘲笑我沒半個朋友的感覺，好哀傷。

「這樣啊。」

然而建言就是建言，我照例給了她兩三枚銅幣當謝禮。她緊緊握住，渾身是勁地一溜煙跑掉了。看著她遠去的背影，我心想如果自己和她一樣年輕，應該就有勇氣積極交朋友了吧。

「……夥伴，夥伴啊……」

該怎麼辦呢。

夥伴不是自個兒苦惱就會冒出來的東西，而且現在狀況也不容我推三阻四，能靠的都得靠。那就乾脆把認識的人全問過一遍吧。

值得信賴這點就先妥協吧。

不如期待關係隨團隊行動逐漸拉近之類的發展。

對，這樣很好。就這樣吧。

「先從他開始問……」

心動不如馬上行動。我飛快地奔上早晨的大街。

*

目的地是魔導貴族宅邸。

原本是這樣，不過途中碰巧遇上意想不到的人物。

「是……是你！」

「什麼……」

會讓我叫出聲的麻煩人物。

不是別人，就是之前在監獄共度幾天的挫屎女騎士。名字叫什麼來著，跟某牌汽車很像。怎麼也想不起來，算了。

「你這傢伙在這裡做什麼？這一帶住的都是有頭有臉的人物，不是你這種下賤罪犯可以遊蕩的地方！」

周圍住宅的確都很豪華。

庭院是基本配備。

有的還像個小城堡。

不過最大的還是魔導貴族府。

「沒什麼，就是來找個朋友……」

「朋友？你以為這樣就騙得過我嗎！」

「我是希望妳能相信我啦。」

「誰要相信你啊！我要親手把你送回牢裡去！」

這小妞還是不聽人說話。

手已經伸向腰間佩劍。

今天的她一身亮麗的騎士裝扮，不是之前那個窘樣。

也就是裝備萬全。

她在牢裡曾吵著說自己是冤枉的，所以現在誤會解開了嗎？

「既然這樣，至少讓我帶妳到那個人家裡去吧？要是對方不認識我，要我跟妳去牢房還哪裡都可以。」

「想爭取時間嗎？果然是個狡猾的東西。」

「…………」

不相信我成這樣，我都佩服起她來了。

假如這世界有手機，而我和魔導貴族交換了號碼，問題一下就解決了。有種奇幻世界麻煩之處一次全找上我的感覺。

「不想被我砍死就給我老實點。」

「拜託，就跟妳說當時我也是冤枉的嘛……」

分別至今，她對我的觀感一點都沒變，咄咄逼人地要我就範。

這樣下去沒完沒了。

就在這時，旁邊忽然有輛馬車經過。

窗口還探出了一張我認識的臉。

更令人吃驚的是他主動喊了我。

「嗯？你在這裡做什麼？」

「喔喔！」

他正是我要找的人。

魔導貴族。

以現在這時間來說，是準備要去學校講課吧。

這輛兩馬力的馬車也是貴氣逼人。

「沒什麼，就是想上你那叨擾叨擾……」

「怎麼，找我有事？」

「說來話長，可以佔用你一點時間嗎？」

在上午的忙碌時段，或許有點困難。

但很幸運地，我得到了肯定的答覆。

「這樣啊，好，你就乾脆上車吧。到學校我房間談，要在馬車上說也無所謂。總之先上車。」

「謝謝，那我就從命了……」

幾句對話後，魔導貴族的視線移動了。

轉向我身旁目瞪口呆的挫屎女騎士。

「那個騎士是你的隨從嗎？」

「咦？喔，不是，只是她對我有一些成見……」

「成見？」

當話題移到她身上，她便連忙向魔導貴族低頭行禮。

「請……請恕小的怠慢！小的是王立騎士團第三師團第二中隊的梅賽德斯．亞拉岡！能目睹魔導貴族閣下的風采，小的萬分榮幸……」

「怎麼，你和這國家的騎士團有關連啊？」

魔導貴族的視線很快就回到我身上。

話說魔導貴族原來是大家都能叫的稱號啊？加了閣下感覺有點好笑。

「她好像想逮捕我，纏著我不放呢……」

「你幹了什麼好事嗎？」

「我什麼也沒做啊，總之就是誤會和巧合的結果。」

「誤會？不管是什麼狀況，帶她一起上車再說。事情我們就在車上談吧，在這裡說話是浪費時間。」

「那就這樣吧，叨擾了。」

我遵從魔導貴族的意思走向馬車。

車夫恭敬地開了門，架上梯級。

不愧是貴族的車。服務還真高檔。有點爽。

一秒成為上流人士的感覺。

「請……請問，我……」

梅賽德斯還縮在踏上梯級的我背後幾公尺處。

不過也沒佔去多少時間。

「妳也快點上車，時間寶貴。」

「遵……遵命！」

魔導貴族用平時那張不苟言笑的臉催人了。

梅賽德斯表情緊張到不行地跟上，鑽進馬車。

*

我們就這麼隨馬步搖了一會兒。

馬車內部就像電車的對面座位，差別只有中間空間寬很多，還設了張矮桌。

我和梅賽德斯比鄰而席，魔導貴族則是在我正對面。

「這個說來話長的事是什麼？既然你特地來找我，應該不會是小事。如果不方便讓外人知道，我們可以在學校房間談。」

「呃，這個嘛……」

魔導貴族的目光掃向梅賽德斯。

梅賽德斯被他盯得皮皮挫，肩膀縮得小小，乖得和牢房裡那副強悍的樣子一點也不像。說不定是非常害怕權勢的體質。大腿坐不住地蹭來蹭去的模樣撩人又可愛。

一次也好，真想修理一下這個欺善怕惡的女騎士。

「這裡的騎士團很厲害嗎？」

「你問王立騎士團？」

「是的。你也知道我是外地人，對這方面一無所知。」

「我想想……」

魔導貴族聽了我的問題後思忖片刻，回答：

「若狀況允許，我一個人就能殲滅這個人所待的第三師團。」

「原來如此，也就是沒有多厲害吧。」

「正是。區區騎士根本不是精通魔道之人的對手。」

太可惜了。

原本還想邀這個女騎士入夥，但如果比這個大叔還弱，恐怕只有替我提行李的用處。不曉得第三師團是由多少人組成。既然稱為師團，不會只有幾十幾百吧。

記得自衛隊師團規模是好幾千人。

喔不，其實提行李的還是有其必要。

「…………」

嗯，沒錯。就是這樣。

對對對。

何況整團都是男人也太可悲了，有一兩個可愛女生會比較愉快，幹勁也不一樣。這麼說來，梅賽德斯也是個不錯的選擇。畢竟她年輕貌美，胸部屁股都很大。

老實說，我現在就想搞大她的肚子。

真不錯。

找這種女生提行李，實在爽到極點。

「沒關係，我也想讓她知道。」

「真的嗎？也罷，你自己願意就好。」

魔導貴族點了頭。

梅賽德斯依然縮成小小一團，什麼也不敢說。

於是我乘勝追擊。

「有件事我想先問清楚，聽說公主殿下的病是你診斷出來的？」

「……你消息挺靈通的嘛。」

「不是我靈通，已經到處都有人在傳了。」

「對喔，陛下也說過會向民間發布告的事……」

看來跟酒館年輕人打聽到的消息是沒錯了。太好啦。

事不宜遲，快來談吧。

「我要談的就是這件事，能請你告訴我詳情嗎？」

「嗯，可以。」

魔導貴族清咳一聲說道：

「上個月，我應召進宮看診。起初只跟我說是十萬火急的事，沒想到竟然是看病，而且對象還是公主。」

「那邊應該有告訴你公主發病已經多久了吧，能告訴我公主的詳細病情嗎？能說的就夠了。」

「……難道你……」

魔導貴族的眼赫然睜大。

我稍微裝模作樣，緩緩說道：

「全身肌肉逐漸失去運動能力，連呼吸都有困難地衰弱而死，致死率百分之百。發病後，人類頂多只有半年能活，精靈可以撐上兩三年……差不多就這樣吧。」

「…………」

我將昨天從工作室藏書得來的知識當自身研究般娓娓道來，還稍微挺起胸膛，極其刻意翹起二郎腿，簡直和成果豐碩的第一線學者沒兩樣。

也許是演技氣勢到位吧，魔導貴族穩穩地上鉤了。

「哈……哈哈哈哈哈！有意思！太有意思了！」

「咦？」

哪裡好笑？

剛才哪裡有笑點？

「會這麼說，表示解法你已經心裡有數了吧！」

「是啊，能根治那種病的藥劑製法，都在這裡了。」

我用食指敲敲自己的頭。

對方反應實在太好，稍微跩起來也是沒辦法的事。

而且我一個字也沒說謊。別看我這副德性，記憶力一點也不差。只要是自己感興趣的事，大概只要認真看過一兩遍就能牢記。相反地，沒興趣的事就再怎麼背也記不住。

而且吾師艾迪塔的著作本本名著，全都淺顯易懂。

「實在太暢快了，所以你才會來找我嗎？喔喔，難得這年紀了還能亢奮得全身發麻。快說正題，我魔導貴族葛雷摩亞．法連來助你一臂之力。」

「那真是感激不盡，可是有句話我得說在前頭。」

「什麼話？快說。」

「聽過以後，你我就坐上同一條船了，請你一定要配合。」

「無所謂。還有什麼比這更讓人熱血沸騰呢！」

「好，我明白了。還有就是，這位騎士也是一樣。」

我往梅賽德斯一瞄。

「騎士團那邊我去談就行了，要找一兩個騎士做隨扈根本不是問題。廢話少說，快講重點！繼續說下去！」

魔導貴族以前所未有的激動態度炒熱氣氛。這個男人自尊心很高，話都說成這樣就不會變卦了吧。

其實我也不懂獵龍是難度多高的任務，但既然天才艾迪塔老師都只能望之興嘆，難度肯定極高。

正因如此，人手是愈多愈好。

所有資源都要投入這場作戰。

被我硬拉進隊伍的梅賽德斯則是淚眼汪汪。緊張而握得緊緊的拳頭擺在整齊併攏的腿上，身體全縮成小小一團，還細細發著抖。隨時要哭出來的表情，讓人好想多欺負她一陣子。受不了。

「藥材我已經準備好九成了。」

「……也就是要我協助你收集最後那一成嘍？」

「是的，只剩一個。」

「最後一個是什麼？」

「紅龍肝。」

我直截了當地說。

身旁的梅賽德斯猛然一震。轉過頭去，只見她誇張地瞪大了眼，魂快嚇飛了似的注視著我。

緊閉至今的雙脣瘋狂顫抖，大大張開說：

「你……你……你在說什麼傻話！獵紅龍？就算關係到公主殿下的性命，要抓那麼強的怪物，也……也是不可能的！有種就說出去看看！你等著被砍頭吧！」

看來紅龍比我想像中可怕得多了。

女騎士繼續亂吠。

「公主殿下的性命，性命……」

還悲嘆不已地開始全身發抖。

太誇張了吧。

然而魔導貴族的反應卻是另一個極端。

「想不到吃到這歲數還要去獵龍啊……」

「公主殿下發病至今已經多久了？」

「就我所知，大約四個月。」

「也就是時間不多了呢。」

「是啊。我去看診的時候，病情已經重到腳不能站了，而且聽說她本來就不是身體強健的人，時間可能比你說的期限更短。」

「會不會有後遺症也令人擔憂。」

「一點也沒錯。」

看來不只是我的繳稅期限，公主殿下的體力也瀕臨極限了，動作一定要快。不然等藥做出來才發現公主已經歸天就賠了夫人又折兵，一千枚金幣也泡湯了。

後遺症這種事，說不定靠神牌治療魔法就能搞定。

「那麼請恕我冒昧，這件事刻不容緩，找齊了人手就出發吧。」

「沒問題。我魔導貴族說話算話。」

「我就知道你會這麼說。」

「那當然。這也是個讓宮裡知道我魔導貴族寶刀未老的好機會。就用我極致的魔道宰一兩隻龍給他們瞧瞧！」

看得出他的鬥志飆高到極佳的狀況。

不愧是魔導貴族。

血氣強強滾啊。

而且行動力好強。

這傢伙真的是貴族嗎？

「那麼交通和旅費這些，能拜託你一併安排嗎？」

「包在我身上，頂多兩天就備妥，你就用這段時間召集人手吧。」

「知道了。」

成功啦，魔導貴族入夥了！

啊，對了。也要跟提行李的說好才行。

「我想請這位騎士替我們顧行李，這方面的手續也能麻煩你嗎？我不認為他們會接受我一個外地人的要求。」

「沒問題，我去跟騎士團長說。」

「那真是太好了，感謝你幫我這麼多。」

「咦？喂……喂喂，我為什麼……！」

聽了這一連串對話，梅賽德斯非常慌張。

然而反抗也只是一下子而已。

「和我這魔導貴族一起獵龍，有哪裡讓妳不服氣嗎？」

「……！」

大叔凶狠地往梅賽德斯一瞪。

這樣她就乖了。

明明我說的話她一丁點都不想聽，未免太現實了吧。

用錢和權力掰開這種女人的大腿，一定會讓人硬到不行。

等著瞧，我遲早把妳當妓女玩。

「那麼，明早我會再來府上拜訪。」

「知道了。我會期待那一刻的到來。」

就這樣，行李小妹也到手了。

開頭還滿順利的嘛。

有我這僧侶和大叔這魔法師，再來要找的隊員就是戰士或武鬥家這類以刀槍拳腳為主的角色了。

期限定在明天早上，可以讓人更有衝勁。就讓我為了留住房子使出渾身解數，用剩下的時間找齊隊員吧。

很好很好，我的熱血也直線沸騰起來了。

「嗯，要準備下車了……」

魔導貴族從馬車窗口看著外頭說。

聊著聊著，馬車也抵達了學校。不久，拖車的似馬生物停下腳步，車夫通知抵達目的地的喊聲隨之響起：

「老爺，學校到了。」

我也起身離席。

馬車是停在進正門一小段之後的內門邊。

「我會在研究室，有事就稍個口信來。」

「好，我會在學校繞一繞。」

「知道了，再會。」

魔導貴族轉身就走。

但才跨半步又回頭，轉向梅賽德斯。

「對了，妳跟我來。有手續要辦。」

「遵……遵命！」

她立刻誠惶誠恐地跟上魔導貴族。

魔法師和騎士幾乎沒有什麼橫向聯繫，但這裡還有不可僭越的階級制度。過去梅賽德斯落入牢獄也依然強悍的英姿，如今已是蕩然無存。

「那麼不好意思，麻煩你打點了。」

「嗯。」

我就此目送魔導貴族與梅賽德斯沿外廊離去。

好，來去找下一個夥伴吧。

*

話雖如此，我心裡的人選並不多。

故去向自然有限。現在，我正是要去找我在這世上所認識的極少數人之一。

而那個人就在這學校裡。

老實說，我真的不太想和那個人打交道，可是誰教我朋友少，沒有別的選擇。我現在是飢不擇食了。

無論如何，這都是為了獵龍。

「啊，找到了……」

在校園裡巡了沒多久，就發現要找的人。

她一個人走在走廊上。

抬頭挺胸，自信昂揚的儀態，在我看來卻是源自抱歉的胸部和嬌小個子，有種小孩子努力踮腳的感覺，相當可愛。

就是因為這種人已經不是處女了，我才會無法相信世界。

所以我才不想接近她啊。跟她說話總有濃濃的自卑感。

「唔，又是你！」

對方也注意到我了。

快步跑過來。

「打擾了，妳好哇。」

「你昨天竟敢跑掉，我話還沒說完耶！」

「真巧，我也有話跟妳說，在學校到處找妳呢。」

「……找我？」

「對。不好意思，可以跟我去獵龍嗎？」

「咦？獵……獵龍？」

我開門見山地說，她傻眼反問。

「妳那個帥哥男友和戴兜帽的朋友也可以一起來喔。」

「等……等等！你到底在說什麼啊！獵龍是怎樣！」

突然慌張起來的金髮蘿莉好可愛。

可是她已經沒有膜了，根本詐欺。

「詳情就請妳去問這學校裡的講師法連先生吧，詳細情形我都告訴他了。我們明早就出發，拜託妳盡快做好準備。」

搬出魔導貴族的名字，她應該就不會亂推託了吧。

比我的千言萬語還有說服力。

「所以獵龍到底是怎樣啊！太莫名其妙了吧！」

「我還要去其他地方，先失陪了。對了，這件事麻煩妳不要跟別人說喔。」

我沒時間繼續和中古鮑瞎攪和。

「喂，叫你等一下是聽不懂喔！」

我就此匆匆離開金髮蘿莉。

若亂交團加入，蘿莉的男友好歹能站在前面坦吧。

他有劍又是冒險者，可以當一個門面。

儘管經驗、技術等需要考慮的層面還有很多，可是我現在沒得奢求，沒有時間緣木求魚。

重要的是怎麼利用現有資源解決問題。

好，下一站。衝衝衝。

＊

學校裡的人找到了，我又回到大街上。

為什麼呢？

為了吃午餐。

肚子餓了。

召集夥伴固然重要，飯也不能少吃。

「今天要上哪吃呢？」

想來想去，忽然想到我認識的少數人之一——在某餐廳工作的性感金髮少女蘇菲亞。儘管前幾天被他們下了禁令，可是我和魔導貴族的問題已經解決，應該沒關係了。

不如就直接說出現況，請他們撤銷禁令吧。

要是還有疑慮，就趁明天獵龍團啟程時來店裡一趟，請當事人魔導貴族親口保證不會有任何問題即可。這樣以後就能繼續一邊欣賞蘇菲亞的美胸美臀美大腿，一邊開心喝酒了。

很好很好，完美的計畫。

「來去看久違的肉彈奶子跟屁屁嘍。」

一早就到處走來走去，早餐消化得差不多了。

我快步走向蘇菲亞的店。

＊

走了近一個小時，適度的運動讓我肚子咕咕叫，時間也剛剛好。蘇菲亞工作的餐廳雖不至於有人排隊，不過裡頭似乎已經坐得很滿，門外就能聽見鬧哄哄的喧嘩。

這讓我滿懷期望地推開店門。

「歡迎光……」

蘇菲亞就在門邊。

滿面笑容急轉直下，變成一臉驚悚。

我還是第一次看到變化這麼激烈的表情。

「妳好，好久不見。麻煩來一份每日特餐。」

我輕聲走向吧檯空位，若無其事地經過蘇菲亞面前。她彷彿不敢和我有任何牽扯，只是愣愣地看著我走過去，攔也沒攔。

但是我一坐下，她就慌慌張張跑進裡頭去了。

接著廚房傳來一陣騷亂。

一男一女的對話聲中，男性的頗為耳熟。

不久，曾見過的男性和可愛的蘇菲亞一起過來了。

「這……這位客人……那個，不好意思，之前也跟你說過了……」

說話的是看似老闆的中年男性。

蘇菲亞拿他當肉盾般躲在背後。

「別擔心，我和那個貴族已經平安和解，事情都解決了。現在還會被他請到家裡吃飯呢。所以不好意思，能請你取消禁令嗎？」

「你不是瘋了吧……」

被當瘋子了。

貴族到底是有多可怕。

「我能這樣好手好腳來吃飯，就是最好的證據呀。我把貴族燒個半死，一般而言不可能活著回來吧？」

隨便說說的，實情我根本不曉得。

而老闆似乎終於了解我滾燙的熱情，尷尬地笑著點頭。

「……知……知道了。」

可是那笑容裡好像摻雜了幾分誤會。

「這次小店多有得罪，還望您網開一面。小店座位窄小，還請您將……將就一點耐心等候，小的馬上就送上您要的餐點。」

對一個平民說這樣的話，未免太恭敬了。

聲音還一直抖。

「蘇菲亞，妳來接待這位大人！知道嗎？」

「咦？等……等一下，那個，爸爸！」

「我要趕快去做菜啦！」

話一說完，大叔就躲進櫃檯後的廚房。

只留我和蘇菲亞。

千呼萬喚的一對一時間。重複指名。

「…………」

然而蘇菲亞瞬間沉默下來，和我沒有半句對話。

沒辦法，我來找話題吧。

「呃，妳好，好久不見。謝謝妳上次特地來我家通知我，事情才能進展得這麼順利，真是幫了我大忙。」

「……！」

肩膀忽然誇張一跳的金髮美少女也好美。

接著她緊張兮兮地說：

「那……那個，恕我冒昧，請問您是貴族嗎？」

「不是啊，我不是貴族。」

「咦？那……那你怎麼……」

她的用詞一下子硬是從敬稱拉回來了。

如此畏懼權勢的部分也很可愛喔，蘇菲亞。

最近好像也在哪裡見過類似性格的人呢。

「哎呀，說來也真好笑。我和那個貴族都很喜歡魔法，現在變成好麻吉了呢。」

「麻……麻吉？」

「所以呢，以後要讓我繼續愛護這家店喔。」

「…………」

她剎那間露出好厭惡的表情。

而我則是漸漸愉悅起來。

因為我發現享受蘇菲亞的新方法了。

「真的不用怕啦，我們完全和好了。」

「不是貴族的人，那個，為……為什麼能和貴族和好……」

「因為我們有相同興趣啊，一拍即合呢。」

其實我對魔法一點興趣也沒有，不過現在重要的是舒緩蘇菲亞的戒心。能把危機化為轉機的男人，才是正港男子漢。這是我從勵志書上看來的。

所以，再加把勁。

為了有朝一日找這個肉彈美少女來陪酒，我拚了老命說服她。好想喝喝看紫菜酒。喔不，我比較喜歡光溜溜。為了白虎酒，我要進攻進攻再進攻。

然而她都只是單純應聲，沒有實際內容。

說著說著，大叔回來了。

就不能弄久一點嗎，速度怎麼跟速食店一樣快啊，根本是拿其他客人點的菜給我吧。哪來這麼差勁的老闆。

「為您送上今……今天的每日特餐。」

「啊，謝謝。」

菜盤擺上了吧檯。

他過分恭敬的態度，引來了周圍好奇的視線。我不喜歡引人注意，「我說你啊，就不能正常一點嗎」的想法不脛而走。

「看起來好好吃喔。」

「您……您過獎了。」

跟先前相比，大叔的姿態實在低到不行。

稍微硬起來嘛，蘇菲亞都不知道要靠誰了耶。

「日前冒犯之處，還請恕罪……」

「也沒有怎麼樣啦，不用放在心上。」

「只……只要是我們做得到的，要怎麼賠罪您儘管說。」

大叔的頭一直低個沒完。

他這麼怕我，讓我靈光一閃。

「啊，既然你都這麼說了……」

看著蘇菲亞的臉，我有了個好主意。

我不知道哪裡找得到紅龍，但我不認為吾師艾迪塔也畏懼的紅龍會棲息在一兩天到得了的地方。如此一來，這趟旅程所需要的可就不只是兵力了。

要舒適往返，就得有人煮飯。

我是可以兼差啦，但比起男人做的臭飯，可愛的金髮巨乳妹做的飯一定好吃得多，而且賞心悅目。帶蘇菲亞一起旅行，實在是非常棒的選擇。

「那就把蘇菲亞借我幾天吧。」

「咦……」

大叔臉色刷白。

蘇菲亞的臉色也刷白了。

父女一起白。

「其實我明天有事要出個遠門，這當中實在需要一個能做飯的人。請你務必讓蘇菲亞與我同行。」

「不……不會吧……」

蘇菲亞錯愕得像在哀號。

「上次那個貴族也會來。如果是蘇菲亞來顧我們的餐桌，他一定不會有壞臉色。能有這樣的美女陪伴，我也非常高興。」

我不知道魔導貴族那傢伙會不會喜歡。

連那個魔法神○病為何在此喝酒也不曉得。

不過這樣的小謊無傷大雅。

重點是我會爽。因為我爽。我高興就好。

「事情就是這樣，能請你成全嗎？」

這時要正面注視對方的臉，真摯請求。

大叔思考片刻後說：

「……那……那麼未來能請您多多關照小店嗎？」

喔，他好像又有誤會了。

他身旁的蘇菲亞更是快哭出來的表情。

「關照？好哇，美言個幾句是沒問題。」

「既然這樣，我……我明白了，小女蘇菲亞就暫時交給您照顧了。」

好耶，蘇菲亞到手嘍。

我當然知道老闆深有誤會，可是鬼畜的我就是不訂正。旅途上都這麼玩一定很有趣，就繼續扮演這種角色吧。

「爸……爸爸！」

「蘇菲亞，對不起，爸爸對不起妳。可是為了店裡著想……」

女兒現實，大叔附勢，這對父女也真是的。

我不曉得這世界有沒有遺傳這回事，但很肯定蘇菲亞無疑是深深繼承了這類東西。好可怕。

「那麼不好意思，請妳明天一早就到法連閣下府邸報到。」

「遵……遵命……」

回答的不是蘇菲亞，而是大叔。人倫悲劇。

無所謂，反正我又得到一個新隊員了。

蘇菲亞本人則是深陷於絕望之中。

彷彿爸媽欠債而被黑道推下火坑那麼消沉。我不會解開誤會。在他們自己發現之前，我要徹底享受這個美少女服務生浮沉劇烈，變化豐富的表情。

「小的告退了，請……請慢用。」

說句恭敬的話混過去以後，大叔就縮回裡頭去了。

「…………」

被單獨留下的蘇菲亞似乎決定保持緘默，看著腳邊不發一語。打擊好像很大。

沒辦法，只好由我採取主動了。

「啊，今天的特餐也好棒喔，這是什麼菜？」

我一邊向桌上盤子伸手一邊問。

而答覆是垂死邊緣般的呢喃。

「……香草烤莫可里。」

眼神死了。

好比丟在漁港角落三天，開始腐爛的魚那麼死。

話說莫可里是草食性的大型家畜，相當於原來世界的牛。可以汲乳，可以肉食。只是飼育時間長，價格較高，拿來做每日特餐有點高級。大概是大叔招待我的吧。

「蘇菲亞，妳喜歡莫可里嗎？」

「……普通。」

「那……那這個生菜是什麼菜？」

「……普通。」

「呃，這……這樣啊？」

「……普通。」

天啊，心也死了。

死太快了吧。

精神欠磨練。

「呃，坐……坐我旁邊怎麼樣？一直站著會累吧？」

「…………」

她一定是個自尊心強的女生吧。

這是在壓抑情緒，保護自尊。

歌舞伎町有很多這種妹。

「啊，呃，那麼……」

「……普通。」

「對啊，嗯，普通。普通最好。」

「……普通。」

我也很愛普通。

可是很遺憾，現在的她很不普通。

所以我現在只能盡力享受現況。就當作是這種玩法，把這頓飯吃完吧。我們現在是新手主人和鮮嫩奴隸的關係。

就這樣，我的午餐時光在蘇菲亞的陪伴下結束了。

這孩子渾身散發著憂鬱妹的潛力。有點太急了也說不定。

＊

午餐過後，我又回到大街。

期限還剩半天，認識的都通知完了。我的交友圈也太狹窄了吧。我也不是完全不反省的人，多往接觸他人這方面經營或許對我會更有好處。

「朋友真的很重要呢……」

算了，就當作未來的課題，先擺一邊。

明天就要啟程了，這才是我現在該關注的事。

「對了，紅龍到底要上哪找？」

喂喂喂，最重要的事怎麼還沒查清楚呢？

好險，勉強上壘。

沒發現就傻傻晃到明天就慘了。

差點要被我找來的所有人白眼。

「……怎麼辦？」

魔導貴族應該知道吧。對，他一定知道，肯定有八九成機會知道。既然他那麼爽快就答應準備交通手段，可見是知道多少範圍內有紅龍分布。

「好歹先確定一下比較好吧……」

管理一項企畫時，確實檢查每個步驟有無缺漏是很重要的。

「而且蘇菲亞也來了，順便告訴他吧。」

這就對了。

就這麼辦。

目標學校，立刻出發。

*

話說這單趟一小時的路程有沒有辦法縮短呢。

市集和學校之間有段長得教人意外的距離。城裡有遊城馬車，可是路線沒經過學校，對沒有自用馬車的平民而言簡直是陸上孤島。

像今天，在學校和其他地點之間移動就要耗掉我半天以上的時間。

害我最近胃口很好。

「我遲早要生一台腳踏車出來。我說真的。」

人命關天啊。

為了更愉快的通學體驗，是非做不可。

話說腳踏車在地球文明中只佔了兩百年歷史。由此可見，曾被認為無法使用的極單純機構，實際運用起來可能意外地簡單而且好用。這類尚未問世的新發明，一定還有很多很多吧。

「…………」

這裡還有魔法這種奇妙的現象。

可能性無限大。

這麼想來，提議製作各種器具似乎也會是樂事一件。

不過現在，我要先為保住自家而努力。

腳踏車以後再說。

「……對了，他的研究室在哪？」

剛進學校正門不久，我就榮耀迷路了。

我可愛的指路大師也不在這。

無奈的我只好用腿遊蕩快一個小時。想找上次那個服務檯，可是怎麼找都找不到，這個地方到底是多大啊。讓我想起剛來到東京時第一次踏入新宿車站的時候。

「腳開始痠了……」

就沒有星○克或羅○倫嗎？

好想喝杯咖啡休息一下。

這麼想時，我還真的在前方看見了心中所望。

類似咖啡廳的店家。

格局和大學或車站裡的咖啡廳差不多。

看來即使是奇幻世界，在這類大型建築中設置餐飲店也是裡所當然。生意很好，坐了九成滿，眾多應是學生的貴族在裡頭談笑風生。

我高興地走進去。

從前面顧客來看，大多是外帶。如要內用，會附上一個托盤，盛裝茶飲等餐點，隨意找位置坐。

不過對象既然是貴族，或許會有某些意想不到的地方吧。

「不好意思，Tea please。」

我點了類似紅茶的飲料並環顧店內，發現最角落有個無人空間，兩個四人座的桌位空在那裡。其他地方都是人擠人，不知為何就那裡空著。

「真幸運。」

多半是有人剛走吧。

我開心地過去，嘿咻。

「啊啊～腳好痠喔……」

喘一口氣。

今天一直在走路，腳底都痛了。

休息個三十分鐘吧。就這樣，這就對了。

「……喔喔，好好喝啊。」

滋滋滋地吸了一口，發現這個類紅茶飲料不是普通地香。

晚點問問店員這是什麼茶吧。

改天一定要在家裡沖一杯。

在我舒爽放鬆時，注意到周圍不斷有人偷瞄，好像引起了不少注意。蒙古人種有這麼稀奇嗎？應該是吧，蜥蜴人不是叫假的。

實在讓人很在意，拜託節制一點行不行。

現在想想，來到這座城以後我從沒看過其他和風臉。

「…………」

說不定我真的稀有到被抓去作標本也怨不得人的地步。

但我好歹是正正當當付錢喝茶的顧客，又是這學校的學生，沒什麼好抬不起頭的。只要悠悠哉哉休我的息，喝我的茶就行了。一點也沒錯，乾脆把腳翹起來吧，來個放鬆到極點的架式。

「真是齒頰留香，用的是上等茶葉吧……」

再加上幾句優雅的話。

誰叫你們把我的反骨心挑得這麼高。

放鬆沒多久，我發現又有客人上門。

是一整批的團體客。

而且每個都是眉清目秀的少女。

「我的時代來了呢。」

她們和我一樣，從正對走廊的門口進來，大步往店深處走。四處走動的店員一見到她們就連忙上前接待，態度畢恭畢敬。

既然沒有其他空位，這批人必然是朝我所坐的區域走。兩個四人座只坐了一個人，剩下七個座位。我是不太喜歡併桌，不過店裡滿成這樣也只好忍忍了。這是沒辦法的事。

來吧，美少女來吧。來跟我併桌。

「啊，請坐。」

不等店員問我是否願意併桌就先表示歡迎的我真是好人一枚。還一手端著杯子，另一手指向對面空位。在可愛女生面前裝模作樣，乃是男人的天性。

然而，有個人破壞了我的興致。

「喂，你是什麼意思？」

這團學生中帶頭的一個臭著臉對我吠。

年紀大概十五歲，齊肩的褐髮妹妹頭很可愛，是個胸部和身高都不突出的少女。長相頗優，笑起來一定很美，但她清澈的藍眼睛卻吊得老高，狠狠瞪著我。

「咦？」

當然，我是一頭霧水。

她突然就單方面叫囂，也難怪我不懂。

「再問你一次。你為什麼坐在那裡？」

「呃，哪有為什麼，因為我在喝茶啊……」

有夠莫名其妙。

除她之外，後面幾個也都凶巴巴地瞪著我，彷彿千錯萬錯都是我的錯。知道原因倒還好，問題就是蜥蜴人什麼都不知道。

「你不會是什麼都不知道才傻傻坐在這裡吧？」

「呃，那個，就跟妳說……」

話都不知道怎麼說了。

該怎麼回答讓我甚為苦惱。

這時，她們背後有別種聲音傳來。

「妳們幾個怎麼了？快點坐下呀。」

「咦？啊，不……不好意思，費茲克勞倫斯小姐。我們茶會的位子被……」

有個格外嬌小的女生剝開少女們圍成的牆，走上前來。

那身影我非常熟悉。

「啊……」

不禁叫出聲了。

對方也一樣。

「啊！拜……拜託！怎麼是你！」

她就是上午才見過面，熱愛亂交的金髮蘿莉。

看我們叫來叫去，妹妹頭也有了反應。

「費茲克勞倫斯小姐，難道您認識這位先生？」

對我的態度也是天壤之別，妹妹頭突然改成隨時能供我任意差遣的語氣。看來兩者之間有明確的上下關係，而周圍的每個人也是如此。

都是用順從的眼神，觀察金髮蘿莉的一舉一動來作反應。

只是這個費茲克勞倫斯小姐沒有理會她，大步湊了過來。

「我跟法連閣下問過了啦！為什麼要找我去……去獵龍啊！」

「……法連閣下？」

「是你自己說的耶！有別人在就裝傻嗎！」

「…………」

法連法連法連法連……

我想了好一會兒才終於想起那是誰。

「喔，妳說魔導貴族啊？」

是我自己說的沒錯，幾乎快忘光了。

「對啦！話說獵龍的事，你……你是認真的嗎！」

眼睛鎖定我以後，她要把我吃了似的逼問。

見狀，那幾個應是她小妹的人都傻眼了。

「費……費茲克勞倫斯小姐？」

然而旁人的聲音傳不進她耳裡。

「為什麼找我！其……其他不是還有很多更優秀的人選嗎！為什麼你偏偏要……要找我啊！」

「這是要我怎麼說呢……」

「你該不會還在記恨之前冒險的事吧！從剛認識到散會，我……我對你說了很多難聽的話！」

「咦？呃，也沒有什麼原因啦，要說的話就是我不認識其他人……」

「不……不認識其他人？不會吧……」

金髮蘿莉一臉錯愕。

但那只是一瞬間。

「呵……呵呵呵，那好吧。還想說大話的話，最好趁現在喔。之前我是稍微嚇到，動作才會比較慢，這次就不會那樣了！我會讓你見識見識我的力量！」

她忽然渾身是勁地如此宣言。

不曉得這少女的心裡產生了怎樣的情緒變化。

總之有鬥志是好事。太棒了。

「好，那就這樣吧。麻煩妳了。」

再繼續待下去，會愈坐愈難受吧。

沒辦法，走就走吧。

剛這麼想，我便想起一件重要的事還沒問。

「對了，關於妳那個男朋友——」

剎那間，金髮蘿莉開始怪叫。

「啊……啊啊啊啊啊啊啊啊啊啊啊——！啊——！啊——！啊——！」

「咦？怎……怎麼了？什麼狀況？」

「閉嘴，跟我過來！」

她一把抓住我的手。

硬拉我離開椅子，不知要帶到哪裡去。

留下錯愕的一幫小妹和看戲的顧客，離開店鋪。

最後來到走廊一隅，幾根並排的大柱子後面。

「不准提到亞倫！尤其在學校絕對不能說！」

「亞倫？……喔，那個帥哥男朋友——」

「就叫你不准說了嘛！」

「咦，該不會是祕密吧？」

「對啦！要是我們的關係曝光了，亞倫就……」

她眼神非常認真地瞪著我。

說不定是真的會有拋頭顱灑熱血的未來等著他。

畢竟這金髮蘿莉家世好像不是普通高。

「……你們是不可告人的關係嗎？」

「對啦……不行嗎？」

「哎喲，這種事早點告訴我不就好了嗎？」

「是你自己在我講以前就說出來了好不好！」

哪有這樣的。

算了，反正狀況我已經大致明白，沒事就好。

「話說他不是這裡的學生？」

「亞倫是騎士團的騎士。」

「這樣啊。」

和梅賽德斯是同事吧。

的確不像法師，比較像戰士，沒有問題。不過他們已經有貴族大小姐與騎士，羅密歐與茱麗葉這樣的祕密戀愛，竟然還有柔菲這個公認二號存在，我田中的妒火都要燒上天啦。

「那二號怎麼樣？」

「二號？什麼東西？」

「喔，抱歉。我是問叫柔菲的那個。」

「啊，希安呀。她是魔法騎士團的啦。她是個很優秀的魔法師，年紀輕輕就當上副師團長，我也經常受她照顧。」

「是喔……」

又獲得一個新的關鍵字。

魔法騎士團。

不太清楚耶。

無所謂，應該不會扯上關係，暫且忽略。我對嘗過其他老二的女人沒有興趣，要的只有對得起我這三十年處男的未開封美少女。

「還有，柔菲是假名，麻煩你注意一點。」

「啊，這樣啊。」

用什麼假名，這小妞有夠神祕。

難道她其實是叛逆的貴族千金，偷偷溜出來當冒險者嗎？

如果還是處女就滿分了。

恭喜妳達成只錯一題就扣到零分的成就。

就像考試忘記寫名字一樣。

總之問題就只有她不是我的女人啦，去你的！

「其實若不是高等半獸人那件事，我也不會被父親叫回來，還在外面跟他們一起冒險。接那個任務真是虧大了。」

怎麼這麼倒楣。非處女冷笑著說。

「呵呵呵，這是這次是獵龍嘛？而且是紅龍。要是成功了，我那頑固的父親也會知道我不是玩玩而已吧！」

而且還自己在那邊燒。

喔不，有鬥志是好事。棒透了。

「啊，有件事我想請教一下。」

「怎樣？」

「妳知道法連的研究室在哪裡嗎？」

「法連閣下的研究室？在西棟的最頂樓。」

「這樣啊，謝謝妳。」

好，有任務前進一步的感覺。

「啊，慢著，你去哪裡！」

「我有事要找他，先失陪了。」

我不給金髮蘿莉時間多說話，匆匆離去。

她在背後猛吠也不理，直往西棟前進。

*

終於抵達魔導貴族的研究室。

「怎麼，來報告進度嗎？」

「不是，只是想請教一下……」

說要獵紅龍的是我自己，這種問題有點難問出口。

可是現在不確定，日後說不定會釀成悲劇，再害羞也得問。

「有件事我忘了確認，你知道這城市附近哪裡有紅龍分布嗎？很抱歉，這方面的事我真的沒有概念……」

「這個嘛……」

魔導貴族以指腹捻著下巴鬍鬚尋思片刻。

「最近的就是沛沛山了吧。」

「要花多久時間？」

「搭飛空艇大概兩三天。」

飛空艇是個什麼樣的交通工具啊？

時速幾公里？

「感覺時間很充裕嘛。」

「是啊，飛空艇我已經安排好了。」

「原來如此，你真的是很可靠的人呢。」

「哼，這點程度算得了什麼。」

是怎樣，大叔嘴角稍微勾起來了。

我那樣說讓他很高興嗎？

搞什麼，這傢伙還滿可愛的嘛。

可是看那張凶臉笑，我也不會開心喔。

請你轉生成女人並回溯到三十歲再來找我。

「那麼交通上應該是沒有問題了。」

「那當然。我辦事你放心。」

「非常感謝你，真的太可靠了。」

率直道謝後，他嘴角翹得更高了。

好像真的很高興。

哪來這麼容易討好的中年大叔。

如果蘇菲亞的攻略難度也能降到這麼低就好了，真的。

「我要問的就只有這麼多，抱歉先告辭了……」

「怎麼，不看看我的研究再走？」

「等獵龍成功以後，我再放鬆心情好好欣賞吧。」

「嗯，說得也是。那好吧，我記住嘍。」

他聲音在興奮什麼啊。

不要記住啦，快忘記。

「那就先這樣了。」

「嗯，我很期待明天的到來。」

任務完成。

這樣明天要準備的事就齊全了吧。

要是待太久，又被拉住聽他聊魔法就頭痛了。

我便盡快離開魔導貴族的研究室。

*

從學校返回自家時，太陽也快下山了。

晚餐在附近一間新開拓的餐廳解決，不特別好吃也不難吃，然後在大約一小時前上床閉眼，以儲備明天的體力。

然而腦袋清醒得很，睡也睡不著。

大概是獵龍這麼困難的任務當前，讓我情緒很亢奮。

想到明天就要開始一場大冒險，不安就在心裡滾，怎麼也壓不下。

真的準備萬全了嗎？我沒問題嗎？

「糟糕，睡不著。」

真沒出息。

執行大企畫前一天開始擔心搞砸以後，部長課長就要踏上下跪之旅，而屬下必須犧牲休假兼日夜無償加班，接下來一個月都要過得心驚膽跳，升職之路也如露水般蒸發。

國中高中大學一路累積來的多年努力全化為泡影的瞬間，心中忽然爆發出攔阻電車的衝動。排山倒海的緊張流竄全身，到最後一夜沒闔眼，命運的一天到來了——根本是這類的劇情前導。

「冷靜想想，龍比高等半獸人還可怕耶。」

不管是哪個遊戲的攻略本，都不會有比龍還強的半獸人吧，而且還是紅字輩的。那可是打倒以後可以拿火屬性稀有劍或道具的魔王屬性耶。

「…………」

回頭想著想著，下腹部跟著發疼。

告訴我死了就什麼都不剩。

要在這世上散播自己的種子後再死。

管他是不是處女。

「不好啊，啊啊，這樣不好啊。」

不是平躺睡覺的時候了。

要盡快開啟成人時間才對。我是為了什麼才跟神討治療魔法這種夢幻力量，不就是保護自己不受性病侵犯嗎？不就是為了擁有超強的生命力，好在降臨完全陌生的奇幻世界後以嫖妓王自居嗎？

「好——！」

我腰一挺，坐起身來。

錢包裡還有剩一些錢。

翌日就要赴戰的男人，前一晚能做的只有一件事。

「還有什麼好說的嗎！追求剎那的快樂就對啦！」

買一抹春天吧！

*

夢寐以求的嫖妓終於就要成真，而且是奇幻版本。

現在我這雙悠然的腳下，踏的就是前世未竟的破處之路。

「小哥抓龍嗎？進來馬一下怎麼樣？便宜喔！」

生前在新橋一帶聽過的招呼聲，我現在已不閃不躲。

我帶著充足的資金，在紅燈區昂首闊步。

光是這樣，我就能感受到血液往下腹集中。

路上充滿靠夜生活討飯吃的人。有頭上長獸耳的少女，有尾巴毛茸茸的小姊姊，當然也有普通人類。而這每一個人的共通點，主要是衣服非常薄。

奶子都若隱若現啊奶子。

「真是不得了啊……」

好像會爬不出來。

真的只要付錢就能和她們做愛嗎？真的？沒騙我吧？可以插好插滿沒錯吧？可是這個世界沒有保險套，那方面怎麼辦？該不會能直接中出？不會吧？真的？

自問自答太過頭，腦袋都暈咧。

好興奮。

好想當場尻一槍。

話說那個金髮蘿莉也會呢。

做愛。

跟那個帥哥男友。

「…………」

一這麼想，我的兒子就急速萎縮了。

「啊啊，不可以，不能這樣！快忘記那個蘿莉婊！快忘掉！」

現在是我的時間。

為破處所需且至關重大，必須仔細品味的時間。

「……呼嘻。」

我視線往沿街攬客的妓女掃去。

特別是豐腴惹火玉峰挺，嬌小玲瓏天使心的那幾種。

「糟糕，光看就快滿足了。」

好一條淫蕩的街。

芝麻街。

就在今宵，我的兒子要把妳的私處芝麻開門。

「好……」

決定了，就選她。

站在前方幾公尺處的金髮美女。

看起來同樣是人類，有副腰束奶澎的魔鬼身材。

「不……不好意思……」

我立刻上前攀談，討論事宜。

*

找上美女後，她帶我來到一間又小又亂的酒吧。

和歌舞伎町的小型多租戶大樓沒兩樣。這個約三十平方公尺的樓層也沒什麼裝潢，根本是租下一間附家具的公寓就開始營業，然後是奇幻版。

石造樓層中，有幾排皮沙發和木桌。

我攔下的美女已不見蹤影，現在是另一個怎麼也算不上美的女人替我倒酒，我一杯又一杯地乾。酒也不怎麼好喝，便宜貨吧。

請讓我和我攔的美女上床。

我沒有說這種話的勇氣。

怎麼會變成這樣？

這種疑問也不是沒有。

大概喝了一小時，就有個長相凶悍的男人來要我付帳。這瞬間我淺薄的懷疑成了確切事實。在這一刻之前，我還要自己盡可能別往壞處想，但是他自己說出來了。

「總共三枚金幣。」

「……有沒有搞錯？」

是仙人跳酒吧。

我一開始就覺得是這樣，但還是吞下去了耶。

陪酒的那麼醜，我又吞下去了耶。

吞下去以後開始感覺有點可愛，還摸摸她的頭了耶。

處男這種生物，就是不管對方多醜多畸形，只要聊上一小時就會產生感情的生物耶。

要是相處三天，我還有愛上她的自信咧。沒錯，你們很懂嘛，王八蛋。這些人都知道怎麼挑客人。當然的吧。

可是，這醜陋又美麗的時間也已然結束。別了今晚。

「那個……」

我哪會帶三枚金幣上街啊。

一枚一百萬耶。

未免也太誇張了。

這世界的仙人跳規模還真不一樣。氣勢磅礡啊。

「難道你付不出來？」

「呃，那個，我……」

付不出來啦，媽的。

怎麼辦，到底怎麼辦？

啊～氣死人～

心裡慌成一團。怎麼辦，怎麼辦？

我煩惱不已。

這時，一旁傳來怒罵聲。

「咦？這樣要三金？開玩笑也不是這樣！」

看來店裡還有其他冤大頭。

注意力自然轉到那裡去。

「啊……」

結果見到一個認識的人。

怎麼會是梅賽德斯啊。

而且還醉醺醺的。

酒吧裡燈光很暗，到現在才注意到有別人。

「你……你們幾個給偶掐不多一點！」

「別這麼說，我們這都是公道價呢。」

女人怎麼會來這種酒吧，而且還一個人喝酒，教我不疑惑也難。但事實上她就是在這裡喝酒，懷疑也沒用。我還沒失去把事實當事實看的能力咧。

我沒醉，還沒醉喔。

「那……那邊那個，妳不是……」

可是我還是忍不住叫出來了。

看到她在這我當然會驚訝嘛。

「！」

對方也轉過頭來。

見到我，眉頭更皺了。

「你……你怎麼會在這裡！」

「我才想問妳咧，妳一個女人怎麼會……」

「！……那是因為……」

梅賽德斯忽然說不出話。

替她接下去的，是站在一旁的大漢。應該和給我帳單的人一樣，是這間店裡的恐嚇系男子吧。銳利掃動的目光裡帶著嘲笑的意味，說道：

「這個女人是蕾絲邊喔。有女人陪就樂得喝個不停呢。」

「真的假的！」

好悲慘的女騎士。

還要到酒店找小姐，太悲慘了。

「少……少廢話！女人愛女人又不會怎樣！」

稍微否認幾句也不會怎樣，可是她當場就承認出櫃了。坐她旁邊的小姐一副皮皮挫的樣子，一定是全身都被摸遍了吧。天啊，感覺好刺激。

感覺像在這一刻看到值三枚金幣的東西。

「我說騎士大人啊，可不准給我賴帳喔。不然我就把妳所作所為全部跟騎士團報告。第三師團是吧？我還滿喜歡口無遮攔的女人喔。」

「你……你怎麼知道！」

「妳不知道自己對小姐吹噓得很大聲嗎，梅賽德斯小姐？」

「連名字都知道了！」

這個梅賽德斯的嘴也太鬆了吧。

根本是全力洩漏個資。

「可……可是三枚金幣也未免太多了吧……」

「啊？那就沒辦法了。沒那麼多錢的話，就只能自己賺嘍。要是不把喝掉的錢完全吐出來，我就把妳送給騎士團處理喔。」

嘻嘻嘻嘻。男子猥瑣地笑。

周圍也跟著傳來幾道笑聲。不覺之中，酒吧裡多了好幾個男員工，站在四周包圍我們。人數大概七八個，全都是一副凶神惡煞的樣子。

看來他們是不會白白讓我們走出店門了，每個都散

發出滿滿要榨乾我們的氣勢。尤其是梅賽德斯長相火辣，很有利用價值。醉得臉紅迷茫的模樣也非常勾人慾火。

要是這種女生說喜歡我，我就要當一輩子的人肉ATM了。

「唔，竟然抓人把柄威脅，真是卑鄙……」

喝到都大舌頭了，妳也滿差勁的嘛。

「哦？要拔劍嗎？那我們也不會悶不吭聲喔。」

「……！」

梅賽德斯的手伸向腰間佩劍。

周圍的男人也跟著準備抄傢伙。

怎麼突然就要開打啦。

坐在我旁邊的小姐也一不注意就溜到店後頭去了。

好像真的要戰了。

我和她都沒錢和平解決這個場面，為了平安迎接明天的到來，只能用自己的力量殺出一條活路。

要注意的一點，就是梅賽德斯的異常狀態——爛醉。

平時應該是十足可靠的戰力，現在完全是包袱。

能不能解決這局面全看我一個了。有點熱血。

首先得看看敵方戰力。

感覺好久沒叫這東西出來了。

我隨便挑幾個叫出屬性視窗。Come on！

名字：強尼
性別：男
種族：人類
等級：19
職業：餐飲業者
HP：292／309
MP：0／0
STR：70
VIT：120
DEX：161
AGI：57

INT：40
LUC：48

名字：鮑伯
性別：男
種族：人類
等級：21
職業：餐飲業員工
HP：102／229
MP：0／0
STR：100
VIT：110
DEX：131
AGI：97
INT：10
LUC：78

名字：米開朗基羅
性別：男
種族：人類
等級：22
職業：餐飲業員工
HP：10／269
MP：0／0
STR：100
VIT：90
DEX：131
AGI：77
INT：20
LUC：18

怎麼摻了一個快死的。還行嗎，米開朗基羅？仔細一看，他臉色很差但沒有外傷，是生病了嗎？

無所謂，知道他們有幾兩重了，比之前在酒館找我碴的冒險者大叔還弱一點。

話說回來，自己的屬性跟他們比起來又是如何呢。

名字：田中
性別：男
種族：人類
等級：35
職業：鍊金術師
HP：3909／4609
MP：9950000／99500000
STR：375
VIT：560
DEX：852
AGI：442
INT：7922000
LUC：29

等級怎麼升了那麼多。

從五衝到三十五，整整三十級。

為什麼？

喔，因為打倒高等半獸人。

這個LUC低成這樣，有沒有辦法處理一下啊？再說，LUC在這個世界實際上到底有怎樣的影響？如果說目前的境遇都是源自於此，好像是有點道理。

無論如何，要離開這裡是輕而易舉。

好個老子最強傳說。

「不好意思，我不能把這個女人交給你們。」

有屬性視窗作後盾，我的態度也忽然硬了起來。離開沙發，大搖大擺地走到梅賽德斯身旁。即使那些小癟三個個準備迎擊，我也依然走得四平八穩，堂而皇之。

梅賽德斯相當吃驚地看著我。

可是手依然不放開小姐，表示她是蕾絲邊中的蕾絲邊。

另一手還毫不客氣地猛抓奶。

小姐一副打從心底厭惡的臉。

眼神像蘇菲亞看我一樣。

「你……你突然過來做什麼！」

「妳稍微安靜一點。」

我站在梅賽德斯旁邊，轉向注視我們的癟三。

雙腳開至肩寬，右手向他們平伸。

「你們喜歡火球嗎？」

「……啊？」

介紹那男子般攤平的右手折起手指。

「啪！」地輕彈一下。

同時室內空間冒出許多火球。我還記得之前把魔導貴族的背烤成全熟，所以這次多有反省，將威力調成小火，以免重蹈覆轍，希望各位喜歡。

每一個都是排球大小，總共有十幾個。

「什麼！……你……你是魔法師？」

男子表情僵掉了。

「想死就先上，一個個排好隊啊。」

聽我這麼說，癟三們群情激憤。

「會……會怕火球就不用出來混了啦！」「會魔法也只有一個人，地方這麼窄沒什麼好怕的！」「沒錯，就憑我們人多，一口氣宰了你！」「讓你再也囂張不起來！」

癟三們嘰哩呱啦鬼叫著直衝過來。

勇敢，真是勇敢。

可是只憑勇敢勝不了我的火球。

「嘎啊啊啊啊啊啊啊啊啊啊啊啊啊！」「嗚喔喔喔喔喔喔喔喔喔喔喔喔喔！」「喔耶耶耶耶耶耶耶！」「嘎啊啊啊啊啊啊啊啊啊啊啊啊啊！」「啊啊啊、啊啊啊啊啊啊啊啊啊啊啊啊啊啊啊！」

一連串的慘叫。

一人一發，火球準確地打在進逼的癟三身上。說當然也是當然的吧，火球是照我意思跑，一個人也躲不掉。

我的火球導彈真是壓倒性地強。

火球一接觸目標就當場炸裂，爆炎四散。由於認真起來連半獸人也能穩穩炸死，我只是想用威嚇射擊驅趕他們。不過火球的烈焰還是很強，將他們燒得連聲慘叫。

爆炎也飛到我這邊來了。店裡這麼小，這也是當然的事。

想在梅賽德斯面前耍個帥，結果有點過火了。

「好燙！好燙！」

真受不了我自己。

「喂，你……你這混蛋！在這麼小的地方放火球，是在想什麼啊！腦子有病是不……啊！啊……喂，燒起來了！我我我的頭髮！」

「嗚喔喔喔喔！衣……衣服沾到火了！糟啦！」

兩人慌慌張張往門口跑。

跳過嚴重灼傷的癟三們，一溜煙衝出去。

*

逃出黑店以後，我和梅賽德斯在紅燈區某條巷子裡，一段梯級較高的樓梯坐下喘氣，讓夜風冷卻我們被酒精和火焰燻熱的身體。

「……我絕對不會感謝你。」

她很不高興地說。

「妳還是老樣子。」

「你一個罪犯憑什麼用那種口氣批評我。」

「就跟妳說我是冤枉的嘛……」

被火烤過，讓人冷靜了不少，夜風也吹去了不少酒意，可以正常對話了。

騎士大人也有同樣感覺吧。

「話說妳怎麼會跑到那裡去呀？就算是同性戀，到酒店玩女人也未免太飢渴了吧……」

「還……還不是你的錯！」

「為什麼是我的錯？」

「我們要獵龍，獵龍耶！怎麼可能贏啊！一想到今晚是我人生最後一夜，當然要盡可能玩得過癮啊！摸到爽揉到爽吸到爽舔到爽！」

「喔……」

「我同僚有很多可愛的女生，她們也因為我是女人，根本一點戒心也沒有，我還能怎麼想！是你不會起秋嗎！是你不會上火嗎！好想讓她們懷孕啊！」

「…………」

原來如此，這個蕾絲邊騎士和我腦袋構造差不多。

一這麼想，心裡就忽然湧起一股惺惺相惜的感覺，真是不可思議。

「所以不熟悉這種娛樂的妳，一上街就被仙人跳了嗎？」

「……！」

滿臉通紅的梅賽德斯好可愛。

「那……那你還不是一樣！」

還惱羞成怒地吠起來。

沒錯，我也被騙了。

「那是因為上街釣客人的姊姊真的太可愛了嘛……」

要不是她，我也不會上當。

老實這麼說之後——

「……對……對啊，我懂。那個妹真的好可愛。」

她回答的是單純的同意。

竟然有意見一致的時候。

中了同一種手法的圈套，使我們產生革命情感。

「她的胸部真的很淫蕩對不對？」

「唔……嗯，就是啊，受不了。好想讓她懷孕，吸她的奶！」

「而且屁股好大，腰又好細，啊啊……」

「唔，光是回想就讓人恨得不得了。」

「就是說啊。」

「好想舔她的鮑……」

「好想讓她吸屌……」

梅賽德斯和我一起妄想誘餌姊姊的裸體，交換各種下流思想，反應好得像年紀相近的朋友一樣。想不到這個年紀，還會有和別人對女人品頭論足的機會，而且還是個十幾歲的少女。

意想不到的變態悶話，就這麼持續到天空泛起陽光。

獵龍行動（上）

Dragon Extermination（1st）

隔天，我和梅賽德斯一同前往魔導貴族府。

逃出黑店以後，我們都在聊下流的事，徹夜未眠。轉場就白天，沒闔過眼就要出動了。想想自己幾歲了好不好，都三十好幾了還想製造新的黑歷史嗎？我不禁這麼想。

我有幾年沒通宵啦？好想念家裡的床。好想回家睡覺的欲望在我耳邊鼓譟。但是為了我可愛的家，現在非得裝平靜、裝紳士不可。

「怎麼啦，黑眼圈這麼濃？」

「沒什麼，只是整晚都在和她研討怎麼獵龍。」

我以視線指指身旁的梅賽德斯。

她眼睛底下的黑影也相當地濃。

不過她似乎很怕魔導貴族，和我不同，挺直了背立定敬禮。大概是因為年輕，熬個夜只是小意思吧。真是太羨慕妳了，青春的肉體！

「是！小的雖然力有未逮，但也很榮幸能協助田中大人！」

用詞也很誇張，田中大人咧。

是拜騎士團教育所賜嗎？

喔不，純粹是因為我權力比她大吧。

「嗯，知道了。」

結果魔導貴族若有所思地掂起下巴，視線在我和梅賽德斯之間來去。

會是這個藉口太硬了嗎？讓他亂想就不好了，於是我找個目標開口轉移話題。

「話說這個飛空艇還真厲害耶。」

位置就在魔導貴族府的庭院邊緣。

我仰望著停泊在那裡的巨大交通工具喃喃地說。

「你看出它不同凡響了嗎？」

魔導貴族的眼睛馬上亮了起來。

「這是最新型的飛空艇，設計者不是別人，就是我自己。」

「咦，這樣啊。」

竟然還會機械設計。

這魔導貴族到底是多有才華。

「原本是送給國家的，因為這次作戰需要就暫時借用了。它的速度是全國飛空艇之冠，從這佩尼帝國首都卡利斯到鄰國普希共和國的首都，只需兩到三天。」

「喔喔……」

不太曉得是快是慢，總之先驚訝一下。

原以為又要搭馬車叩咚叩咚，來一趟屁股痛痛之旅，魔導貴族真是ＧＪ啊。想不到有飛空艇，這國家的科學比我想像中還進步嘛。

「我是藉由加大魔石並縮小船體，來提昇飛行距離和移動速度。」

「原來如此。」

很遺憾，根本不科學。

聽他這麼說來，這個魔石大概相當於引擎吧。

乍看之下，飛空艇大概是巨型遊艇等級，全長有三十公尺吧，寬七到八公尺左右。他說這樣是小型，那麼大型說不定有鐵達尼號那麼大。真的飛得起來嗎？

管他的，看他這麼得意，一定飛得起來吧。

「行李怎麼處理？」

「已經搬上去了。」

「那再來就是……」

「等你找的人到齊而已。」

了解。

我跟著環顧四周。

庭院裡除了魔導貴族和服侍他的幾個女僕以外，就只有我和梅賽德斯。等亂交團和蘇菲亞到了就能出發了吧。

我沒回家，直接從從紅燈區過來，所以比別人早了一點。

閒著也是閒著。

隨便找個話題和大叔聊聊吧。

才剛這麼想，忽然有輛馬車停在庭院邊緣與外頭道路的交界處。

「……那是理查的馬車吧。」

「理查？」

「你好歹聽過費茲克勞倫斯家吧？」

魔導貴族嘟囔著說。

會被這位大叔記住名字的人，應該是個大人物。

「你朋友嗎？」

「有點交情。兩三年前，我有個姪女嫁到他那去了。他們家隔代會生出魔力很高的女孩，不知為何就是不會發生在男性上。可能是古代曾經和仙魔之類的有過交流，但他們自己不承認就是了。」

「原來如此。」

完全狀況外。

隨便，與我無關。

這當中大門開啟，馬車駛入院中。

接著來到聚集在飛空艇前的我們旁邊。女僕們見到又有人來而開始緊張，魔導貴族悠然迎接。梅賽德斯則是一副「饒了我吧」，快哭出來的表情。

在眾人注視下下車的，是那個金髮蘿莉。

「哦，要搭飛空艇啊，還真有格調。」

她一踏下梯級就望著浮在一旁空中的船型物這麼說。

身為貴族卻直接調侃，不先寒暄兩句，真有她的。

面對魔導貴族也面不改色，有話直說的模樣，和極為害怕地位金錢名譽的梅賽德斯甚為對比。費茲克勞倫斯家應該是很厲害的貴族吧。

「理查那傢伙竟然會准妳來。」

「公主殿下的性命可是國家大事喔。貴族盡點義務也是當然的嘛。」

「哼，無所謂。行李就給那個女僕送到飛空艇上去吧。」

「知道了。」

點個頭之後，金髮蘿莉開始對隨從下達各種指示。相應地，魔導貴族府的女僕也連忙動作。

「啊，可以問一下嗎？」

我對金髮蘿莉說。

「問什麼？」

「妳男朋友沒一起來啊？就那個帥哥。」

「！拜……拜託，叫你不要提到他是聽不懂喔！」

「他是晚點來嗎？」

帥哥比金髮蘿莉重要得多了。我們已經有魔導貴族當後衛，還欠個前衛。梅賽德斯也算是前衛，可是我覺得關鍵時刻還是得靠男性。

「亞……亞倫他出騎士團的任務，到城外去了啦！因為高等半獸人出現的關係，現在騎士團和魔法騎士團要一起加強巡邏，維護周邊治安。」

「咦，真的嗎？」

問歸問，這並不是無法理解的事。

畢竟金髮蘿莉這個出身高貴的大小姐都面臨了生命危險，加強巡邏只是整個大影響的一部分吧。這麼說來，之前的任務說不定對整個國家有所助益。

「他是三天前出發的，我想現在應該在奇瓦伍鎮吧。他會在那一帶蒐集半獸人的目擊報告，沒一個月是回不來的。」

「……這樣啊。」

但就算那對整個國家好，對我卻是大扣分。

怎麼會這樣，少一個坦克了。

「怎麼了，有麻煩嗎？」

魔導貴族問道。

「呃，還好，只是預定人數少了一兩個……」

「嗯……」

「算了，不能來也沒轍……」

在這裡鑽牛角尖不是辦法，想想怎麼彌補吧。向冒險者公會徵求幫手也不是不能考慮。

等等，指路幼女有旨在先。

當我問獵龍需要什麼時，她是怎麼說的？

『我覺得是值得信賴的夥伴喔～』

那個帥哥值得信賴。

他是個好人。

雖然也是有個貴族女友還跟二號搞亂交的後宮爽哥，至少為人正直，對我這種醜男也保持紳士風度。

急就章地徵求幫手，不可能會有這種人。

所謂一樣米養百樣人。

有的人分量可能上千上萬，有的人卻連一也不到。

我可沒傻到在奇幻世界實踐人月魔術這種事。

「如果要找的人在奇瓦伍，過去去接他就行了。」

「咦，該不會順路吧？」

「在首都圈內，花不了多少時間。」

「那真是太好了。」

大概搭新幹線 Hikari 號從東京出發，馬上就在品川或新橫濱停車的感覺吧。

這個魔導貴族真好通融啊。

真感謝上天讓我認識這個人。

「那麼，再等幫傭的人來就到齊了。」

「原來如此，所以主力實質上就是我和你嘛。的確，有太多無謂的人反而礙事。哎呀，你還滿內行的嘛！獵龍的重點不在於戰力的量，而是質啊！質才重要！」

「咦？啊，那個，我……」

「呼……呼哈哈哈哈哈，我魔力的奔流好久沒這麼滾燙啦！」

「…………」

算了，隨便他去說吧。

和聲音大起來的魔導貴族胡扯時，繼金髮蘿莉的馬車之後，大門又出現人的動靜。轉頭一看，有個人躲在門邊，不知如何是好地頻頻往我們這方向窺探。

樣子惶恐到不行。

萎縮得我都替她可憐了。

她深怕擅闖會有麻煩般窺探，十分猶豫。

這一帶貴族專用住宅區可不是擺好看的。

「啊，最後一個到了。」

「嗯？」

聽我對魔導貴族這麼說，其他人的注意力也轉向門口。

見到蘇菲亞揹個大袱巾包，要進不進的。

還哭喪著臉，恨不得拔腿就跑。

「之前酒館那個丫頭？」

「我想需要有個人幫我們打點餐桌。」

「原來如此，負責服侍你的嗎？怎麼不早說，要幾個女僕我都可以配給你。也罷，既然是你自己挑的，那讓她上飛空艇吧。喂！」

魔導貴族喊來一旁候命的女僕。

女僕跟著儘速跑向門邊的蘇菲亞。

「全部就這樣？」

「對，就這樣。」

「那就出發吧。」

我認識這些人其實沒幾天，也不免覺得這團隊組得很隨便，不過我自己也不是多偉大的人物。這些人願意幫我這個異邦人，我才該敬佩他們的情操呢。

於是我強烈地告訴自己，一定要讓這團隊發揮最大效力。

絕對要凱旋歸來。

就這樣，紅龍狩獵團從首都卡利斯出發了。

*

飛空艇好厲害啊。

魔導貴族一下令就瞬時升空，馳騁於離地數百公尺處。從甲板俯瞰的景緻，寬闊到能將那座大城盡收眼底。

前方草原森林遍布大地，山巒交疊，奇幻感十足。

而這一切都飛快地向後流逝。

「大概多久會到那個叫奇瓦伍的地方？」

我站在甲板上眺望風景，並與旁人對話。

對象當然是魔導貴族。

「簡單吃點東西就到了吧。」

「坐馬車的話呢？」

「應該是整整兩天。」

「飛空艇真的很快呢。」

「這艘船原本是為了傳遞戰情和載送重要人物而設計的，我想這世上沒有其他飛空艇比它更快。核心魔石是來自藍龍，品質極佳。」

「原來如此。」

龍出現啦。

獵龍好像也不是太稀奇的事。

不太懂。

「對了，飛空艇是誰在駕駛？」

「我啊。」

「咦？」

這麼說來，還真的沒看到我們這團隊以外的乘員。

看來不是和行李一起就定位了。

「這麼說來，船上只有我們嘍？」

「對，沒錯。」

「這……這樣啊。」

還以為乘員早就都在船上了呢。

有點驚訝。

「只要魔力程度夠，離開艦橋也能用魔法維持一定的控制。像今天天氣這麼穩定，也不需要操舵這類精密控制。」

「以設計用途來說，能單人駕駛是很大的優點呢。」

「嗯，正是如此。你還滿懂的嘛。」

「沒……沒有啦。」

「等這次旅程結束，找時間到我研究室來，我讓你看看設計資料。我打算製作動力更強，專打先制快攻的高速艇。」

「好，有機會一定去……」

只要提到關於魔法的事，這大叔的話就特別多呢。

「話說，其他人狀況怎麼樣？」

「咦？喔，某個大小姐暈船很嚴重，在廁所吐個沒完，騎士跟在旁邊照顧她。另外，幫傭的那個在廚房做午餐。」

「這樣啊。」

金髮蘿莉臉色鐵青地吐得唏哩嘩啦，蕾絲邊女騎士如痴如醉地替她搓背的畫面真教人印象深刻。昨晚在黑店不完全燃燒就直接過來，再加上通宵後的莫名亢奮，現在是爆嗨爽翻天的狀態。

「恕我冒昧，有個問題我想請教一下。」

「什麼問題？」

看機會正好，我便問出放在心裡已久的疑問。

「我們第一次見那時候，你怎麼會到平民酒館喝酒呢？應該有更多符合你身分的店吧？」

「喔，這件事啊。」

「對，就是這件事。」

心裡全是魔法，不容妥協的人怎麼會去那呢。

「因為我聽說市井某個酒館裡，有個女人的魅力高到人魚的魅惑魔法都不能比，絕大多數魔法難以望其項背。只有不能行事者、好男色者或魔導貴族能抵抗其魅力。」

「是喔……」

原來是街坊的揶揄傳到本人耳裡了。

「只要聽說有人會用魔法，在哪裡我都願意調查。」

「可惜她是普通人。」

「就是啊，害我浪費時間。」

回想起來，他好像真的說過類似那樣的話，會不會是我太衝動啦。可是打起來是經過雙方同意的事，算扯平。扯平。

就當作是這樣吧。

對不起，魔導貴族。

話說只要扯上魔法，這個大叔的行動力真的很強。

「但那反倒給了我認識你的機會，也不是完全白費。世事會有怎樣的牽連，真是難以預料呢。」

「對呀，真……真的是這樣……」

謎底解開了。

感覺有點痛快。

可是魔導貴族，我還是覺得很對不起你。

「那麼，我去看看別人的情況。到了請告訴我。」

「嗯，知道了。」

與心情頗為高興的船長告別後，我就進了船艙裡。

到正在打點午餐的蘇菲亞那去。

＊

由於在飛空艇上，我還以為廚房只會有小套房那麼簡單，結果相當氣派，應有盡有。

規模好比郊區億元豪華公寓餐廚空間，設備比我家廚房還充足。這就是所謂的專業版吧。

「午安～」

我踏進廚房一步，向蘇菲亞問好。

「咿……！」

結果她嚇得雙肩一跳，叫了一聲。

停下砧板上切菜的手，往我轉過來。

「非……非常抱歉，午餐還沒準備好……」

「沒事啦，我不是來催妳的，只是來看看妳而已。」

「……咦？啊，這樣啊。」

這幫傭從露臉到現在，臉色從沒好過。原因沒有懷疑的餘地，十之八九是魔導貴族的錯。臭大叔。

害我也被颱風尾掃到，真倒楣。

一定要在獵龍過程中設法改善我們的關係，取回我與乳屁腿的圓融交流。

「事情我問清楚了，想聽嗎？」

「咦？什……什麼意思？」

「就是那個貴族為什麼會跑到你們店裡。」

「是……是因為……？」

「因為他聽說妳的美貌好比魔法，所以特地一探究竟。」

「呃，那個，這樣我實在……」

很困擾吧。她就是這樣的態度。

這也難怪。

被那種神○病貴族看上，根本沒什麼好事。

「他好像想看人魚的魅惑術之類的魔法。」

「不，我……我完全不會用魔法啊！真的！」

「他也很快就發現這點，現在對妳已經沒興趣了。」

「這……這樣啊……」

蘇菲亞一聽魔導貴族對她沒興趣，表情變得相當複雜。女人心真難捉摸。平常大概很多人捧她，這也是當然的吧。

在酒館裡常能聽見女生想釣個金龜婿，而勾引低階貴族次男么子的事。

雖然大半是以失敗收場，但成功案例絕不是零。既然蘇菲亞是酒館的招牌女郎，說不定會更現實。

「所以，妳真的不用太緊張。」

「……真的沒關係嗎？」

「就跟上船前我到你們那說的一樣，我和那個貴族現在什麼事也沒有，不會以後突然想到就去找麻煩啦。」

「…………」

「因為這個緣故，請妳放鬆心情慢慢做菜吧。至於人數部分，說不定會再加一兩個，多做一點會比較好。」

「我……我知道了……」

很好很好。善後到這裡就行了吧。

我有心也是辦得到的嘛。

與異性對話的能力好像提昇了。

可能是因為和梅賽德斯淫話綿綿而升級了吧。

「就這樣，抱歉打擾妳工作。」

「啊，好……好的。」

趁還沒出糗，我趕緊回到自己房間去。

＊

在床上躺了一會兒，便感到船快速下降。

朦朧的意識因此清醒，我離開房間。大概是抵達奇瓦伍了吧。順著通道來到甲板，除蘇菲亞以外的人都在。

船已經落地不動。

著陸地點好像是鎮上的中央廣場，周圍有一大群人好奇圍觀。不過飛空艇上有帝國徽記，沒人敢亂碰亂爬，只是遠遠觀望。

距離廣場數十公尺處，有個憲兵打扮的人正趕過來。

「辛苦了。我們到了吧。」

「嗯。趕快把人帶來，我在船上等著。」

「知道了。」

我點點頭，掃視四周。

發現金髮蘿莉青著臉掛在甲板圍欄上。

得帶她一起去，不然找不到人。

「艾絲特，我們走嘍。」

「等……等一下啦！我還是不太舒服……」

「走一走就會好了。」

「啊，呀……」

我揪起她的手就硬是拖走。

嘴裡好像噴出了一點，但沒有噴到我的衣服，ＯＫ的。

沒問題。

「我……我也一起去！」

梅賽德斯也跟上了。

看來她相當喜歡金髮蘿莉。不難想像是因為她暈船虛弱，可以藉照顧之名行上下其手之實。明明這隻蘿莉家裡應該和魔導貴族差不多偉大。

「住……住手，我狀況真的很糟……不行了，不行了啦……」

「稍微洩一點出來比較可愛喔，這是一定要的。」

「最好有那種事！啊，喂……」

現在是分秒必爭。

如果對方是未開封少女，我大概還會體貼一點吧。可是她已經被別人的棒子開通了，別想我留情。我又推又拽地，硬是把她拉下飛空艇。

咚咚咚輕巧踏下飛空艇甲板放下的階梯。

這時，一身金屬盔甲，手持長槍的武裝憲兵趕到了。

他是個比我年輕一輪，大概不到二十五的青年。褐色平頭底下有張鑲著清澈藍眼的端正臉孔，感覺是心地很好的帥哥。或許不比亞倫，但也夠有女人緣了。

「怎……怎麼了嗎！」

他憂心忡忡地仰望著飛空艇問。

機會正好，問問他吧。

「不好意思，您知道騎士團的亞倫先生嗎？」

「咦？亞倫分隊長嗎？他人正好在廣場附近的旅舍，請……請問這艘飛空艇是哪位派來的？有要緊事嗎？」

「船是那位法連閣下向國家借用的。不好意思，能帶我去那間旅舍嗎？有急事找他。」

我以視線往甲板上指了指。

那有個往這裡俯視的大叔。

「啊，好的！知道了！」

憲兵一見到甲板上的魔導貴族，就完全照我的話去做了。

這大叔真方便。

簡潔有力地敬禮之後，他一路領我到亞倫所在的旅舍去。

＊

憲兵將我帶到旅舍門口櫃檯附近。這是間頗具規模，約能住上百人的旅舍。一樓設有餐廳，現在又是中午時間，位子坐了九成滿。

「分隊長在二樓的二〇三號房。」

「好的。謝謝你替我帶路。」

「哪……哪裡！那在下先失陪了！」

憲兵快步離去。

目送其背影消失後，我便前往二〇三號房。

櫃檯後看似老闆的大叔聽我說明原委，沒多嘮叨就放我上去。這部分和日本的商業旅館差不多，高級一點的有沒有不同就不曉得了。

「艾絲特，妳自己走一下好不好？」

「咿、呼、咿……晚、晚點看我怎麼教訓你……」

我繼續拖著依然很難受的金髮蘿莉走。

蕾絲邊女騎士則是一語不發地跟著她。看著艾絲特受暈船之苦的模樣似乎讓她很興奮，一路上都是用非常高興的色瞇瞇表情看著艾絲特喘息。你看，金髮蘿莉這不就有用了嗎？

就這樣，我們很快就來到目的房門前。

木製的單扇門。

掛在中間的牌子標明這裡就是二〇三號房。

是這裡沒錯。

「亞倫先……」

就在舉手敲門時。

奇妙的事情發生了，門後有聲音傳來。

「啊……嗯……亞倫！好棒！這樣好棒！」

「啊啊，柔菲也……好棒！爽死我了……」

「柔菲的裡面……舒服嗎？太……太好了！用力、嗯！啊！啊！用力、用力，在柔菲身上全部發洩、啊！出來！」

「好，我射了！射在裡面！裡面！」

「給我！啊！啊！啊！啊！全部射在柔菲裡面～～」

傷口被撒鹽啦。

今晚配菜就決定是柔菲的嬌喘了。

我也是千百個不願意。

「…………」

「…………」

「…………」

我、金髮蘿莉和蕾絲邊女騎士都說不出話。

然而沉默的時間轉眼即逝。

艾絲特很快就抓狂大吼。

「亞……亞倫————！」

並全力踹開了門。

不知是鉸鍊鬆垮還是她腿力卓越，門被她一腳就踹飛到房裡。

因此衝進我等眼中的，是兩個人在床上肢體交纏的畫面。帥哥戰士亞倫，和丁寧語魔法師柔菲的打炮現場。

男性重要部位與女性重要部位深入交流當中，女性的雙腿還鉗住男性的腰。我還是第一次看到現實的愛愛榨精剪刀腳。

眼睛移不開啊。

凝視著看啊。

今晚的配菜真的確定了。

「咦，艾絲特！」

「你給我解釋清楚！」

亞倫急忙拉起被子遮掩身體。看來在這種狀況下，縱然是帥哥也找不到藉口開脫。他無法掩飾倉皇表情，且愈顯焦急，平時的穩重不知跑哪裡去了。

另一方面，艾絲特旁若無人地跺腳進房，表情像惡魔附身。原本就很吊的眼睛吊得更高，是超越傲嬌的傲嬌狀態。

「呃，這……這是因為……那個……」

「我們不是約好只有我在的時候才能做嗎！」

「…………」

「我是同意柔菲排我後面才原諒你的耶！」

金髮蘿莉滿臉漲紅地怒罵。

看來這對一號來說是意想不到的偷腥。

至於二號呢，依然把臉埋在亞倫胸口逃避現實。

啊啊，我相信妳耶，柔菲妹妹。

我以為妳就是二號的角色耶。

丁寧語假掰妹不當二號怎麼行呢？

「而且射裡面是什麼意思！不是約好我要第一個懷孕嗎！」

「等……等一下，艾絲特！拜託妳冷靜一點！」

「還有什麼等不等的啊！一……一……一次就算了，我還可以忍耐！可是……可是可是，你說這是第幾次了！我光是數都快氣死了啦！」

原來是慣犯。

有這麼可愛的金髮蘿莉女友還劈腿。

帥哥等級果然都很高。

如果是我，就有再也不看其他女人的自信。

「拜託等一下，艾絲特。這次是我……是我自己找亞倫……」

「這樣不是更糟糕嗎！」

「……！」

一點也沒錯。

話說事情變這樣，我還能找他們去獵龍嗎？

不，不是能不能的問題。

是一定要。

「好了，你們都先等等。現在不是吵架的時候。」

「誰等你啊！現在就是吵架的時候！」

「好了好了，妳先到角落隨便吐一吐。」

放著不管，不曉得會吵到什麼時候。魔導貴族和蘇菲亞還在飛空艇上等呢。時間浪費在帥哥為主的劈腿排名上誰受得了。

「誰……誰要去吐啊！」

「好，趕快去吐，儘管吐～」

我抓住金髮蘿莉的腦袋前後左右地搖。

「喂！住……住手……」

她立刻就摀著嘴跑到房間角落去。

表演嘔吐秀。

蕾絲邊女騎士見此良機火速跟上，撫摸她的背。

真是合作無間。

這樣我就能和亞倫好好談了。

「田……田中先生！你對她做什麼！」

「她只是搭飛空艇暈船了而已。正事要緊，我是來找你的，可以聽我解釋嗎？」

「咦？呃，那個，先……先讓我穿衣服……」

誰要讓你穿啊。

柔菲蘿莉胴體最強傳說。

我永遠都不會忘記那匆匆一瞥的無毛海鮮。

「我是來請你參加我們的獵龍行動。」

＊

我迅速說明事情原委。

一開口就說要獵紅龍，他還完全不敢相信。但要他從窗口看看廣場上有帝國徽記的飛空艇以後，他就坦然接受了我的來意。

可惜的是，全裸選項在我解釋當中被收回了。亞倫瘦瘦的精壯體格雖然很礙眼，不過我還是想多看幾眼柔菲經過適度鍛鍊的蘿莉胴體。那緊實的線條真是太棒了。好想打炮。

「事情就是這樣。抱歉，我知道這實在很唐突，你願意與我們同行嗎？」

「你……你是認真的嗎？」

「認真的。幹勁十足，來一隻殺一隻。」

「可是我……我只是一個小騎士，怎麼能跟法連大人……」

亞倫不時瞥瞥窗外的飛空艇，說話吞吞吐吐。

心裡有很多想法在糾結吧。

可是我非讓他同意不可，不然就糟了。

「不用想太多，他都知道。」

「咦？真……真的嗎？」

「所以能請你加入我們嗎？你心愛的女友會來喔。」

「啊，不是啦，那個，我……」

房間角落，被蕾絲邊女騎士摸著背的那個女友正以怨氣逼人的眼神瞪視亞倫。要是沒暈船，她恐怕已經衝上去騎在身上，全力海扁一兩頓了吧。

活該啊，帥哥。

足足能配三碗飯。

「我……我知道了。既然她也同行，我實在不能拒絕。」

「謝謝你的協助。」

好耶，坦克順利到手啦。

「那……那個，亞倫要去的話，我也去……」

「等……等一下！柔菲！這不關妳的事！」

一聽柔菲也想去，金髮蘿莉就開始狂吠。

似乎不想讓他們的感情再有進展。

可是柔菲也很倔強。

兩手緊抓長袍下襬，以堅持不退的眼神頂回去。

「可是魔法的話，我……我應該也能派上一些用場。

艾絲特的魔法是我教的，多少算得上戰力才對！」

「！……這……這個狐狸精！」

「拜託你！也帶我一起走！」

現在兩個女人的友情因為一個帥哥崩垮了。

GJ啊我。

飯更好吃了。

無論麵包還是義大利麵都能狂嗑。

既然這樣，我也要拿出來者不拒的精神。

就請柔菲一起來好了。

「好吧。也請柔菲也和我們同行吧。」

「喂！」

不管金髮蘿莉吠什麼東西。

順利讓亞倫和柔菲入夥了。

＊

亂交團到齊後，我們回到飛空艇。

有自稱鎮長的人物現身歡迎我們到來，隔著甲板和魔導貴族打官腔，最後隨我們上船而宣告結束。

寒暄時間截止，飛空艇再度升空。

鎮長表情遺憾，魔導貴族則毫不在乎地爬升，其他乘員只是默默目送這一切。團隊成員的上下關係落差太大，讓人很想找個法子解決。

不過，此刻有個更急需解決的問題就在眼前發生。

這裡是設有兩張簡床，擺設與遊輪西式一等艙相仿。

亂交團的三個人在這碰頭，而我混在裡頭觀賞正要爆發的男女大戰。

亞倫和柔菲一左一右坐一張床，我和金髮蘿莉坐另一張，中間只有一點點距離。而我腿上大剌剌擺著一個托盤，上面盛著從廚房弄來的三明治。

「……艾……艾絲特，妳先聽我說。」

房中響起亞倫不知說過多少次的話。

金髮蘿莉的態度也是一個樣地不悅。

「不要，我跟你沒什麼好說的。一句也沒有。」

劈腿和暈船的夾攻好像非常難受。

「艾絲特，拜託妳聽一下吧！」

「不要！絕對不要！我再也無法相信你了！」

「艾絲特……」

我看著亞倫和艾絲特小倆口吵架，津津有味地啃著蘇菲亞做的午餐。類雞肉片量多又多汁，徹底溫暖我沒吃早餐的肚子。

啊啊，胃口真好。

外帶就是為了看這個。

觀賞美少女引起的情愛糾葛，讓美少女做的飯真是好吃到不行，彷彿戀愛遊戲活生生在我眼前上演。以後我

也要繼續這方面的實地勘查。

「對了，你……你怎麼會在這裡啊！」

金髮蘿莉趕人了。

我怎能這麼輕易就離開這個下飯空間呢。

「畢竟你們的問題也是問題，我不會否定你們的爭執。可是為了接下來的作戰著想，最好是盡快擺平這件事。不然就現況而言，別說紅龍了，就連對上半獸人都有危險。」

「……對……對不起。」

好人亞倫向我道歉。

罪惡感啊，罪惡感滾滾而出。

讓我很過意不去。

可是好下飯，好下飯啊。

「我希望兩位可以和平解決，不因此留下任何芥蒂。所以我這樣雖然有點硬來，可是在第三者的見證下，得出一個穩妥的結論應該比較好，而我自當不吝於提供這樣的協助。」

「你……你說得對，都是我操守不謹的錯……」

我隨便掰個藉口，弄到殘留權。

凡事都要先拗拗看再說。

「什麼叫操守不謹啊！我剛也問過了吧？這是第幾次？」

「這個，我……」

「如果只是一兩次，我……我也不是沒有原諒的肚量。男人本來就是這樣，這是沒辦法的事。我也知道長相出眾的男人本就好色，也容易吸引異性，這都是沒辦法的事。」

「…………」

「可是你偷吃的次數也太扯了吧！兩手兩腳全部指頭加起來都不夠數耶！你到底是多想做愛啊！大變態！」

「……對……對不起。我無話可說。」

「而且你大半都是跟柔菲偷偷來對不對！你真的把我放在第一位嗎！我再也無法相信你的話了啦！」

「這……」

金髮蘿莉說得眼泛淚光。

這個帥哥跟柔菲比我想像中還恩愛得多呢。原以為金髮蘿莉是一號，說不定很快就要降格成二號了。從高等半獸人一事看來，他感覺還比較疼愛金髮蘿莉呢。

啊，該不會那是因為害怕她家的權勢吧。

至於金髮蘿莉也對他未免太寬容了。如果是我心愛的女人跟其他男人卿卿我我，我一定會嫉妒到抓狂。這麼說來，艾絲特的胸襟還滿寬廣的嘛，值得敬佩。

不過呢，就算是寬容的她也被二位數的劈腿次數氣哭了。

「我真的、真的再也不相信亞倫了啦！」

「艾絲特，拜託妳聽我說，一下下就好，可以嗎？」

「不要！絕對不要！」

是怎樣，有種莫名的挫敗感。

吞飯吞到喉嚨受傷的感覺。

帥哥坐擁後宮卻再三出軌的屌樣，讓我的飯變難吃了，糟蹋蘇菲亞替我做的飯了。三明治多汁溼潤的感覺，在嘴裡變成異樣的噁心觸感。

我想吃好吃的飯。

「這一次我絕對不原諒你！我已經忍到極限了！再見！」

「等……等一下！我真的很愛妳！這世上我最愛的就是妳！」

「……！」

帥哥講起愛了。

效果十分卓越。

金髮蘿莉的肩膀抽動了一下。

「你現在說這種話也……也完全騙不了我了啦！」

「我是說真的！拜託妳相信我，我都跟柔菲說過了！」

帥哥就是屌，柔菲就在旁邊還臉不紅氣不喘地說這種話。被推出來當證人的袍子妹妹，只是默默旁觀他們的對話。可是好近，妳離亞倫好近啊，柔菲。大腿都要碰在一起了。

「妳才是我心中的第一優先！我愛妳！」

「那種話，說……說再多次也沒用啦……！」

帥哥的我愛妳攻擊效果高到吐血。

金髮蘿莉的語調起了變化。

情緒露骨地出現動搖。

這就是帥哥的力量嗎？

連我的心都晃盪了。

聽帥哥這麼說，直男都會彎啊。

該死，亞倫也太帥了吧。

那閃亮亮的燦爛眼神有夠紳士。

「我求求妳，艾絲特！我願意捨棄一切來換取妳的陪伴！」

「……！」

帥哥直擊心窩的關鍵句爆發啦。

金髮蘿莉眼睛睜得好大好大。

然而，她還是撐住了。

好像只差那麼一點點。

「呃……哼！這種話我不知道聽過幾次了啦，這種話你自己拿去跟柔菲慢慢說。我已經沒辦法……沒辦法再相信你了。對，就這麼簡單！」

「咦，艾絲特！」

金髮蘿莉從床邊猛然站起。

臉色似乎是因為暈船而不太好看。

「再見！」

她往亞倫瞥一眼就直接離開房間了。

砰磅。門開了又關的輕小聲音聽起來好響。

即使說再見，他們還是在同一艘船上，要共度接下來這幾天，沒那麼容易避而不見。可是不曉得為什麼，金髮蘿莉現在似乎看不見周遭，只想找個地方躲吧。

「……艾絲特。」

帥哥看著那背影消失在門後，喃喃唸著她的名字。

柔菲的手，輕輕扶上帥哥握在腿上的拳。

「……亞倫。」

「柔……柔菲，我要去追她……」

「我沒關係，你去吧。」

「……！」

兩人默默相視。

不是要去追金髮蘿莉嗎，現在是怎樣？偵測到強烈的恩愛力場。柔菲這丫頭的神經比我想像中更大條，再加上亞倫那條管不住的屌，偷吃個十幾二十次是真的不難想像。

所以我這死處男是現在進行式地遭受到超巨量傷害。

我不行了。

心受不了了。

無法再吃下去了。

配飯時間結束。

我也跟著金髮蘿莉的腳步起身離床。

亞倫見狀叫住了我。

「啊，田中先生……」

「看來給她一點時間冷靜會比較好，我先告辭了。」

「……抱歉，給你添麻煩了。」

很遺憾，我成了繼金髮蘿莉之後的退出者。

即使陷入這種狀況，亞倫仍不改紳士風度，還真了不起。我都做好準備聽他埋怨「要是你沒帶艾絲特來就好了」之類的。

他沒有一句怨言，反而向我道歉，實在令人意外。由此可見他人有多好，難怪有女人緣。怎麼會有個性這麼正直的人啊，下面一定也是直直一條。

那邊的弧度到底要怎麼矯正呢？

我就這麼回到自己房間，在床上打滾了。

*

通宵的影響吧，身體感覺特別疲憊，在床上稍微一躺就不知不覺失去意識了。我好像睡得很沉，醒來時神清氣爽。現在幾點啦？

到甲板上看看。

一開門，美麗的朝霞就佔滿了我的視野。

「哇，好美喔……」

感動啊。

超感動的。

甚至覺得能見到這般景象，這趟獵龍就值了。

有好多像山的影子，另一邊鏘鏘鏘鏘~的感覺。陽光宛如顏料，從山峰往天空暈開，美不勝收。真想拍下來留念。

「你睡了很久嘛。」

「咦？啊，是啊。早安。」

「嗯。」

魔導貴族不知何時出現，一閃神就來到我身旁。

有種眼珠才剛用朝霞洗淨，就被大叔臉汙染的感覺。

話說，他該不會整晚都在甲板上吧？

「……難道你沒睡嗎？」

「不。深夜以後，我就降低飛行速度轉自動駕駛了，還叫你帶來的騎士從日落開始站崗。出事也來得及即時應付吧。」

「這樣啊，那就好。」

梅賽德斯連兩天沒睡啊，要不要緊？

「我的身體我自己會管理，不需要你擔心。只要我有心，連飛一天一夜都不是問題。我到不了的地方，頂多只有暗黑大陸吧。」

「我只是有點好奇，請別放在心上。」

「……並不會。」

那就好。

我是心裡起了點罪惡感才那麼問。

畢竟只有我一個爽爽睡。

「不過考慮到回程，先讓理查的女兒學會怎麼開船或許不錯，有機會就教教她好了。這樣可以更快回城。」

「學得會就太好了。」

「可是那丫頭昨晚躲在房裡一整天，是怎麼了嗎？」

「喔，沒什麼。只是暈船了，有點難受。」

「據說自己開船可以多少緩和一點。我從來沒暈過，不知道那有多難受就是了。」

「原來如此。」

鑑於她現在的精神狀態，給她開我會怕。

「我去看看廚房的狀況。」

「好，知道了。」

我向似乎有點高興的魔導貴族告別，一路直往蘇菲亞去。

＊

飛空艇的廚房。

寬敞的廚房。

問題是除了蘇菲亞以外，亞倫居然也在。前者就算了，後者這麼早來這裡做什麼啊，讓人在意死了。

兩人面對相連的爐灶，蘇菲亞含情脈脈地看著亞倫，將我一早清爽的心情打個粉碎。

「兩位早安。」

我大步一跨，進廚房打招呼。

同時，蘇菲亞嚇得肩膀一抖，慌慌張張轉向我後稍微鎮定下來，喘一口氣。看樣子，多半是以為魔導貴族殺過來而嚇到了吧。

亞倫則是不改其翩翩風度，悠然轉身。

「田中先生早安。」

「亞倫先生，原來你平常也會下廚啊？」

「不，其實我平常不太會……」

難道你昨天發生過那種事，今天就想來嘗蘇菲亞的愛汁味了嗎？她的鮑是我的。不管她本人願不願意，至少我想要她的鮑。說已經預約了也不為過。

她一定是處女。我相信她。

「我擔心這樣下去會對整個團隊帶來不良影響，想做點東西討艾絲特開心，就勉強蘇菲亞借我用廚房了。」

「原來是這麼回事啊。」

那金髮蘿莉確實看起來像是很吃這一套就是了。

「也……也沒有勉強啦，能幫上亞倫先生的忙，我也在所不辭。能和騎士大人一起站在廚房裡，反而是我的榮幸呢！」

蘇菲亞說得好高興。

那是我至今所見過她最發自內心的笑容。

這就是帥哥的威力嗎？受不了啊。

連我都想笑了。

「既然如此，可以讓我幫忙嗎？我對手藝多少還有點自信。有這些設備的話，烤些簡單的甜點之類是沒問題。」

「咦，甜點？真的嗎？」

「咦……」

亞倫表情開心極了。

相對地，蘇菲亞卻是打從心底厭惡的臉。雖然只有短短一瞬間，但還是被我逮個正著咧。真希望沒看見。肉體的傷害有魔法能治，心靈的傷害恐怕就不行了。

「不好意思，能請你指點一二嗎？」

「好，我們一起加油，做出好吃的甜點吧。」

「田中先生，請多指教。」

好耶，是我的手藝勝利了。

之前冒險上陪他們玩露營遊戲時埋下的伏筆終於奏效啦。

只不過用途非常負面，讓人甚為遺憾就是了。

「那個，不用煩勞田中先生，我來就行了……」

「說來慚愧，我現在閒來無事，可以讓我一起做嗎，就當作是一種交流？畢竟我們是幾天後就要生死相搏的夥伴，這點培養默契的機會，我也不想錯過。」

「可……可是你應該有更重要的事要和貴族大人談吧！」

「沒有，該談的我們都談完了，沒有問題。」

我才不想和比我老的大叔說話咧。

就算丟著他不管，他也會紮紮實實地把事情都做好吧。

「他是舉世聞名的貴族沒錯，可是在這個團隊中沒有貴賤之分。甚至能說，亞倫甘冒生命危險站上前線，和他交流對我而言是很重要的事。」

「田……田中先生，你太看得起我了……不敢當！」

「可是，那個……」

一再抗拒的蘇菲亞眼裡全是帥哥。

除了帥哥什麼也看不見。

這孩子是外貌協會的。肯定沒錯。

「況且妳還需要做早餐吧，這裡讓我來幫忙比較不會造成其他人的困擾。既然我也不排斥這類工作，就請妳儘管讓我代勞吧。」

正因如此，我才不要讓她得逞。

我有完美的理由。

無論如何反駁都能對應的萬全理論武裝。

只要帥哥站我這邊，蘇菲亞就拿我沒轍。

「……這……這樣啊。」

有那麼一瞬間，她的視線垂到腳邊，彷彿在說「這樣我會很悶」。若不是我這種水準的蘇菲亞痴，一定看不出來。

我真是徹頭徹尾的小人啊。

昨天見到我而害怕的模樣，似乎已是陳年往事。

「那麼時間寶貴，我們開始做甜點吧。」

「好的。田中先生、蘇菲亞小姐，請二位多多指教。」

帥哥帶著淡淡微笑這麼說。

「也……也請你多多指教！」

蘇菲亞急忙重整表情，笑容滿面地回答。

我就是特別愛妳這點啊。

這種無可救藥的地方一陣陣刺激的我的心，舒坦。

因為我是M吧。我是M沒錯吧。

我就這麼和蘇菲亞跟亞倫開開心心地做起甜點了。

＊

從結論說來，亞倫的計畫非常成功。

早餐後，我們留在餐桌上喝茶時——

「艾絲特，能請妳收下這個嗎？」

「……那什麼？」

亞倫在眾人面前起了這個話題。

大概是顧慮到他人感受吧，魔道貴族餐畢就先一步獨自回房，站夜哨的蕾絲邊女騎士在房間狂睡，餐桌旁只有五個人。在絕對稱不上愉快的氣氛中，帥哥出其不意地從懷中取出了它。

那是裝在小紙袋裡的甜點。

我在弄早餐的蘇菲身邊，和亞倫一起做的類餅乾甜點。

為什麼不直接說餅乾呢，因為材料和我所知的餅乾有微妙的差異。這世界沒有小麥、砂糖和奶油，我是找幾樣類似的食品做出來的。所以沒錯，是類餅乾甜點。

口感和餅乾一樣，酥脆香甜。

其實直接叫它餅乾也可以啦。就餅乾吧。

「妳願意吃吃看嗎？妳很喜歡甜點吧？」

「什……什麼？我怎麼會喜……喜歡甜點啊……」

「這是我為了和妳和好，特地請田中先生教我做的。」

「咦？你……你做的？」

「嗯。」

「……是喔。」

金髮蘿莉的態度忽然和緩。

耳根子真軟。太軟了吧。

要是不稍微硬起來，我的飯就不好吃了。

「不喜歡嗎？」

「既……既然你都這麼說了，收下來也不是不行啦。」

「真的嗎？謝謝，我好高興。」

這時候，亞倫一定會瞇眼微笑。

這傢伙絕對會瞇眼微笑。

你看，你看他笑了！笑了！

我漸漸能掌握到亞倫表情的變化方式。

把我自己實踐起來也一點屁用也沒有的連段，牢牢地記住了。

去你的。

「……真的可以吃嗎？」

「希望妳能給我最真的感想。」

「嗯……」

那張櫻桃小口就這麼咔滋咔滋地嚼起餅乾來了。

亞倫笑容滿面地看著她。態度於平時無異的柔菲在亞倫另一邊，三人坐成一排。六人座的餐桌，被亂交團佔據了一邊。

我坐在金髮蘿莉正對面，與面對柔菲的蘇菲亞中間隔一個空位。因此，左邊空空的很不踏實。醜男的座位周圍永遠都很通風。

「味道怎麼樣？」

「……唔……哼！和我平常吃的完全不能比。」

「是喔……對不起。下次我會做得更——」

「可是！吃……吃起來還不算差啦！」

「艾絲特……」

亞倫的眼神就像在求救一樣。

哪有女人受得了這種刺激母性的攻勢。

艾絲特妹妹，我早就看透啦。

「……這次真的是最後一次喔。再有下次，我絕對、絕對不原諒你。」

「謝謝妳，艾絲特！我真的好感動喔！」

「唔……哼！我今天心情好，饒你一命！」

金髮蘿莉又喜又羞地轉向一邊去。

這個臭傲嬌。

看著兩人融洽的模樣，讓我的心陣陣抽痛。

這樣不好。

我需要治療魔法。

能治心傷的魔法。

冷靜想想，我的所作所為不過是降低蘇菲亞的好感度，還讓亞倫和金髮蘿莉重修舊好。我到底是有多Ｍ啊。

明明丟著不管應該比較下飯，卻做了這樣的蠢事。

但為了順利獵龍，這是必須做的事。

「…………」

我默默起身離席。

沒有受到任何注意，靜靜離開了餐廳。

＊

再一次從結論來說，治療魔法對心傷毫無效果。

即使用上所有ＭＰ對自己放一發宇宙霹靂強的治療魔法，也補不了我心中開出的大洞。

聽來的持續型治療魔法，我也試過了。

痛得特別厲害時，適合用這種魔法。

結果我渾身上下湧出源源不絕的力量，還全身散發猛烈金光。內心空洞卻招來這麼顯眼的結果，使我加倍消沉。

途中，魔導貴族表情震驚地衝進我房間來，而我堅持什麼事也沒發生，硬是請回了他。這時候我更不想看大叔的臉。

於是，精神狀態也到達了極限。

「……睡覺吧。」

來個淚濕夢枕。

能治療我心病的，只有不復存在的色情圖片而已。好想念在電腦前擼管的時光。現在想想，我已經好幾天沒好好尻槍了，實在太不健康。都快憋壞了。

何況現在還有剛對自己用的治療魔法，體力好得不得了。

「…………」

念頭一來，就再也回不去了。

我立刻拿艾絲特和柔飛的亂交畫面快樂來一發。

真是爽斃了。尤其是柔菲特別讚。

柔菲好可愛啊。

*

這是飛空艇之旅第二天，中午剛過時發生的事。

「開作戰會議？」

「明天就要到目的地了，有很多事要在那之前談妥

吧。」

「的確如此。」

大約一小時前，魔導貴族來到我房間通知開會。

同時也以全艇廣播召集所有乘員到船裡近似客廳的最大房間，一起交換意見。與戰鬥業務無關的蘇菲亞也與我們同席。

每個人都坐在沙發上，手拿飲料食品互相討論。

話說這搞不好是包含魔導貴族在內的所有人第一次齊聚一堂。由於他地位高貴，做什麼都很容易撇開他；他似乎也自知這點，與其他人保持距離。

那金髮蘿莉呢？

她發揮天生的傲嬌氣質，漂亮地融入平民的圈子。

她還真的是個好孩子，就只是討厭中年醜大叔而已。對具有人形的生物來說，這也是當然的吧。要是我自己變成女人，也絕對不會喜歡中年醜大叔。還用說嗎？

「就這樣，獵龍戰術會議現在開始。」

事不宜遲，主持人就由我這個中年醜大叔擔任。

沒錯，就是我。

不好意思。

所有人齊聚客廳，坐在圍繞矮桌的沙發上討論。兩張有靠背的三人座沙發中，亂交團三個佔一張，另一張則是我、魔導貴族和梅賽德斯。最後一張簡素的方形單人沙發，則是蘇菲亞來坐。

「首先從當天隊形開始。」

趕快開始說明吧。

分享我事先構想的畫面。

不過內容很少，沒什麼資訊，就像打網遊的魔王一樣。

「亞倫和梅賽德斯站前，我、法連閣下、艾絲特和柔菲會在後面撐住你們。」

真的就只有這樣。

「接下來是後方的職務分配。我負責治療及各種輔助，而法連閣下、艾絲特和柔菲，請負責攻擊。」

兩個蘿莉婊戰力不知如何，魔道貴族應該很靠得住吧。

這次就請他多操勞一點。

「前方兩個呢，請專注在吸引龍的注意力上，沒有必要出手攻擊，以保護自身安全為原則。」

「等……等一下！」

梅賽德斯舉手了。

原本就不太好的臉色，現在變得更青。

「再怎麼說，在隊伍前方抵擋紅龍這麼重大的職責，我……」

在魔導貴族面前很難抬得起頭吧。

偏偏魔導貴族就坐在她旁邊。

然而不想接的工作就是不想接，她拚老命地直言不諱。

龍是那麼可怕的東西嗎？

「要是手腳被咬掉，我馬上就會讓妳長回來，不用害怕。」

這已經有實際成績了

「可是！」

梅賽德斯依然不從。

我不經意地看看亞倫，他也是無精打采地看著腳邊。

他有守護金髮蘿莉這個重大任務在身，有話也不能明說吧。但是從臉色就看得出來，他不願接下這個職責。

但是，我不能放棄得這麼容易。要是獵不到紅龍肝，我可愛的房子就要拿去抵債，掉進別人口袋裡了。說什麼都不能讓這種事發生。為了實現這點，不管是一次來一隻還兩隻紅龍，我都非得幹掉牠們不可。

「梅賽德斯，我也十分明白妳的苦處。」

「那麼！」

梅賽德斯一瞄一瞄地對魔導貴族投以求救的視線。

「不過，這是一件國家大事。公主殿下集國王陛下所有的愛於一身，如今卻是風中殘燭。翻開史書，應該能找到不少因為失去親人而過度傷心，就此走入歧途的君主吧。」

為了逼退她，我大言不慚地有的沒有地亂掰。

「當然不是每個人都會走偏，但這種事誰也說不準。因此，對於受這個國家保護的我們而言，這場獵龍行動堪稱是肩負國家命運的護國聖戰啊。」

「你……你竟敢說這種對陛下大不敬的話！」

竭力抗辯的梅賽德斯好可愛。

我對這樣的她說：

「有罪的話，在治好公主殿下的病之後，我甘願受罰。」

我正經八百地凝目注視梅賽德斯。

「想去通報騎士團還是直接告御狀都隨便妳。」

「……！」

她連一聲也吭不出來。

漂亮搞定。我怎麼這麼帥。

只限表面。

「我知道此次任務極為艱難，可是我還是要請各位助我一臂之力。憑我一個人，是不可能達成這個任務的。我們彼此之間的信賴，才是這次獵龍的關鍵。少了任何一個就屠不了龍，無法達成這個任務。」

街上的幼女說過最重要的就是夥伴。

而我相信幼女。

只因我是蘿莉控。

雖然也喜歡巨乳。

「……受到昨天那股魔力奔流的衝擊，妳一點感覺也沒有嗎？」

魔導貴族忽然開口。

視線投向坐他身旁的梅賽德斯。

嚇得她皮皮挫到不行。

「非……非常抱歉，我不懂魔力的奔流……」

「因為考慮到這個狀況，此人昨天才會用那麼驚人的方式證明自己的力量吧，可是妳什麼都沒感覺到嗎？不懂魔道的人就是這樣，無聊透頂。」

他說「此人」的時候，眼睛朝我瞥了一下。

看來那指的就是我。

「！……非……非常抱歉！」

梅賽德斯趕緊起身，當場下跪磕頭。

額頭還沙沙沙地在地毯上磨。

好像會被磨大。

貴族到底是多可怕。

而且魔導貴族說的話我也聽不懂。所謂驚人的方式，是以何種實據比較出來的呢，完全沒有具體概念。不過在這時候問恐怕不會有什麼好結果，找個藉口混過去吧。

「好了好了，法連閣下，不要太責備她了。以後機會多得是嘛。」

「……哼，那好吧。這次就看在他的面子上，不跟妳追究。」

「感……感謝大人開恩！」

不只是額頭，梅賽德斯磕到連頭髮都在地上擼了。

彷彿撿回了一條命，不顧形象地哭喪著臉。

假如我也是貴族，別人也會對我這麼恭敬嗎？喂喂喂，貴族還滿不錯的嘛。能看性感女神騎士磕頭，真是棒透了。改天回春祕藥做出來以後，以此當下一個目標或許也不錯。

往公爵邁進之類的。

「就這樣，我的簡報到這裡結束。」

我環視眾人後繼續說：

「有什麼問題嗎？」

金髮蘿莉馬上就舉手發問了。

多半是因為和亞倫和好的關係吧，心情很不錯。

再加上對船旅似乎已習慣不少，臉色改善多了。

「沒有更具體的計畫了嗎？」

「……這個嘛。」

都開苞了還敢戳人痛處。

我才沒那種東西咧。

見招拆招，走一步算一步啦。

我們有等級MAX的治療魔法和魔導貴族大叔，只要有兩個坦克在前面擋，當然會覺得總有辦法嘛。而且梅賽德斯有三十五級，感覺還滿強的。

「因為最重要的就是站位嘛。」

「站位？」

所以我要隨便唬個幾句，混過她的問題。

把學生時代入迷的網遊中某大型魔王的攻略法直接搬出來。

「其實我也不是特別懂，不過既然對方是龍，最大的威脅就是龍息了。躲避龍息，需要足夠的空間，以及能用來當掩護的地形起伏。只要事先考量這點，找出對我們最有利的站位，一定可以先發制人。」

低等角色想殺高等怪物，就要靠地形殺最強傳說。

反過來說，不能地形殺的網遊可以直接歸類為糞GAME。

誰決定的？我決定的。剛決定的。

「然後第一擊要造成怎樣的傷害，也是非常重要。可以的話，希望能先拚掉牠一隻翅膀。我們要的不只是打死龍，還要取得牠的肝，要盡可能限制牠的移動能力。」

「哦～還是有動過腦嘛。」

「到時候，第一擊我希望由法連閣下來打，不知你意下如何……」

我自然地將話題轉到魔導貴族身上，作臨門一腳。

這樣誰都不敢反駁了吧。

「無所謂，我原本就有此打算。」

「感激不盡。那麼，我們就照這樣進行吧。」

ＯＫ，完美。

漂亮地唬過去了。

「理查之女啊，剛才這些話，妳要好好記住。」

「請問是為什麼呢，法連閣下？」

「此人所言句句切中以人身對抗龍族時的要點。今後，若妳會繼續實地鑽研魔道，這趟旅程將會是無可取代的經驗。」

「……是，感謝您的忠告。」

金髮蘿莉表情順從地頷首。

都忘了這傢伙也是大叔學校裡的學生。

沒有半點傲嬌味的態度，表示她相當尊敬魔導貴族吧。

話說回來，魔導貴族把我捧得還真高。

我雖然很想坦白，為自己隨口亂掰道歉，可是這個誤會似乎凝聚了整個團隊，還是別拆他的台好了。這個魔導貴族實在有夠好唬，未免也太方便了。

「妳就盡量學吧。」

「是，我知道了。」

不過魔道貴族對梅賽德斯的態度也差太多了。她到現在都還跪在他面前，對金髮蘿莉卻是親切地指引方向。

這大叔還是一樣心無旁騖，眼中只有魔道呢。

「那麼，還有誰有問題嗎……」

我再度將意識拉回其他人。

這次換蘇菲亞怯怯地舉手了。

「請問是什麼問題？」

「那個……我……我也要參加嗎？」

真是應當的問題。

「如果妳指的是戰鬥，答案是不必。我們請妳做的，就只有在來回途中幫傭而已。所以到目的地以後，妳只需要留下來顧船。這也是非常重要的工作。」

「啊，好……好的！我知道了！」

得到蘇菲亞表情超開心地點頭的畫面啦。

我也是能夠給予她笑容的呢。

在芝麻小事上得到成就感了。

「說到這個，我有件事要請教法連閣下……」

我迂迴地這麼說，轉向魔導貴族。

「什麼事？」

「這艘飛空艇預定在怎樣的地方著陸？」

「預定是停在沛沛山腳的小鎮上。」

「了解。然後是搭馬車和徒步上山嗎？」

「嗯。」

畢竟是有龍出沒的地方，不會直接飛上去的樣子。

當然的吧。要是打起船戰而弄壞船就傷腦筋了。

「紅龍棲息在沛沛山火山口附近，居於周邊生態系頂點。標高再低一點的地方，還有火翼龍和火蜥蜴等魔物存在。」

「了解。」

奇幻用詞連發讓我背上起雞皮疙瘩。

有種在公司開會時，聽人一本正經地朗讀遊戲攻略本的感覺。

受不了啊。

「這麼說來，也要想辦法應付那些怪物才——」

就在我隨魔導貴族的發言而新開議題時。

冷不防迸出「轟！」地一陣沉響。

緊接著整個客廳上下左右劇烈晃動。

有規模七或八的地震那麼強。

「嗚喔喔喔喔！」

我忍不住大叫。

不僅是我，每個人都倍受驚嚇而大呼小叫。

肯定是出事了。

劇烈搖晃中，大夥連滾帶爬地趕往甲板。

*

「一……一整群火翼龍？」

剛上甲板，魔導貴族就如此叫嚷。

眾人所望之處，有許多外形像龍，長了翅膀的生物飛翔在我們所搭乘的飛空艇周圍，作勢恫嚇。有些不時朝船撞來，剛才的震動應該就是源自於此。

「……狀況是不是很糟啊？」

不用懷疑，就是很糟吧。

每一隻都是翼展七到八公尺的大傢伙，乍看之下和所謂的龍差不多。十幾隻這樣的怪物成群襲來，包圍了飛空艇。怎麼辦，到底該怎麼辦？

好像快閃尿了。其實已經閃了幾滴出來。

濕濕的內褲包住雞雞，有一股微微的暖意。但我很清楚，這種感覺很快就會涼得冷吱吱，變得很不舒服。在這個奇幻世界的生死關頭，我最先渴求的卻是閃尿的保溫方法。

「這下糟了。為飛行設下的風魔法結界強度不足以抵擋翼龍的火焰或衝撞。被這麼多翼龍圍攻，飛空艇很快就會遭到破壞而墜落。」

「咿……咿咿……」

「不會吧……」

大叔的呢喃引來梅賽德斯和蘇菲亞的尖叫。

心弱組的胃要光速穿孔了。

沒辦法，這時候只能靠我和大叔了。

「法連閣下，能麻煩你和我聯手出擊嗎？」

「嗯。不用你說，我也會上。」

真是可靠的大叔。

如果我是女人，一定會迷上他。

叫其他人待在船艙裡之後，我們趕到甲板船頭處。

在幾十坪的開闊空間中，面對滿天的翼龍群。

有種踩到地雷就進入戰鬥畫面的感覺。

話說這些翼龍的屬性是怎樣？

名字：法蘭西斯卡
性別：女
種族：火翼龍
等級：66
職業：主婦
HP：10009／10609
MP：1200／2305
STR：8500
VIT：5662
DEX：4752
AGI：19942
INT：3490
LUC：2360

名字：米雪兒
性別：女
種族：火翼龍
等級：62
職業：主婦
HP：8009／9609
MP：2001／2525
STR：7900
VIT：5062
DEX：5252
AGI：18900
INT：4182
LUC：2060

名字：瑞秋
性別：女
種族：火翼龍
等級：67
職業：幫傭

HP：11800／12610

MP：1700／1705

STR：7900

VIT：5962

DEX：3952

AGI：15220

INT：2500

LUC：1363

不會吧，跟高等半獸人不相上下嘛。

大概是AGI約兩倍，相對地VIT只有一半，INT和STR略高的感覺。總之就是一擊打得死，但若失手就可能遭到反殺的敵人。遊戲中最後的地城經常有這種小怪，用來消耗玩家的治療道具，會被熱衷於低等破台的玩家視為眼中釘。

現在的我贏得了嗎？

名字：田中

性別：男

種族：人類

等級：35

職業：鍊金術師

HP：4609／4609

MP：99500000／99500000

STR：375

VIT：560

DEX：852

AGI：442

INT：7922000

LUC：29

沒錯，就是這鳥樣。只有神奇暴衝的INT和MP特別突出，其他除LUC以外比同層級的梅賽德斯稍微高一點。以人類而言絕不算差吧。

不過這次情況也很危急。

滿滿是一發轟沉的預感。

但我不能絕望。我的魔法可以一擊打倒耐力比牠們更高的高等獸人，只要在嗝屁之前先幹掉對方，說不定就能撐過去。應該說，撐不過去就完了。

必須拿出必死的決心。

這都是為了保住房子，保住我的家。

啊啊，一這麼想，全身就充滿了勇氣。

我可愛的可愛的房子啊。

請賜給我勇氣。

「船完全被包圍了呢。雖然分頭行動感覺有點危險，不過法連閣下，後方就麻煩你顧了。船頭我來負責！」

「哦？口氣很大嘛，船頭的數量多了不少，你應付得來嗎？在我印象裡，你是專修治療魔法吧。」

「我的攻擊魔法是比治療魔法秀氣多了沒錯，但還是有一定的火力。」

「了解，那就交給你了。讓我瞧瞧你的本事吧。」

「感激不盡。」

「喂！那我該怎麼辦！還有……還有我耶！」

金髮蘿莉跳出來吠了幾聲。

明明在船裡發抖就好，她卻想要插花。

滿足她要求的，是魔導貴族。

「妳負責掩護他。」

「知……知道了！」

金髮蘿莉即刻領命。不知是狀況危急還是因為對方是貴族，以高傲為賣點的她如今非常聽話地猛點頭。如果平常也是這樣就可愛多了。

管她態度怎麼變，反正都不是處女了。

現在重點是翼龍，翼龍。

既然職務順利分配好了，所有人各就各位。

翼龍見到我們跑上甲板，也暫時停止衝撞這樣的接近行為，咕嚕嚕嚕地叫起來，觀察狀況。在ＤＱ裡大概就是「魔物們正在觀察情況！」的感覺。

這是什麼？會飛耶？跟我們一樣？

牠們好像在這麼說。

「…………」

好，下定決心了。

不能放過這個機會。要是雞雞再閃出汁來，我的褲子就要變色啦，這種事非避不可。好歹在取得紅龍肝之前，我都要守住自己的尊嚴。

因此，我現在必須用力耍帥，死撐到底。

「艾絲特。」

「怎……怎樣？」

「仔細看清楚，這可是學校不會教的喔。」

我又說出一句一輩子至少想說一次的話，向天高舉右手。

「……！」

當著她的面造出眾多火球。

比打倒高等半獸人時還多。船在空中，空間非常充裕，火球冒了又冒。而且ＭＰ多得很，卯起來放，一口氣造出比翼龍數量多上好幾倍的火球。

大概是ＩＮＴ隨等級提升的緣故，每個火球的尺寸都比之前大，將近一公尺。

感覺不錯嘛。

「什麼……」

金髮蘿莉倒吸了一口氣。

如果她連我的白汁也一起吞，我就沒話說了。

「這才叫真正的火球術。」

我好帥啊。真的有夠帥。

要是這樣還殺不完翼龍，下一回合就ＧＧ了。

拜託。我的火球，靠你們了。

我最愛的火球。

「去吧！」

我懷抱信心，將右手從頭上向前一揮。

火球隨之疾射而出，一個接一個。如導彈般瞄準飛翔在空中的翼龍群，快得眼睛都跟不上。

當然，對方有所反應。

見火球逼來而動身閃躲。

然而火球來得更快，翼龍閃避不及而紛紛中彈。

我也不是沒想過在奇幻世界用火屬性魔法打火屬性敵人恐怕ＮＧ，可是好像還是有效，沒有問題。牠們一個個像是被人拍中的飛蟲，軀體殘缺地往下掉。

不過牠們畢竟為數眾多。

沒能全部擊落。

有兩三隻比較靈敏的，仍在努力閃躲火球。

好像在說這什麼東西，不要跟著我。

翼龍還真快，原來能飛得這麼快。

好像有點不妙。

「…………」

心中冷靜的部分，要我丟下金髮蘿莉快逃。

可是我認為現在必須忍耐。萬一金髮蘿莉丟了小命，會一併失去亞倫的信賴，這樣就別想獵龍了。說不定魔導貴族也會不再願意繼續幫我，隊伍就此瓦解。

不行。不許發生這種事。

所以我現在必須相信自己的火球。

火球萬萬歲。

事實上，已經是流星爆了。

在空中製造大量火球再往地面丟，與流星爆的差異只是在誤差範圍裡吧。會有多少人看得出差別在哪？事實上就是很像啦。

所以沒問題。

這次一定也沒問題。

我拚命按住幾乎要發抖的腿。各種藉口在腦內不斷打轉。

但是，我的信賴落空了。

「……還剩一隻嗎？」

有隻狡猾的翼龍用同類當肉盾殘存了下來。

並在確定所有火球都消失後「嘎——嘶！」地發出刺耳尖嘯，同時眼珠一轉，往我們瞪來。看來是把牠激怒了。沒有選擇逃跑，表示翼龍是種攻擊性強的生物。

即使失去全部同伴，只剩下牠一個也要奮戰到底，未免也太現充了。

「你……你看！還有！」

「是啊，這下麻煩了。」

金髮蘿莉說得沒錯，我趕緊準備下一波火球。

然而才剛動身，翼龍已朝我們張開大口。

魯鈍如我也知道牠想做什麼。

「天啊！」

而且那張嘴對準的不是我，而是金髮蘿莉。

看來牠也懂得從弱點下手。

好聰明。翼龍太聰明了吧。

和只會橫衝直撞的半獸人簡直是天壤之別。

「呀啊啊啊啊啊啊啊啊啊！」

金髮蘿莉怕得大叫。

同時，翼龍口中冒出火光。

要噴火了。

我曾經看過自衛隊公開的火焰噴射器操作影片，翼龍的火力大約要高出兩倍，而且速度快、範圍廣。即使有近十公尺的間隔，火勢也能輕易吞噬好幾個人。

也就是說，金髮蘿莉生命垂危。

「喔喔喔喔喔喔喔喔！」

我瞬時動身了。

將她抱進懷裡，保護那青春的蘿莉肉體不受火焰侵犯。

背對翼龍，以背部承受逼來的威脅。

感覺好像會跟蘿莉一起連骨頭都不剩地蒸發掉，於是我發動了治療魔法。一口氣盡全力發動兩人份，而且是超絕連打。

在心裡反覆默念痛痛飛走吧。

儘管治不了心傷，只要對象是肉體，它就是所向無敵的最強魔法。

「唔……呃！這……這什麼感覺……」

背上烤焦了。

可是一烤焦就馬上復原。

不斷反覆。

火焰燒個沒完。

因此，我背上的肉是焦了又好，好了又焦。我終於明白坦克狂灌紅水抵擋魔王超強傷害的感受了。

周圍開始瀰漫難聞的焦肉味。一想到那是自己身上發出的味道，就有點想吐。打火機烤焦頭髮的味道，簡直是小巫見大巫。

唯一能慶幸的是並不怎麼痛，但也不是完全沒感覺。一陣一陣又痠又癢，感覺很不舒服。實在不想忍受太久。

最糟的是施放間隔稍有延誤，我就要霎時燒成焦炭的刺激。

「拜……拜託，你是怎樣！」

金髮蘿莉見到這樣的我，錯愕地吠起來。

「請妳忍耐一下，牠應該沒辦法噴很久。」

「不是那個問題啦！你……你的背！你的背燒起來了啦！」

「我家洗澡水還比較熱呢。倒是妳，沒事吧？」

「什麼……」

「要是這麼可愛的臉燙傷留疤，亞倫可是會罵我的呢。放心，我一定會保護妳。妳或許會覺得我不夠可靠，但還是請妳相信我。」

苦笑著這麼說的我，在這一刻只有心情上是個帥哥。

要是對上翼龍都能喪失戰意，想打倒紅龍就免談了。所以我佯裝鎮靜，要降低她對這些蜥蜴的恐懼，真是個智將啊。這一切都是為了我的房子。忍耐！忍耐！

忍著忍著，火勢消退了。

看來是噴火時間已經告終。

不能繼續讓對方囂張下去，於是我急忙起身。轉向翼龍。

「啊……」

這時我發現一件事。

雖然肉體完好如初，衣服卻糟得絕望。背面燒得精光，其他部位也碳化而焦黑，完全是破布狀態。嘩啦啦地，僅存的布塊散落甲板後，全裸中年大叔就在此刻隆重誕生了。

在金髮蘿莉面前一絲不掛，真是爽歪歪。

糟糕，好像會勃起。會上癮。

「可惡，看招！」

在這些問題的推助下，我急忙朝翼龍丟出火球。

幹掉最後一隻。

類龍生物咻～地往下掉。

這下確定打倒所有翼龍了。

「拜……拜託！拿去！」

緊接著，金髮蘿莉又慌慌張張地對我劈啪叫。

「咦？」

「至少前面遮一下好不好！都……都被我看見了啦！」

「啊，不……不好意思，謝謝喔。」

金髮蘿莉拋來一件衣物。

是她原先穿在身上的長袍。

為此後的獵龍行動著想，在她面前暴露我雄起的兒子的確不好。如果這是回程，完全解放也無所謂吧。那是通往我夢寐以求的遛鳥走秀最佳機會。

真是的，來錯時機了啦，臭翼龍。

說來就來，也不看看我有什麼需要。

「真的要給我遮嗎？」

中年大叔的骯髒雞雞，真的能貼在又白又柔，感覺很昂貴的大小姐長袍上嗎？真的好嗎？要是動作稍微激烈一點，脫落的陰毛卡在袍子上的事可不是不可能發生喔。不是不可能喔。

「沒……沒關係啦！快快快……快……快點遮起來！」

艾絲特滿臉通紅地吠。

但是，我覺得她的眼睛直勾勾地凝視著我家兒子。好像還在發亮。能感到排山倒海的視線。都不是處女了，怎麼嚇成這樣。雞雞這種東西亞倫也有，早就看習慣了吧。

然而這袍子依然是個恩賜。我總不能接下來都光溜溜地做事，還是老實接受的好。獲得主人同意後，我就把袍子當浴巾般繫在腰間。

長長的絨毛在敏感部位刷來刷去的感覺，真是不可思議。

有點舒坦。

「呼……」

喘口氣之後，心情穩定下來。

而金髮蘿莉則發出了倒吸一口氣的細微聲響。

「…………」

還是能感到她的視線投注在我的胯下。

不是誤會，也不是臭美。

看得超直接。

讓我覺得好尷尬，隨口道個謝，將場面正常化。

「那個，非常感謝妳的體諒。」

「就跟你說不……不用放在心上了啦！」

金髮蘿莉頂著紅通通的臉轉向一邊的樣子真可愛，好想一直重播。就因為連這種人都不是處女了，世道才會這麼亂。好想舔她全身，舔個過癮。亞倫有這麼可愛的女朋友，真是太幸福了。

我遲早也要弄到一個這麼可愛的處女女友。

「…………」

等等，現在不是想這種事的時候。

我及時發現事情還沒完全結束。

船尾仍有戰鬥聲，應該是魔導貴族還在努力吧。不時還有「唔！」之類的大叔痛苦呻吟聲傳來，說不定是陷入苦戰。

沒時間在這慢慢休息了。

「船尾還很熱鬧的樣子，我先過去看看。」

「知……知道了！我也一起去！」

我便在金髮蘿莉跟隨下趕往船尾。

*

魔導貴族一次與三隻翼龍交手。

我趕到時，他正要解決其中一隻。他射出挾帶朦朧寒氣的冰柱魔法，打下停滯的其中一隻。失去力量的翼龍就此墜向地面。

「還可以嗎！」

聽我一問，魔導貴族稍微側首往後瞥一眼。

「你以為我是誰啊！」

「也對，我來掩護你吧。」

魔導貴族用某種防護罩抵擋龍息的樣子真夠帥。魔法陣嗡一聲出現在他面前數公尺的空中，彈散其餘兩隻所噴的火。如果我也會那招，背就不會被烤得香酥脆了。

那披風飄揚的背影，也讓人嚮往極了。

「總之先療傷吧。療傷。」

大叔右肩根部一帶染了一片血。

似乎是被爪子劃傷，有個長幾公分的裂口。快用治療魔法替他癒合。在他背後幾公尺處舉起一手放魔法的我真是治療系。他的傷口轉眼就完整癒合，不再出血。

「唔，還是一樣不必念咒……」

他好像說了些話，但我不予理會。

這當中，其中一隻翼龍用力鼓翼。

一轉眼，牠與大叔拉開距離，改變路線潛到飛空艇底下。大概是見到同伴遭到擊墜，敵人又增援，自知無力戰勝而逃跑了吧。心態和我那邊血氣方剛的翼龍差真多。

看來翼龍也是各個不同呢。

不過，這馬虎的評斷很快就被推翻了。

忽然間，整艘船猛然一晃。

「唔，那傢伙想打下整艘船嗎！」

即刻明白狀況的魔導貴族吼道。

看來那隻翼龍並沒有逃走。

「什麼……」

翼龍還滿聰明的嘛。

獸人果然不能比。

可是現在該怎麼辦呢。

「這裡交給你，我去追牠！」

「咦？喔好。」

還來不及問怎麼追，魔導貴族整個人已浮上空中。

好棒，這大叔還會飛啊。

「休想得逞！」

喊了一句頗為熱血的話之後，魔導貴族就飛向船底，去追剛才消失的翼龍了。中年大叔和超人一樣雙手向前平舉著飛的樣子有點滑稽，害我差點笑場。

「啊！來……來了……」

就在我身旁的金髮蘿莉大叫。

她所望之處，有隻向前傾斜的翼龍。

翼龍將我定為敵人，張開大口滑翔突襲。

「……！」

這下糟了。

被那種大傢伙一撞，我會來不及補血就四分五裂，和身旁的無膜少女一起變成肉醬。龍息還好多了。得設法避開才行。

這麼想時，背後冷不防有人快速接近的感覺。

「嘗嘗我騎士的劍吧！」

是蕾絲邊女騎士。

蕾絲邊女騎士來救人了。

她奔向我和金髮蘿莉的同時揮劍一斬，劈開了翼龍的脖子。這使得衝撞方向出現些許偏差，我倆平安得救。掠過眼前的翼龍屍體，就這麼直撞甲板。

甲板雖破了個大洞，但現在不必計較那種事。

「艾絲特大人，沒事吧？」

斬下翼龍後，梅賽德斯立刻趕到金髮蘿莉身旁。

「沒……沒事……謝謝妳來救我們。」

「不敢當。小的萬分感激。」

如此回答的蕾絲邊女騎士，目光和性飢渴的中年大叔沒兩樣。

我知道她那張端正臉龐上的兩顆清澈碧眼裡頭，有著完全不可告人的混濁漩渦。她肯定是打算藉這次搭救，引領對方走上同性戀之路。這個火災蕾絲力，往後或許也很值得期待。

「對了，你……你怎麼弄成這樣……」

梅賽德斯皺著眉頭對我說。

中年大叔腰間纏塊布的模樣，讓她看了很不舒服吧。

我也很不舒服。

「他……他的衣服被翼龍燒掉了啦！」

「原來如此……可是，那不是您的袍子嗎？」

「沒關係，不過是一件袍子。總比看到髒東西在眼前亂晃好。」

「……是，您委屈了。」

何必這樣講呢，我也有罪惡感啊。每當袍上的毛刷過我的棒棒和蛋蛋，我的心就陣陣刺痛耶。有種穿沾上爛泥的鞋子踩上剛掃乾淨的榻榻米和室的罪惡感。要是上癮就糟糕了。

「非常謝謝妳，妳一劍就打倒了那隻翼龍呢。」

好了好了，別管我的胯下，先看看情況再說吧。

她那一劍似乎真的要了翼龍的命。看得出翼龍對戰魔導貴族時已經受了不少傷，倒在甲板上的軀體到處是狀似被冰魔法擊中的凍傷。

觀察劍傷處，能發現那裡鱗片禿了一塊。可見梅賽德斯絕不是豁出去亂砍，而是確實看出弱點後，抱有一定勝算才出擊。不愧是禁衛騎士。

不錯不錯嘛，很有團隊合作的感覺。

「我不是為了你，是為了保護艾絲特大人。」

「所以我是謝謝妳保護艾絲特呀。」

「……！」

身旁的金髮蘿莉忽然晃了一下。

好像是一腳踏穿了被翼龍撞得鬆垮的甲板。她表情顯得很驚訝，隨即又羞得通紅，現在這樣不是很平易近人嗎？

和起初一見到我就咂嘴的態度差太多了。

「有件事我想確定一下。你和艾絲特大人是什麼關係？」

「先前是冒險的夥伴，現在是同一所學校的同學。」

「……你是那所學校的學生？」

「有什麼問題嗎？」

「你是貴族嗎？」

「不是啊？我是平民，能入學是因為有法連閣下幫忙。」

「…………」

梅賽德斯表情變得有點糾結。

不難想像她正在猜測我的身分背景，但沒有沉默太久。當金髮蘿莉抽回踏穿甲板的腳時，她已將注意力轉回我身上，一個樣地說：

「好吧，既然你都那麼說了，我就那麼相信吧。現在不是閒聊的時候，讓我把詳細狀況弄清楚。」

「也對。」

梅賽德斯現在大概是用對同僚的語氣和我說話吧。雖然有時還是凶巴巴的，至少不會不由分說就砍過來了。與剛認識她時相比，待遇已經好很多。

應該是前天那場猥褻對話拉近了我們的距離。

低級萬歲。我愛下流限。

「其他翼龍怎麼了？沒看到法連大人的影子，如果他在其他地方交戰，我們應該立刻趕過去。」

「他到船底去應付翼龍了。」

「什麼，船底？」

梅賽德斯表情驚愕的同時，船忽然劇烈一晃。

搖得比上次更厲害。

好比十級地震。

害我跌倒了。

金髮蘿莉、梅賽德斯和我都沒能站穩而摔成一團，膝蓋和手肘撞在甲板上，實在有夠痛。

但現在船底的狀況更令人擔憂。那個大叔口氣那麼大，該不會搞砸了吧。

在我擔憂時，魔導貴族從甲板邊緣，隔開船體與天空的圍欄另一邊飄了出來。

他飛行的模樣狼狽了很多。

頭髮還焦了一塊，多半是被龍息削到了。說到這個，不曉得治療魔法能不能治禿頭？

「最後一隻怎麼樣了？」

「唔……嗯，打倒是打倒了。」

「那就好。」

看來是撐過去了。

「可是船也受了嚴重損傷，無法控制了。」

「咦？那這艘飛空艇……」

「所幸我們的目的地沛沛山就在眼前，我們直接迫降吧。以現在的高度而言，可以迫降在山腰上。」

真可惜，好像還沒撐過去。

「迫降啊。」

「動力正在異常升高，恐怕是魔石的限制器壞了。」

「這……這樣啊……」

我不太曉得大叔說的是什麼情況。

總之我非常不安。

因為這艘飛空艇速度相當快。

有可以跟新幹線對幹的程度。

這種東西要直接用機腹著陸，教人怎麼不害怕。

話說機腹著陸簡稱就是胴着，好有空手道的感覺啊。

（註：機腹著陸的日文為「胴体着陸」，略成胴着則是道服之意）

有辦法降低衝擊就好了。

「距離著陸還有一段時間吧？」

「嗯。」

「那就先集合所有人，報告現在的情況吧。」

「知道了，就這麼辦。」

一波乍平一波又起。

我等就此趕往艦橋，準備迫降。

獵龍行動（中）

Dragon Extermination（2nd）

目的地沛沛山近在眼前。

準備業已就緒。

「好，開始嘍！」

所有乘員都在艦橋。

在船艙待命的蘇菲亞、柔菲和亞倫三個也都到齊，一個不少。大家的注意力，都集中在艦橋正前方，距離近到能看清岩石色彩的沛沛山。

順道一提，我那被袍子毛刷來刷去的下半身已經完成更衣，現在是簡單的襯衫和褲子。船上備有船員用的替換衣物，真是不幸中的大幸。這樣就不必打赤膊到處跑了。

袍子已還給金髮蘿莉。

而這件返回主人身邊的袍子，現在是穿在她身上。

即使碰過我的雞雞，她也毫不嫌棄地直接穿上，讓我非常驚訝。

問她原因，她則說袍子可以抵擋龍息，怎麼可能不穿就去打龍。滾滾而上的罪惡感使我的心倍受煎熬，陣陣抽痛，同時也因為悖德感而酥麻不已。

不說我的性癖了，現在是機腹著地的時候。

「唔！」

魔道貴族飄浮在艦橋中央，一手握杖咬牙哼氣。

同時船頭稍微拉高。

披覆鋼鐵的機腹接觸地面，喀喀喀地撫過山坡般滑行。當然，衝擊相當強烈，每個人都緊抓艦橋裡的桌椅，拚命避免摔倒。

唯一不受影響的，只有腳底飄在空中的魔導貴族。

話說這飛行魔法還真方便。

「唔唔唔唔唔唔唔唔唔！」

魔導貴族粗魯地呻吟，表情急迫。

看來關鍵時刻已到。

艦橋也響起清脆的喀喀喀喀喀聲。

真的很恐怖。

「我……我要死掉了！要死掉了啦！神啊！我……我就說不可能嘛！一……一個餐廳家的女兒怎……怎……怎麼可能有辦法陪人打龍啊！我活不下來的啦，死定了啦！」

心靈最脆弱的一個很快就到達忍耐極限而胡亂哭叫。但似乎多虧於此，其他人都在懸崖邊緣穩住了。

可能是見到別人的慘況，反而讓腦袋冷靜下來。我現在即是有這種感覺，相信其他人也是如此。從他們緊張而僵硬的表情，讓我更加肯定。

幹得好啊，餐館的招牌美眉！

我們真的是合作無間耶。

我很喜歡這個團隊喔。

只是這樣的心態和身體的運動能力完全是兩回事。

「呀……」

一次劇烈震動震翻了金髮蘿莉。

手指從抓住的東西滑開，彈上空中。

「艾……艾絲特！」

亞倫倉皇叫喊，但他也自身難保，拚命抓在牆上，伸手拉人也搆不著。這當中，金髮蘿莉的身子任憑震動擺布，滑向艦橋另一邊，眼看就要撞上柱子。

「呀啊啊啊啊啊啊啊啊！」

她尖聲慘叫。

這下糟了。

趕快想點辦法啊，亞倫，你不是帥哥嗎！

祈禱也沒用，他一樣手腳不聽使喚，真傷腦筋。就算他撲過去，在這樣的震動下也只會多一個傷患。帥哥也明白這點吧，這之後就是獵龍這麼一個首要任務，不敢輕舉妄動。

雖然我事前說過受什麼傷我都能治療，可是痛還是會痛。這種事我還懂。尤其是撞傷、遭到毆打的幾秒後，那種痛苦慢慢透進來的感覺實在很難受。要是運氣不好撞到腦袋，搞不好還會一命嗚呼。

迫於無奈，我這個隊長只好拿出點魄力出來了。

技能視窗 Come on！

被動

魔力回復：ＬｖＭａｘ

魔力效率：ＬｖＭａｘ

語言知識：Ｌｖ１

主動

治療魔法：ＬｖＭａｘ

火焰魔法：Ｌｖ３

淨化魔法：Ｌｖ５

剩餘技能點數：55

很好，宰了一堆翼龍以後，等級升了不少。

有很多技能點數進帳。

超多的。

我要把這些——

「衝啊！」

就是這樣！

被動

魔力回復：ＬｖＭａｘ

魔力效率：ＬｖＭａｘ

語言知識：Ｌｖ１

主動

治療魔法：ＬｖＭａｘ

火焰魔法：Ｌｖ３

淨化魔法：Ｌｖ５

飛行魔法：Ｌｖ55 NEW!
剩餘技能點數：0

糟糕，不小心衝太快，全灌下去了。

就像想跳過遊戲對話，結果按過頭那樣。或是看也沒看重要選項的內容就直接選第一個那樣。話說五十五都還沒到ＭＡＸ，上限到底是多少啊？真的很讓人好奇。

慢著慢著，現在重點是金髮蘿莉。

我們這個團的理念是安全第一。

絕對不能有死傷。

我最愛圓滿大結局。

「抓住我！」

飛天中年大叔二號，駕到！

我以飛行魔法凌空移動，抱住金髮蘿莉。

「……！」

金髮蘿莉被我抱在懷裡，眼睛赫然瞪大。

被這麼醜的中年和風臉抱住，誰不會嚇到呢。

是我就會。

「我知道妳想說什麼，可是現在先別急。」

「等……等一下……我……我的胸部……」

話說回來，這個飛行魔法其實挺難控制。一個閃神，就可能以飛空艇的相對速度直線撞牆。至於要不要算行星自轉，我也不是沒想過，但我本來就是生於地面的人，所以下意識抵銷了吧。無論如何，要停在同一處是非常困難。

這樣是等級五十五，那麼沒有絲毫搖晃地懸浮在飛空艇內的魔導貴族究竟是多高。真的穩得讓人不禁有此疑問。該不會等級高低與安定與否無關，純粹是熟練度問題吧？

「……我的胸部，胸部啦……」

「真的很抱歉，請妳再忍一下。」

「……！」

「我知道妳很難過，對不起。」

我怎麼一直道歉啊。

不愧是日本人。

都有點驕傲起來了。

至於蘿莉為何胸部來胸部去的呢，是因為我的手壓到了她的胸部。當時抱得很倉促，根本顧不得位置。好爽，好爽啊，吃幸運豆腐真的好爽。這是我有生以來第一次接觸女性的胸部啊。不行嗎！

不過她實在太扁，沒什麼觸感就是了。

「我……我不是難過啦……」

金髮蘿莉喃喃嘟噥，把臉轉到一邊去。

厭惡成這樣啊。

被中古貨嫌棄，我的心也不會受傷啦。

沒在怕。

哈！

總之平安回去以後，就去嫖一嫖吧。

我要中出到爽。

還要買一隻大型犬當寵物。

像黃金獵犬那種。

沒錯，就是要這樣。

「唔喔喔喔喔喔喔喔喔喔喔喔！」

另一方面，大叔吼得更大聲了。

粗野的嚎叫直擊鼓膜。你就不能克制點嗎？

隨後，艦橋窗口所能望見的景物流逝速度開始變慢，看來他確實有在減速。雖不知魔導貴族的吼聲和飛空艇減速有何關聯，總之效果很顯著。幹得好啊，魔導貴族！加油啊，魔導貴族！

接下來，飛空艇繼續滑了兩三分鐘才完全停止。

「呼……呼……呼……」

就連魔導貴族也吃不消，喘得肩膀上下搖。

能在定點懸浮的同時讓速度極快的飛空艇安全迫降，哎呀，的確是有資格稱為魔法之子。和只會射火球的我不同，這個大叔還真是多才多藝。

「看來是平安著陸了。」

我隨口一問，而他一手擦去額上汗珠，回答：

「哼，由我魔導貴族出馬，這……這也是理所當然的事。」

聲音有點抖，應該很勉強吧。

勉強就早點說嘛。

但還是很謝謝你。感激不盡啊，魔導貴族。很帥喔。

「不過，我們還是早點棄船的好。」

「為什麼？」

「我們迫降這麼吵鬧，很容易引來棲息在這一帶的魔物。雖然憑我們的現況，處理火蜥蜴一類還綽綽有餘，萬一來的是紅龍，即使是你和我也會被殺得措手不及。」

原來如此，有道理。

「知道了。那就趕緊收拾東西，遠離飛空艇吧。」

*

儘管算不上平安，我們還是到達目的地了。

也就是沛沛山腰。

不知幸還是不幸，我們剛下飛空艇就中獎了。

「紅……紅龍……」

亞倫身為坦克，打頭陣踏上地面。

接著脫口而出的詞，正是我們此行的目的。

其他人也是一踏出船外就傻住了。

在他身邊的我，同樣因為見到紅龍而錯愕地說：

「沒想到一次會來兩隻耶。」

深入實地的我們面前，出現了兩頭巨龍。外觀完全就是西洋的龍，搜尋紅龍的前幾張圖片那樣。

問題是體型，兩頭都和我們剛搭的飛空艇差不多大，之前料理掉的翼龍根本不能比。好大。

「唔，一次兩頭龍，憑人身實在難以招架……怎麼辦？」

想不到，連魔導貴族都面有懼色。

表示狀況就是那麼糟。

還問我怎麼辦呢，wow，到底該怎麼辦？

總之先看看屬性再說。就這麼辦。

名字：約翰
性別：男
種族：紅龍
等級：247
職業：尼特
HP：312610／312610
MP：81700／81705
STR：28100
VIT：25700
DEX：10952
AGI：22155
INT：32500
LUC：7363

名字：鮑伯
性別：男
種族：紅龍

等級：233
職業：尼特
HP：302010／302010
MP：71700／71700
STR：29002
VIT：22962
DEX：14052
AGI：21511
INT：30020
LUC：9363

太糟了吧。
和翼龍差了一位數。

名字：田中
性別：男
種族：人類

等級：65
職業：鍊金術師
HP：54609／54909
MP：1495000000／1495000000
STR：3375
VIT：7560
DEX：9852
AGI：4442
INT：1092200000
LUC：329

相對地，我這依然是一點專精的豪華主義。

這屬性也未免太不均衡了。

儘管戰勝高等半獸人和翼龍而升了很多級，INT以外屬性仍是壓倒性地不足。只要紅龍的瞬時最大傷害超過我的HP就完蛋了。這種等級設計也太刺激了吧。

好懷念HP只有一位數的時光。

那麼其他人的屬性又是如何呢？

名字：安妮蘿賽・雷普曼
性別：女
種族：人類
等級：50
職業：禁衛騎士
HP：9800／9800
MP：1175／1850
STR：3003
VIT：1358
DEX：1521
AGI：1830
INT：1242
LUC：891

梅賽德斯，妳屬性欄裡的名字怎麼跟自己講的不一樣？安妮蘿賽・雷普曼是誰呀？對了，當時在牢裡看她屬性時，好像就是這個名字。梅賽德斯是假名吧。

管他的，她有她的苦衷吧。

邂逅時，她也說自己是被冤枉才會坐牢。職業明明是禁衛騎士，自我介紹的單位卻是第三師團，這妞真神祕。

名字：葛雷摩亞・法連
性別：男
種族：人類
等級：80
職業：魔導士
HP：10850／10850
MP：20850／20850
STR：1300
VIT：4958
DEX：19821
AGI：1030
INT：41942
LUC：3291

魔導貴族有搞頭，很有搞頭啊。是個可靠的戰力。

INT比龍高出三成，有望打出高傷害。

名字：亞倫・安德森
性別：男
種族：人類
等級：30
職業：騎士
HP：6600／6600
MP：120／120
STR：750
VIT：1002
DEX：752

AGI：942
INT：190
LUC：839

名字：伊莉莎白・費茲克勞倫斯
性別：女
種族：魅魔／人類混血
等級：38
職業：魔導士
HP：4230／4230
MP：8100／8100
STR：300
VIT：562
DEX：652
AGI：942
INT：5190
LUC：330

名字：希安・碧曲
性別：女
種族：人類
等級：35
職業：魔導士
HP：6705／6705
MP：7300／7300
STR：800
VIT：662
DEX：752
AGI：620
INT：4190
LUC：280

不只是柔菲，金髮蘿莉也用假名啊。好吧，既然是顯赫貴族家的千金，也是無可厚非。比梅賽德斯容易接受得多了。

話說艾絲特至少有一半不是人耶。慢著，現在不是在意她是不是人類的時候，再說我也不該這樣就歧視她。對，這樣不好。

現在有個更大的問題。

亂交團比我想像中弱好多。

得設法彌補才行。例如巴依奇爾托（註：出自《勇者鬥惡龍》）、加速術（註：出自《Final Fantasy》）或拉庫卡加（註：出自《女神異聞錄》）之類的。一定有這類技能吧，不然我不曉得亞倫要怎麼坦紅龍。

被動
魔力回復：ＬｖＭａｘ
魔力效率：ＬｖＭａｘ
語言知識：Ｌｖ１
主動
治療魔法：ＬｖＭａｘ
火焰魔法：Ｌｖ３
淨化魔法：Ｌｖ５
飛行魔法：Ｌｖ55
剩餘技能點數：０

哎呀這可糟糕，我把技能點數都用光了。一時不長眼全灌進飛行魔法，現在只有後悔的份。好難拿捏啊。

算了，現在對過去的事情懊悔也沒用。不如火速幹掉一隻龍，升級拿點數。想保住亂交團只能這麼做了。

成長總是來自實戰。這就是所謂的ＯＪＴ。

對了，蘇菲亞的屬性是怎樣？

名字：蘇菲亞．培根
性別：女
種族：人類
等級：12
職業：服務生

HP：609／609
MP：82／82
STR：130
VIT：244
DEX：130
AGI：302
INT：220
LUC：98030

這個女生是怎樣，LUC有夠高。

好幸運的培根啊。

感覺放生也死不了。

就先這樣吧，Let's go。

「我先一次壓制牠們，麻煩你們趁這時候集火右邊那隻。治療方面和我們之前說的一樣，我會完全包辦。」

只要魔導貴族傾注火力，應該有機會撂倒其中一隻吧，況且現在還有其他人可以掩護大叔。這當中我要設法不讓龍的注意力轉移到他們身上。

只要打倒一頭，我和他們應該都會升級。

得到技能點數以後，就多得是方法可以突破了。

若說其他方法，是可以和之前以樣一開始就全力丟火球。但要是打不死，一定會遭受反擊。這點在翼龍戰時就驗證過了。當然，若對方是最終魔王，傷害一定非常巨大。

既然我團原則是安全第一，火球至少得封印到打倒一頭龍為止。我的房子固然重要，可是與我同生共死的團隊肯定是同樣重要。

畢竟他們都願意相信我這樣的大叔，冒險來到這個地方。

OKOK。

有種打到魔王關的感覺，開始亢奮起來了。

所有人的HPMP都全滿，是因為我們在開打前有所準備。我在事前連放治療魔法，又乾了一整罐魔力藥水之類的東西。不曉得一罐多少錢。不太敢問。

「你還是要打嗎？」

「很難對付嗎？」

遇到這種情況，大叔一樣會怕吧。

果然是逃命要緊嗎？

可是我不認為所有人都能全身而退。

「我個人是認為比起逃跑，打倒牠們的損害會比較少。」

我直視大叔的眼這麼說。

對方也直視著我，有點害羞。

怎麼會不緊張呢，雖然他中年了，還是個帥大叔嘛。

「…………」

「…………」

魔導貴族露出幾秒鐘的苦惱表情。

但最後還是同意了我的想法。

「……那好吧。」

「真的行嗎？」

「問我行不行？當然行啊！我魔導貴族的字典裡沒有不可能這兩個字！」

「感激不盡。」

他心裡好像很慌亂，不要緊吧？

不不不，現在想這做什麼。

早知如此，就該喝一杯再來了。

「那麼，我們上吧。」

我使用剛拿到的魔法飛上天空，真是帥啊。腳一蹬就一飛沖天，周圍景物瞬時向後流逝。

然後直往兩頭龍中間衝鋒。我要像晚上熄燈就寢後在耳邊嗡嗡飛的蚊子一樣，吸引牠們的注意。

被打一下就會 Game over 的感覺實在是太刺激啦。

＊

遇敵之後戰鬥開始。

飛行魔法給予我初手就得把敵人轟死以外的選擇，非常可喜。不過我的皮還是跟紙一樣薄，戰法很有限。真希望至少能擋一下。

「……！」

很快地，兩頭龍都朝我攻來。

一頭橫掃牠的巨尾，被我升空躲開。掃空的尾巴轟地一聲震動大地，從腳下掠過。

另一頭的翅膀緊接著由上拍來。拜飛行魔法之賜，即使同樣倉促也以毫釐之差成功閃避。龍翼掀起的風吹得我頭髮亂亂飛。

此後，類似場面重複了無數次。

兩頭紅龍都把我視為眼中釘。

「……！」

狀況真的很吃緊。

我很清楚，自己無法長時間撐下去。

雖然我現在能勉強躲過，可是用飛行魔法真的很暈，好像在坐雲霄飛車一樣。能隨心所欲飛翔是很好，但我也真的很想大吐特吐一番，該如何是好呢？

開始能打從心底體會金髮蘿莉暈船到狂抓兔子的感

受了。好噁心。好噁心。艾絲特，我不該在奇瓦伍硬拉著妳跑的，我願意向妳懺悔。

就在戰況發展如此堪慮的時候。

魔道貴族來了一發爽快的。

「讓你嘗嘗人類導出的魔道奧義！閃光魔術——！」

浮現在他腳下的魔法陣真是帥到極點。

閃光魔術啊，好帥喔。

我也想叫叫看。

雖然日本人可能會先想到摔角招式，不過在這個世界卻是光束砲。

特效真的超帥氣。

擊出的是絢爛的光芒。

出現在他前方那白光閃耀的圓形魔法中央，射出與其幾何圖形垂直的超粗光柱，直指紅龍胸口。

漂亮命中。

嘎——嘶。刺耳的慘叫響遍八方。

另一隻紅龍也因此立刻退開，觀察狀況。

怎麼樣，打死了沒。

用屬性視窗檢查比較穩。

看ＨＰ就對了。

名字：約翰

性別：男

種族：紅龍

等級：２４７

職業：尼特

ＨＰ：３８００／３１２６１０

ＭＰ：７０７００／８１７０５

約翰——！你還沒死喔！

不過魔導貴族一擊就削掉九十九％耶，好厲害。有這樣的威力，也難怪他會一口答應這場獵龍行動。

對方則是怒火中燒，朝偷襲他的大叔直奔而去。

這麼一來，我這個坦克就要負責擋下牠。

「唔喔喔喔喔喔喔喔喔喔喔喔喔喔！」

我不顧一切地狂吼，闖入距離節節縮短的紅龍與魔導貴族之間。

直接朝紅龍頭部賞一發飛踢。兩手還交叉於胸前，姿勢有點優雅。也許是飛行魔法點數砸過頭的緣故，這一踢又重又紮實。

我的全力一踢擊中好幾個人高的巨龍頭部，把那個大傢伙踹飛出去。紅龍有如臉捱了一拳的受虐兒般凌空轉了幾圈，在山坡上滾了好遠。

飛行魔法好厲害啊，五十五級真不是蓋的。

名字：約翰

性別：男

種族：紅龍

等級：２４７

職業：尼特

ＨＰ：３１２２／３１２６１０

ＭＰ：７０７００／８１７０５

然而傷害卻一點也不夠看。

有用的只有踢飛這部分嗎？

我還是只能靠魔法。

物理的毆打宰不了龍。

「法連閣下，剛剛那個再來一次！」

「唔，說什麼傻話……！」

名字：葛雷摩亞．法連
性別：男
種族：人類
等級：80
職業：魔導士
ＨＰ：１０８５０／１０８５０
ＭＰ：０／２０８５０

喔喔，的確是傻話。

看了屬性才發現魔導貴族的ＭＰ已經乾了。

看來剛才那是他使出渾身解數的一擊，說明文大概是「耗盡自身魔力，給予敵人超巨大傷害」之類的。所以看到兩隻紅龍時，他才會那麼緊張吧。

不過魔導貴族的自尊也真不是蓋的，硬是不說沒有下一發。

有夠帥的啦。

既然這樣，接下來就是換我帥了。

「我先應付他們，麻煩你抓緊時間回復魔力！」

「慢著！就算是你，一次應付兩頭龍也太——」

「要是我魔力用光就只能靠你了！請你忍著點！」

「……！」

我隨便哄一句，魔導貴族就唇角一吊，笑得好有型。

真是個美男子啊，絢爛的中年帥大叔。

平平是中年，我怎麼差那麼多。

「很好。我法連下一擊肯定會宰了他！」

就算是同性也會憧憬這種能在緊要關頭發威的人。

帥斃啦。

大叔話說完之後就退下了。

「感激不盡。」

之前打完翼龍時，我喝的補魔藥水是魔導貴族的東西。只要喝了藥水，他馬上就能再戰。

拜託了，藥水！加油啊，藥水！

「那個騎士，在我回來之前，妳要盡力掩護他。」

臨走前，魔道貴族對梅賽德斯下令。

指名蕾絲邊女騎士而不是亞倫，表示他確實有識人之明。

畢竟她等級比亞倫高，屬性當然也比亞倫強。

「咦？啊，遵……遵命！」

梅賽德斯在這種狀況下依然不忘自己是平民，向貴族恭敬應話，真是可愛。這卑屈的態度好可愛啊，我就是喜歡她這點。畏懼地位金錢權利的女生就是棒。總有一天，我要一面拿鈔票打她屁股，一面從背後上她。

為了這一刻，我要飛上天空。

飛行魔法萬歲。

熟練以後，龍也不是我的對手吧。

魔導貴族見到梅賽德斯頷首領命就迅速向後退去，從掛在袍內的皮袋取出玻璃瓶，但表情為之震愕——因為瓶子碎了一半，藥水當然也流光了。

他自己也完全沒注意到吧。

「喂！我要回飛空艇找預備的藥水！你只要設法撐到我回來就行了！我一定會回來的！」

「了解！」

「那個女僕，過來幫我！」

「是……是——！」

兩人三步併作兩步往迫降而半毀的飛空艇跑。

「…………」

感覺不太妙。

可是紅龍的ＨＰ只剩１％，這點數字說不定亂交團也應付得來。

或許是老天聽見我的心聲，地上一點有聲音傳來。

「你……你們幾個，不要忽略我的存在好不好！」

還以為是誰呢，原來是金髮蘿莉。嬌小的她精神百倍地竭力大叫，在腳下畫出大魔法陣表達不滿。

像個魔法少女，頗可愛。

「該……該出手的時候我……我……我也是會出手的啦！看著吧！」

她對空中的我發出狂吃螺絲的咆吼。

同時，她往前方攤開的手掌射出了魔法。

無數輝耀的七彩細光接連射向紅龍。

像機關槍一樣。

可是對方無動於衷，依然保持前進。即使魔法在紅色鱗片上射得火花四濺，牠也要連人帶魔法把艾絲特吃下肚似的朝她直衝。那霍然大張的嘴，可以一口吞下好幾個她。

「……！」

名字：約翰
性別：男
種族：紅龍
等級：247
職業：尼特
HP：2022／31261O
MP：7070O／81705

很可惜，金髮蘿莉的攻擊還差得遠。

每道細光打在龍身上，只削掉個位數至五十左右的HP，來不及在兩者接觸前削到零。魔法淋個滿身的紅龍不斷朝她進逼。

射了幾百發之後，七彩光束停止了。

就在對方來到眼前時，虹光魔法沒了動靜。

名字：伊莉莎白·費茲克勞倫斯
性別：女

種族：魅魔／人類混血
等級：38
職業：魔導士
HP：4230／4230
MP：0／8100

不如說，她也用光了MP。

為何不考慮一下先後順序呢，大叔不是剛說手邊沒藥水要回去找嗎？不過我也知道，面對強敵時本來就是有機會就該出手。

如果剛才的魔法來個三百發左右，是能打倒一頭滿血的龍。以三百名魔法師的軍團對抗一頭龍，對凡人而言是相當穩妥的編制吧。雖不知這世界魔法師有多少人口，數字差不多就是這樣。

由此，可以看出魔導貴族是多麼卓越。

「唔喔！」

另一頭龍的尾巴「轟！」地一聲，由右至左掠過我身邊。

牽制也愈來愈困難了。

紅龍不斷甩尾撲翼，偶爾噴噴火，連番攻勢逼得我接應不暇。由於隨便中一下就可能嗚呼哀哉，實在緊張到不行。這當中還要像牧羊犬一樣跑來跑去，不讓對方注意力轉移到其他人身上，真的很累。

愈躲愈無力。

其實剛那一下害我失禁了。

尿褲子了啦，混蛋！

「呀啊啊啊啊啊啊啊啊啊啊啊！」

金髮蘿莉和對戰翼龍時一樣尖叫起來。

紅龍的嘴往她逼近。

「唔……！」

非得救她不可。糟糕，這下麻煩啦，混帳。

我往約翰飛去，想再來一次飛踢，可是另一頭龍干擾得很到位，怎麼也飛不過去。不只身體紮實擋住我的去路，還不停揮動尾巴和翅膀。

超想丟火球。

可是現在丟火球說不定會誤擊隊友。在這樣的混戰中，我又到處飛來飛去，轉得眼花撩亂，實在很暈。現在丟火球就像要我在雲霄飛車上拉弓射靶一樣，誰辦得到啊。我對追蹤的控制也沒什麼信心。

然而再不處理約翰，艾絲特就慘了。

「艾絲特！快離開那裡！」

「……！」

我開始打算拋下一切，連砸火球。

這時候，柔菲上前大叫。

「我也來打！」

用令人頗為煩躁的丁寧語如此宣言。

她朝就快咬中艾絲特的紅龍揮動法杖，腳下浮現眼熟的魔法陣。向前指去的杖頭，射出金髮蘿莉也用過的七彩光束。

現在是很流行這種魔法嗎？

柔菲的光束比金髮蘿莉的更多更快，是技能等級比較高的緣故吧。單純比ＩＮＴ是艾絲特在柔菲之上，應該不會錯。

受到大半魔法掃射，使紅龍再度咆哮。好像在看怪獸電影。

這時，對方的意識轉向柔菲。

「艾絲特！」

亞倫趁這時衝了出去，用公主抱帶回金髮蘿莉，一溜煙地跑，與龍拉開距離。真是合作無間，平常靠亂交培養出來的默契不是假的。

唔，我要去了！我……我也一起！啊啊，我也是！

一定是這樣。羨慕死人了。

「唔……還是不行嗎……」

名字：希安・碧曲

性別：女

種族：人類

等級：35

職業：魔導士
ＨＰ：６７０５／６７０５
ＭＰ：０／７３００

結果，柔菲的ＭＰ也乾了。
那麼約翰現在是什麼狀況呢？

名字：約翰
性別：男
種族：紅龍
等級：２４７
職業：尼特
ＨＰ：７２２／３１２６１０
ＭＰ：７０７００／８１７０５

喔喔，感覺有點機會。
看來魔法才能雖是金髮蘿莉較高，在運用技術上則是柔菲勝出。單從屬性來看，將來逆轉的可能並不小，但現在是柔菲比較強吧。
這算是可喜的誤判。
就連約翰也發現自己狀況不妙，彎下腰咕嚕嚕地鼓喉恫嚇。怎麼說呢，就像野貓驚覺有人接近而壓低姿勢那樣，很有野性的氣息。
徹底呈現其警戒之心。
問題，現在沒人給予最後一擊。
快來個人打掉最後那７２２滴啊。
就在我這麼祈禱時，那個人實現了我的願望。
蕾絲邊女騎士迅雷不及掩耳地出手了。
「喝啊啊啊啊啊啊啊啊！」
她伴著恐怕會進黑歷史的喊聲，舉劍衝到最前方。
呃，妳再怎樣也砍不了那麼多ＨＰ吧。可是才剛那麼想，她的劍尖已經逮中紅龍的眼球。
奮力一躍之後，巨劍深深刺了下去。
咕喔喔喔喔喔喔喔！約翰口中迸出巨嚎。

成功了嗎？

名字：約翰
性別：男
種族：紅龍
等級：247
職業：尼特
HP：0／312610
MP：70700／81705

喔喔，成功了！

在一陣特別巨大的哀嚎之後，大傢伙倒在岩石上。

「幹掉一頭了吧！」

梅賽德斯抽出劍，自個兒喃喃的說。

先前宰翼龍時也一樣，這傢伙撿尾刀的才能真不是蓋的，而且還很用力擺出屠龍專家的臉。對看不見屬性的其他人而言，她完全是英雄吧。

「剩……剩下的也趕快宰掉！」

金髮蘿莉瞪著另一頭龍吠。

MP零還這麼囂張。

不過她大膽的舉動這次建功了。

見到同伴倒下，另一頭龍竟然選擇逃跑。

牠吐出一口特別大的火，然後背對我們啪沙啪沙快速飛走，像隻逃跑的兔子飛向山頂。速度好比我們的飛空艇。

「什……什麼，龍竟然會逃……」

那似乎是很稀奇的事，看得梅賽德斯傻眼低語。

戰鬥到此結束。

看來是我們獲勝了。

這場團隊戰鬥內容可圈可點，實在太棒啦。

身為隊長的我都有點自豪了。

「……我們成功了。」

我短短這麼說之後，從空中飄到地面上所有人身旁。

腳底接觸的大地，帶來令人非常想念的感觸。

＊

「什麼，你們成功打倒龍了嗎！」

當逃走的龍飛到看不見時，魔導貴族也帶著蘇菲亞從飛空艇回來了。看來他們很快就找到了藥水，帶她一起找是十分正確的判斷。

一定是９８０３０的ＬＵＣ發威了。

「另一頭夾著尾巴逃走了。」

「這樣啊，難怪屍體只有一個。」

我立刻向魔導貴族報告狀況。

再來就趕快挖龍肝吧，以免夜長夢多。

「既然如此，我們就盡快採取龍肝，離開這裡吧。」

「嗯，說得對。」

再遇襲可吃不消。

「取肝的工作交給我和女僕來做，你們喝了藥水之後就在周邊戒備，並且為下山做準備。飛空艇已經不能用了，不必理會。快趁現在收拾必須物品吧。」

「咦？飛不起來了嗎？」

「對，動力系統已經完全壞了。」

「這麼一來，豈不是沒辦法回去了？」

「……先活著下山再想辦法吧。」

魔導貴族的話比平時少了很多。可見狀況是真的不樂觀。

即是能平安取得紅龍肝，來不及製藥也是白搭。而且飛空艇飛了很長一段距離，中間甚至跨了海，徒步肯定來不及。

然而現在在這裡糾結也沒意義。

「知道了，那我們趕快下山吧。」

「嗯。」

在這烏雲密布的狀況下，我們開始準備撤離。

魔導貴族以魔法將紅龍大略分解，再讓蘇菲亞含著眼淚用菜刀分筋錯骨，完完整整取下龍肝。不愧是家裡開餐廳，技術真好。當初只是找她來提行李，沒想到表現的場面還挺不少。老實說，她比亞倫還有用。

總之就是這樣，撤退作業按部就班地進行。所幸人手十分充足，進度非常順利。若我是一個人來，絕對不會這麼容易。再說要不是魔導貴族幫忙，我連來到這裡都有問題。更進一步地講，那個幼女真是指路之神啊。

在這樣的狀況下，事情發生了。

忽然間，有個巨大的影子遮蓋了在地面活動的所有人。

「……！」

大家還以為有朵厚雲飄過而停下手邊工作查看天空，結果見到的卻是龍，而且比先前打倒的紅龍更大。超級大。

遠比飛空艇大得多，是頭超過一百公尺的巨無霸。

『難得有人類出現在這裡。』

更想不到的是，巨龍還開口說話了。

現在該怎麼辦？

我急忙往就在一旁的大叔看。

「怎麼可能，居……居然會有古龍……」

只見他也停下動作，瞪大眼睛全身發抖。非常驚恐。

看來那是連魔導貴族都要拉警報的強敵。

的確，古龍這名稱聽起來等級就是很高。

「為什麼那樣的龍會出現在這種地方……喔不，我們半途就在飛空艇航線上遭遇火翼龍，還在沛沛山腰就遇上複數紅龍，恐怕原因就出在這裡……」

聽見甚至能撼動大地的聲音，讓在船裡搬東西的亂交團也急忙跑出來查看，並在見到空中的巨龍時嚇得啞口無言。

一旁，蘇菲亞軟腿癱坐下來，嘩～地尿了一地。有夠可愛，好想喝。讓人恨不得大口暢飲的蘇菲亞黃金水沁入大地。

『怎麼啦，渺小的東西？』

話說這頭龍說話還真高高在上。

讓人有點不爽。

和柔菲的丁寧語一樣讓人不爽。

「不好意思，請問您是哪位？」

然而，能對話就謝天謝地了。

隨便呼嚨幾句，請他回去吧。

『我是哪位？人類問龍這種事做什麼？』

「沒什麼啦，只是我們現在有點忙，如果您有事找我們，我可以改天再登門拜訪，所以想先問清楚怎麼稱呼哪裡找……」

無用供應商對應術脫口而出。

先問聯絡方式，然後絕交般再也不聯絡。

『我是聽說這裡有些有點兩下子的人類，過來看看情況的。』

「這樣啊，很抱歉打擾您的清靜。我們馬上就走，能請您多多包涵，稍微再忍一下嗎？」

總之先看看屬性。屬性。

名字：克莉絲汀
性別：女
種族：古龍
等級：2983
職業：背包客
HP：9950000／9950000
MP：8900000／8900000
STR：1537500
VIT：677402
DEX：922994
AGI：2204442
INT：778030
LUC：23329

喔呼，何等壓倒性的魔王級屬性。

這根本是正常攻略遇不到的隱藏魔王吧，已經不是打不得打贏的問題了。基本能力也太誇張，大叔你怎麼沒告訴我這裡有這麼變態的角色啊。

話說回來，背包客是怎樣？這頭龍真是脫俗啊。我是覺得沒必要把人類的職業分類硬套在非人類生物上啦。這個屬性視窗機這種靈做什麼。

至於我，則是這樣。

名字：田中
性別：男
種族：人類
等級：78
職業：鍊金術師
HP：78909／78909
MP：188300000／188300000
STR：7375
VIT：9560
DEX：10800
AGI：7910
INT：129220000
LUC：229

等級升了十三。

可能是從頭到尾都在當牧羊犬，打倒了龍也沒升多少，我看大半經驗值都跑到魔導貴族和梅賽德斯那去了吧。身為同一個團隊的夥伴，我是該替他們高興。

有種帶新手的感覺。

再來，有一個壞消息。

和先前相比，LUC更低了。成長曲線還有負的喔，在這種地方寫實做什麼。我是人類，知道有成長有衰退是正常的事，可是怎麼偏偏是LUC，太悲哀了吧。

『在我面前還敢耍嘴皮子？膽子還真大。』

「不不不，我怎麼敢耍嘴皮子呢，太沒禮貌了……」

『很好。既然這麼說，就陪我玩一玩吧！』

戰鬥的鈴聲敲響了。

咕喔喔喔喔！克莉絲汀大吼一聲。

光是這樣嚇得所有人腿軟跌倒，還一路向後滾去。

似乎是發出了某種看不見的衝擊波。

尤其是金髮蘿莉和柔菲這些體重輕的，滾得特別遠。

就連大叔都站不住，力道之大可見一斑。

至於我呢，則是即時發動了飛行魔法才平安無事。

不愧是五十五級。從同樣升空的大叔也被吹開來看，我不小心多點的份似乎沒白費了。

飛行魔法真的好厲害。懸浮的方法我也漸漸熟練了。

『在理解自己的死之前就毀滅吧，渺小的東西。』

敵人刻不容緩地進攻。大概是沒被吼倒讓她很不是滋味吧，直接鎖定了我。走開啦妳。

她下顎捱著地面直撲而來，巨大的臉驟然逼近，眼看就要進入咬兩半路線。喔不，連咬都不用，是胃部直送吧。

那張嘴比人大太多了。

「唔唔……」

誰要被妳吃掉啊。

我需要、需要技能。

被動

魔力回復：LvMax

魔力效率：LvMax

語言知識：Lv1

主動

治療魔法：LvMax

火焰魔法：Lv3

淨化魔法：Lv5

飛行魔法：Lv55

剩餘技能點數：12

技能點數隨升級增加了。

那麼，我就感激地點掉吧。

該拿什麼技能才好呢。

不曉得。

但現在沒有時間慢慢想了。

唔喔喔喔喔喔喔！該怎麼辦！

既然這樣就那個吧。

不知道怎麼點時，點高熟練的既有技能就對了。

火焰。我要成為火焰戰士。

被動

魔力回復：LvMax

魔力效率：LvMax

語言知識：Lv1

主動

治療魔法：LvMax

火焰魔法：Lv15

淨化魔法：Lv5

飛行魔法：Lv55

剩餘技能點數：0

好耶，火焰魔法升到十五級了。

老實說，震撼力比五十五級的飛行魔法遜好多。

當時還以為十就是MAX，想都沒想到會變成那樣。

「連溝通都不能溝通，管妳名字再好聽，也不過是隻蜥蜴罷了。除了特別大隻外，沒什麼了不起的地方。」

我向前伸出一手。

要射出火球。寫作火焰魔法，念作火球。直挺挺張開五指，掌心向前平攤，紅光閃耀的魔法陣隨之浮現。

勝利的特效來啦！畫面演出來啦！

這樣就好。只要這樣就好。

有特效就沒問題了。

圓形中央，點起火柴大小的火苗。

還以為沒油了，結果它瞬時爆燃，變成巨大的火球。且大到和之前的全然不同境界，是顆直徑超過十公尺的特大號火球。

其熱度足以讓腳下岩石溶解、沸騰，灰色石面開始噗咕噗咕響。儘管如此，在魔法陣另一邊的我卻不覺得那麼熱，大概中間有類似屏障的東西阻隔吧。

龍也因為這顆火球而嚇得緊急煞車。

這麼大顆，我自己也嚇了一跳呢。差點「哇～！」一聲就丟出去了。

不愧是十五級，和三級是天差地別。

『唔，你竟然……』

「我勸妳躲開比較好喔。」

『……！』

語畢，火球疾射而出。

對方已經逼近眼前，衝力未消，看來沒有閃避的空間。火球就此正面打在身上。

激出轟隆巨響，引起爆炸。

周圍有如地震般劇烈搖撼。

所幸張設於面前的魔法陣有護壁之效，爆炸的熱度與衝擊對我沒有任何影響。

而另一邊則是毫不客氣地熱風飛旋，吞噬克莉絲汀。

塵埃飛揚，遮蔽大半視野。

「…………」

似曾相識。

這變化讓人想起高等半獸人一戰。一這麼想，不安就開始抬頭，讓我猛烈地感到危險而急忙以飛行魔法退後十多公尺。

同時，一條巨尾掃碎了魔法陣。

啪啷一聲脆響，火球魔法陣破碎潰散。

「不會吧！」

『……以人類來說確實了不起。』

是克莉絲汀依然健在的通知。

我趕緊叫出屬性視窗查看數字。

名字：克莉絲汀

性別：女

種族：古龍

等級：2983

職業：背包客

HP：5950000／9950000

MP：8900000／8900000

沒問題，有效。火球很有效。

再打中三發就能打倒她。

用飛行魔法到處亂飛，趁隙丟火球就行了。現在和紅龍戰不同，其他人都被吹得遠遠的，造成求之不得的單挑狀態，誤擊同伴的機率很低。

當然，邊飛邊射有相當的難度，但只要多下點耐心，一定找得到機會。打倒她的可能性絕不是零。三發，再中三發就是我贏。

雖然頗為勉強，但從目前飛行的感覺來看，不是辦不到的事。

曾有那麼段時間，我還能夠這樣想。

『哼！』

克莉絲汀忽然一吼。

腳下隨之浮現巨大魔法陣。我緊張戒備時，眼前那巨大軀體居然發出閃亮亮的光暈。那是種能溫暖心靈的祥和光輝。

我感覺不太妙，檢視屬性。

名字：克莉絲汀
性別：女
種族：古龍
等級：2983
職業：背包客
HP：9950000／9950000
MP：8900000／8900000

「啥……」

這個背包客居然會用治療魔法。

而且一次補滿。

犯規吧。

在奇幻遊戲裡，高耐力的怪物不是禁止補滿血嗎？

那對她自己而言是理所當然，可是眾多奇幻世界中多如繁星的魔王怪從來沒有一個打破這個原則，全都乖乖被勇者大人與他愉快的夥伴打趴。怎麼挑在這時候搞革命啊。

『怎麼啦？沒有下一發了嗎？』

克莉絲汀歪嘴而笑。

對喔，她說得對。剛那一發耗掉多少MP？那發火球那麼強勁。既然是十五級，MP應該也耗了不少吧。

名字：田中
性別：男
種族：人類
等級：78
職業：鍊金術師
HP：78909／78909
MP：1883000000／1883000000

喔，完全沒少。

一定是拜MP自動回復技能所賜。這表示這段時間內的回復量大於火球的消耗速度。會是因為INT高嗎？總之消耗與供給並不相當。

反正MP補到滿出來也不會有任何困擾，就先為這個發現給自己說聲恭喜吧。

「還有一萬發可以打呢。」

『哈！吹牛也不先打草稿。』

「想試試看嗎？」

『來啊，渺小的人類。』

沒問題，對方的MP減少了。

這麼一來，雖然很耗時間，但只要反覆持續下去，最後的贏家仍然是我。只要躲過克莉絲汀所有攻擊，用剛才那種火球打中她大概八十九次就贏了。

「…………」

八十九次？我？

想到就有點軟了。

不不不，光是想得到辦法就夠好了。

「可惡。」

就這樣，我和克莉絲汀的消耗戰開始了。

這一次，我實在無暇顧及其他團員的安危。

現在是殊死戰，不是搞ＯＪＴ的時候。

＊

【蘇菲亞觀點】

要死了啦，這次真的要死了啦。

天上有好大的龍飛下來，而且還會說人話。很厲害的貴族大人說那叫古龍。

我不知道龍有什麼差別，可是那頭龍一眼就看得出來比普通的龍更危險。

至少那比之前大家打死的紅龍大很多很多。

結果田中先生跑去跟那頭龍打架了。

「你們還在等什麼！趕快離遠一點！我們待在這裡會害他不能隨意使用魔法！離遠一點！」

貴族大人大喊。

於是我們急急忙忙從飛空艇跑開。

喀喀喀地跑過都是石頭的山，遠離巨龍和田中先生。

幸好有穿出門時爸爸給我的舊靴子。如果是穿普通鞋子，我脆弱的腳一定早就不行了。

爸爸的腳有傳染病，其實我不太想穿就是了。

「呼……呼……呼……」

我拚命地跑。

全力跑離巨龍。

其他人也一樣。

我很快就喘到不行，衣服被汗和小便弄得濕答答的。

好難過。

跑了好長一段時間，田中先生的影子終於變成只有指尖那麼大，但轟隆聲還是足以搖撼這裡的地面。可見他和龍的戰鬥有多激烈。

遠遠地，可以看見那邊有時周圍會被強光籠罩，變成一片白色，或是有巨大的火炷衝上雲霄。從那樣的景象，很難想像真的有人在那裡面。

田中先生不曉得怎麼樣了。他看起來不像那麼厲害的人，丟下他真的沒關係嗎？但話雖如此，我也不想回去。

「那……那個到底是什麼啊！」

感覺距離夠遠以後，亞倫大人這麼問貴族大人。即使亞倫大人是騎士，那頭龍對他來說還是很可怕的樣子。我也一樣，嚇得腳都在發抖。

「你從沒聽過古龍嗎？」

「是的。不過，那應該是很難見到的東西吧……」

「沒辦法，現在見到了就是見到了。原本古龍是棲息在暗黑大陸，而且是最深處的位置，不應該出現在這種地方，和人類幾乎不會有任何交集。」

「暗……暗黑大陸嗎……」

亞倫大人吞了吞口水。

暗黑大陸這個名稱，我也曾經聽說過。

好像是非常非常恐怖的地方。有我們生活的大陸好幾倍大，還沒有經過開墾。

「因為古龍的出現，所以我們才會在意想不到的地方遭遇火翼龍和紅龍吧，這一帶的勢力範圍大概已經出現巨大變動。在山腰區段遇上複數紅龍，是非常稀罕的事。」

「…………」

貴族大人看的不是亞倫大人。

他以非常認真的眼神，注視巨龍肆虐的方向。

「法連閣下，那……那頭龍會用魔法！」

這次換艾絲特大人對貴族大人說話了。

「古代的龍懂得人話，會用多種魔法。而且和我們人類用的不同，是更為強力的古代魔法。」

「古……古代魔法……」

「理查之女啊，妳看仔細了。遭遇古龍還能活著離開，甚至有機會拜見古龍咆哮的模樣，恐怕是一生中絕無僅有的幸福啊。」

即使貴族大人恐懼得聲音都在抖，看起來卻很興奮。

看來他真的和田中先生說的一樣，是熱愛魔法勝過三餐的人。

我好害怕好害怕，只想趕快繼續逃。

可是大家都停在原處，觀望巨龍的戰況，我不能自己一個人逃走。再說就算逃了，我也沒自信找到有人的地方。啊啊，我的人生就要在這裡結束了。

爸爸，我恨你。

「不過今日得見，我才知道古龍不只強大，還是強得驚天動地……」

「再……再來該怎麼辦啊！不去幫他嗎！」

「說什麼傻話。就算我們回去，也只有礙事的份而已。」

「可是！」

艾絲特大人表情悲愴地反駁。

她的個性還真是非常粗魯呢。如果實話實說，搞不好就要因為對貴族不敬而殺頭了，所以只能在心裡想。嘴巴壞，又愛耍威風，所謂的貴族還真的就是那樣。

但是，就這兩三天的相處而言，我覺得她不是壞人。

也不是同為女性就比較有好感，主要是因為她個性很直。其實我的個性還滿愛計較又表裡不一，很羨慕她這樣純真的人。或許跟過貴族生活有點關係吧。老實說，我很羨慕她。

不曉得要怎樣才能矯正我這個表裡不一的個性。

「現在先沉住氣，在這裡看情況。我們有見證結果的義務。」

「那大半是法連閣下你自己的興趣吧！」

「那妳可以祈禱他獲勝。此時此刻，這個史無前例的奇遇讓我非常亢奮。妳看！古龍的魔法！那是現代人類魔法技術所不可能的辦到的雷擊啊！」

「可是……」

「而且那傢伙也不是省油的燈，照樣用飛行魔法躲過，已經不是人類的境界了。他的治療魔法神乎其技，可是飛行魔法也不遑多讓。史上從沒有人能和古龍打空戰啊！」

「唔……！」

「無論如何優秀的術士，飛上一小時也得落地。但是，妳看他已經飛了多久？而且他還是以那麼快的速度、那麼高的準確度在古龍的咆哮中任意飛舞。這世上竟有如此精妙的飛行魔法！」

貴族大人完全陶醉在魔法上。

眼睛都變愛心了。

「如果是他，甚至能從自國首都毫不著陸地直接飛到敵國首都，以極大魔法強攻。這種顛覆過去的戰法，將在他身上化為可能。實在是太誇張了。萬一這種戰法傳開，飛空艇的存在價值就要受人質疑了。」

「…………」

說到這裡，艾絲特大人也不知道怎麼說下去了。

這時，換亞倫大人問：

「艾絲特，我也不想拋下田中先生自己逃跑，這樣我真的很不甘心。可是就算我們過去了，我也不認為能幫上什麼忙。現在在這裡為他祈禱，是我們所能提供的最大幫助。」

「……我……我也知道啦！可是，在那種攻擊下，他怎麼活得下來嘛……」

「…………」

大家都被巨龍嚇壞了。

我也嚇壞了。

田中先生希望渺茫。

非常絕望。

可是，他和龍打鬥的聲音到現在依然響個不停。

為什麼他不會死呢？

「……這個變態還真難纏。」

梅賽德斯大人喃喃地說。

即使是女性之身，她也在王城的騎士團當上了騎士，很了不起。不過她好像是個同性戀的變態，在飛空艇上經常偷摸我屁股或是摟我的腰。

那雖然很噁心，但我想她大概不是個壞人。

真的很噁心就是了。

「能夠一擊打倒高等半獸人或火翼龍的術士，在首都的魔法騎士團也不多。能在空中應付複數紅龍且全身而退的高手，肯定是一個也沒有。」

答話的是柔菲小姐。

她好像是亞倫大人的情婦，也是艾絲特大人的情敵。我還滿羨慕她這種身分。亞倫大人好帥喔，夢想和那麼帥的騎士結婚的平民女孩滿地都是。當然，我也是其中一個。

因此，我很嫉妒她。

事實上，我本來就不喜歡她。

她和艾絲特大人的個性正好相反。

她應該是容易討男性喜歡，卻也容易遭同性厭惡的類型吧。我也和她一樣，所以算是同類相輕嗎？所以了，平平都是一樣的人，她卻能走上我理想中的路，實在讓人非常羨慕。

不過呢，如果活不下去，再嫉妒也沒用。

「喂，你們看到那個了嗎！我們人類不管念再久的咒，畫出再大的魔法陣，也造不出那樣的爆炎啊！而且還是六連擊！古龍真是太高深莫測啦！」

看得愈久，貴族大人腦袋的螺絲也愈來愈鬆。

感覺好恐怖，還是離他遠一點的好。

我悄悄挪動腳掌，慢慢離開貴族大人身邊。

這時，我聽見有人在喃喃自語。

「……怎麼辦，怎麼辦……」

是誰的聲音呀？

只知道是女人。

轉頭查看，也看不出是誰在說話。

就這樣，我們只能任憑時間流逝，在這裡默默守候。

好可怕。古龍好可怕。

我已經和克莉絲汀打了好久。要說大概有多久嘛，大概是從中午左右打到半夜了。

這段時間都是不停地飛，不停地丟火球，沒得休息。上廁所的空檔也是想都不用想，褲子裡大小便混在一起，咕啾咕啾發出非常水感的聲音。

戰鬥極為奇幻，可是內褲底下卻非常現實。

「這……這隻蜥蜴還真煩……」

當然，我也沒機會補給水分。真的好累。

喉嚨好乾。

『閉嘴！你這渺小的人類！』

克莉絲汀前方浮現魔法陣

這頭龍除了治療魔法以外，還會使用其他花樣實在很多的魔法。有我那樣的火球，有雷電，或是刮起巨大的氣旋，變化多端。

害我光是逃跑就是個苦差事。

要是沒有飛行魔法，我早就死了。雖不知一級是什麼樣的感覺，現在是覺得五十五級也不夠用。早知道就把拿去點火球的挪一些過來了。

『去死！』

這次克莉絲汀一口氣造出十幾二十根大和號主砲那麼大的冰柱，全往我射過來。每一根都湧出森森寒氣，彷彿只要掠過皮膚就會凍結。冰涼涼冷吱吱。

好想打碎幾個加寶礦力喝。好渴。

「這種冰柱，唔……根……根本算不了什麼！」

感覺就像玩速度兩倍的彈幕遊戲。

以充足距離咻咻咻閃躲的我真是帥呆了。

彷彿變成戰鬥機駕駛。

酷到不行。

不過我也不是普通的疲憊。好累，好渴，好想喝寶礦力。

『唔，就只會到處鑽來鑽去！』

「是妳自己手腳太慢了！」

我閃過最後一根冰柱，回敬火球。

轟一聲命中下顎。

『咕啊啊啊啊啊！』

聽起來很鑵頭的怪獸哀嚎響徹八方。

這是第八十一發火球。

命中率約三成左右。我要寶礦力。

要在飛翔中擊中目標真的很難。對方也和我一樣敏捷地飛來飛去，即使靶子那麼大，瞄得不夠刁鑽還是躲得開。

這次我也沒什麼心力搞追蹤彈。那總是在接觸對手之前就無法集中，亂飛一通而觸地爆炸。

名字：克莉絲汀
性別：女
種族：古龍
等級：2983
職業：背包客
HP：3000200／9950000
MP：8500000／8900000

不過呢，也只剩十一二發了。

能感受到自己是多麼努力。

至於我呢，是這個樣子。

名字：田中
性別：男

種族：人類

等級：78

職業：鍊金術師

HP：7909／7909

MP：188300000／188300000

一咪咪都沒少咧！吃屎吧，爛龍！

應該打得贏她。

我絕沒有絲毫輕敵，但也不覺得狀況絕望。

只要忍得住滿褲子的惡臭和不快，贏家就是我。

勝利就在眼前。

『混……混……混帳東西……』

「不管妳架子擺得再大，蜥蜴就是蜥蜴。再厲害也就是那樣。」

我不禁大膽起來，嘴了幾句。

感覺有點爽。

或許是因為如此吧，克莉絲汀被我激得惱羞了。

『唔喔喔喔喔喔喔！開什麼玩笑！』

冷不防地，她拋下了我，往別處猛衝。

我訝異地看過去，發現對方視線彼端是我那群正在觀察狀況的同伴。其中，她盯上的是金髮蘿莉。

即使距離相當長，不是只有一兩百公尺，她還是剎那間就衝到他們身旁。好可怕的推進力，難道是有裝噴射器嗎？

「靠……」

即使連忙追過去，她還是先一步逮到了艾絲特。

想不到龍和人幹架還要抓人質，真不像樣。

鼠輩感大爆發。

這克莉絲汀身體那麼大，心眼怎麼這麼小一個。

「不……不要！」

金髮蘿莉大聲尖叫。

看來是根本來不及逃。

肝都拿到了，怎麼不先一步回去呢，還留在現場做什麼。金髮蘿莉後方，還能看到魔導貴族等所有人的身影。

他們該不會在等我吧。

是有點高興啦，可是那搞不好會是我的敗因。

仔細一看，他們不知何時已經從飛空艇弄來資材，搭起了帳篷，蘇菲亞甚至做起晚餐來了。鍋裡有燉肉湯似的東西在冒泡。

啊，好香喔。

樣子怕歸怕，但人似乎已經很習慣這場面了嘛。

然而她好不容易煮起來的晚餐也被龍搞砸了。那巨大軀體急速接近又急煞所颳起的強風，吹跑了營地的一切。不只是鍋爐帳篷，就連人也一樣。

除了被龍抓在手裡的金髮蘿莉，所有人都滾了個老遠。

「妳……妳這是做什麼？妳想對她做什麼？」

我急忙追上去，克莉絲汀正好轉過身來，與我面對面對峙。

不緊張也難。

艾絲特被那麼大的龍抓在手裡，感覺好小。

只要指頭稍微用點力，她就會噗嘰一聲變成肉醬，光是看著她就讓人臉色發白。

『在那裡不准動，不然這女孩就沒命了。』

「…………」

我們目擊了最終魔王變成下三濫的瞬間。

非常理智的判斷。

「……還真的只是蜥蜴，比蜥蜴人還差勁。」

『閉嘴！連嘴也不准動！』

龍翼稍一揮動，從旁毆打了我。

有金髮蘿莉在對方手上，我只能照她的話停在原地，被硬生生拍到地上。

「嘎……！」

視野瞬時移動，隨後是一片黑。

醒來時，我已受了連指尖都動彈不得的重傷。

超級痛。

是怎樣，痛到爆了。

名字：田中
性別：男
種族：人類
等級：78
職業：鍊金術師
HP：3／78909
MP：1883000000／1883000000
STR：7375
VIT：9560
DEX：10800
AGI：7910
INT：1292000
LUC：229

根本是瀕死重傷。

只剩一口氣。

「治……治療……」

氣若游絲的我急忙施放治療魔法。

不然連爬起來都有困難。小時候被轎車撞上的感覺都沒現在糟。眼前發黑，還以為我要死了。褲子後襠破了洞，屎尿噴了一地。

「呼……呼……呼……」

免不了的緊張使我開始喘息。

想不到這麼痛。

『看來你也沒有多耐打嘛。』

「我……我可是普通的人類耶！」

『放屁！區區人類才不可能抵抗到這種地步！』

人龍互瞪。

這當中，金髮蘿莉在龍爪中大叫。

「……不……不要管……管……管我了！」

說這麼勇敢的話。

真不像她。

她也有拖累了我的自覺嗎？

說這種話，不是讓我更不能動了嗎？

非救她不可的想法泉湧不止啊。

「我怎麼能不管妳呢，我們是同一個隊上的夥伴啊。犧牲妳的事，我辦不到。冒險要到活著回去乾一杯以後才算結束。」

沉穩地這麼回答的我根本紳士。

聽我這麼說，金髮蘿莉睜大了眼，極為感動似的說：

「不……不可以啊……我……我，我……」

「不管要對上什麼樣的敵人，我也絕不會拋棄妳。」

「……！」

但我也不想賠上性命。

敵方會用治療魔法，我也會用。

若只是像對戰翼龍時連放，一定來不及。

這個年頭的奇幻世界，都有持續型的治療魔法。例如重生術或里荷伊米，總之就是RE開頭的那些。我前天夜裡為了治療心傷，結果引來魔導貴族的那招也是其一。

這一次，我要全力施放這種被動型的治療魔法，沒有保留MP餘地了。如此一來，我的耐力肯定會大幅提昇。相信會是如此。拜託。

只要HP沒有瞬時歸零，有零點幾秒的空檔讓治療魔法打下去，我就一定死不了。真愛我這樣的身體。以最新CPU都趕不上的頻率插空檔的超絕補血，是我最後一條路。

被那隻大腳踩扁怎麼辦之類的問題，我也不是沒想過，不過我一定撐得住。我相信你喔。真的拜託喔。求你嘍。

『怎麼，怕了嗎？』

克莉絲汀彷彿看透我的心，出言挑釁。

王八蛋。

現在也只能回話了。

只能藏起焦慮，裝出自信十足的樣子唬弄過去。

表現出絕對的從容。

這不僅是為了我自己，也是為了金髮蘿莉。

「呵……」

臉上擺出最頂級的紳士微笑。

同時右手一挺，向天高舉。

『你……』

克莉絲汀表情一繃。

當然，我用的是治療魔法，沒有任何東西往她那裡飛，只有我全身閃閃發光，開啟無敵模式。全身爆發的充實，猛然抽離無職處男荒蕪心靈的閉塞感，讓人覺得非常心酸。

「有自信打倒我的話，請隨意。」

好像會上癮。

名字：田中
性別：男
種族：人類
等級：78
職業：鍊金術師
HP：78909／78909
MP：3000／18830000
STR：7375
VIT：9560
DEX：10800
AGI：7910
INT：12922000
LUC：229

從幾乎沒減少過的MP變得那麼低，可以看出我下了多少決心。認真放一發持續補血的魔法，還真耗MP啊。全力丟單發治療也很耗，但還是低了幾層。

「有什麼好驚訝的？該不會是怕了我吧？」

『混……混帳……』

魔法放出去以後，似乎還會持續消耗一定MP，所以身體發光期間MP的自然恢復率變得非常緩慢。雖然還是一點一點在增加，與先前相比仍是明顯地慢。

算起來，大概要一整晚才會補滿。

所以這麼做以後，我這個物理弱雞就完全失去攻擊手段了。在隊伍裡若不是純粹支援的角色，可不能隨便像這樣全力投球。還有，發光的期間會覺得很累。

『很好，看我玩死你！』

克莉絲汀惱羞了。

我害她惱羞了。

接下來是一面倒。

她一下翅膀一下尾巴一下魔法，以各種殘虐方式惡整我。

可是無論受了多大的傷，我的身體都能在死亡邊緣頂住。

創傷瞬時癒合，HP就是不掉到零。就像耐久拉力賽的車輛的轉速表那樣，指針在零和紅色區域之間跳來跳去，不曾停在同一處。

＊

【蘇菲亞觀點】

糟糕，巨龍抓走艾絲特大人還拿她作人質，單方面地蹂躪田中先生。一開始是拳打腳踢，現在是任憑魔法彈雨打在身上。

可是田中先生還是活著，他真的是人類嗎？

「貴……貴族大人！那個……」

我忍不住叫出聲了。

不管怎麼說，這裡都不能待下去了，要趁早趕快逃走才對。剛才是艾絲特大人被帶走，下一個搞不好就是我。一這麼想，我就好想趕快跑。

然而貴族大人聽不見我的訴求。

「太厲害了！居……居然有這麼厲害的治療魔法！」

鬼吼鬼叫的貴族根本看不見周遭。

他注視巨龍和田中先生的表情好可怕，感覺跟他說話都有危險。張得大大的眼睛都忘了眨，動也不動地凝視一點。他真的好喜歡魔法呢，根本神○病。腦袋裡的螺絲都掉了一地呢。

「前天他檢驗的就是這個魔法嗎！」

所以我只好徵求別人的意見。

緊接著進入我眼中的是騎士大人。

「那個，亞……亞倫大人……」

亞倫大人是這裡最正常的人，他一定會懂。

不過，他也聽不見我說話。

「艾絲特！怎麼會，為……為什麼！」

亞倫大人的狀況也很不正常。大概是情人艾絲特大人被抓走，讓他失去冷靜，哭喪著臉望著巨龍。拳頭握得好緊，甚至有血一滴滴地滴在地上。

實在不是能請他指示撤退的時候。

在旁邊抱著他手的柔菲小姐，也因為同伴被抓……啊，沒有，她和亞倫大人比起來是鎮定得多了，像是冷靜地觀察巨龍和田中先生的狀況。

總之我不喜歡柔菲小姐，注意力便轉到別人身上。下一個看見的，是離得比較遠的梅賽德斯大人。

「那個，梅……梅賽德斯大人！」

這個人是真正的變態，我實在很不想和她說話，可是狀況緊急，只好忍著點了。她身分好像比亞倫大人高，說不定能下令撤退。

「梅賽德斯大人！既……既然我們無能為力，不如就……」

我上前喚出她的名字，說明我的意思。

結果，發生了意想不到的事。

「會怕嗎？很好，沒什麼好害羞的，我也很怕。到我這來吧。」

「咦？啊，這……」

她抓住了我的手。

還來不及反應，她已經從背後把我緊緊抱住了。

怎麼會變成這樣。

「那個，梅賽德斯大人，您這是……」

我眼睛往底下看。

她說的是真話，兩隻腳都好抖。

可是她還是很用力地抱著我，一點也不客氣地性騷擾。

「沒什麼好害羞的。誰都一樣，會怕的時候就是會怕。」

「咿……」

梅賽德斯大人怕得不得了，卻依然任憑性慾控制她的行為，神經比柱子還粗。我胸部和屁股被她摸得全身雞皮疙瘩掉滿地，非常噁心。啊，喂！她……她的手指直接往下面摳了！咿！

「不……不要啊……梅賽德斯大人……」

知道死期將至，讓她的性騷擾層級也提昇了。

我……我掙脫不開。臂力好強。

這個人是理智一斷線就不知道會做出什麼事的人呢。肯定沒錯。

「儘管發抖吧。我會抱緊妳到最後一刻。」

「呃，那……那個……」

田中先生，快點打贏啊。

怎樣都好，快點打贏啊。

不然我的貞操、我的黏膜就危險了！

＊

我就這麼被克莉絲汀海扁了一整個晚上。

不知不覺，天都開始白了。

「……差不多該放棄了吧，好嗎？」

被揍的一方提議。

儘管驀然感受到自己應該死不了，但痛還是會痛，難過還是難過。順道一提，我衣服全爛個精光，將渾身糞尿血肉的慘狀暴露在所有隊員眼前。

身為人的尊嚴都掉滿地了。

『唔……』

啪喳。見到我帶著水聲前踏一步，克莉絲汀不禁呻

吟。

直到夜已破曉，我們也沒分出勝負，或者說她就是打不死我。即使我完全不能防禦。

或許是這個緣故，她也顯得一身疲態。

即使自身數值一點也沒少，不停毆打死不了的對手也會對精神造成極大的消耗吧。

就像工廠的生產線工人一樣。啊啊，工廠真的好可怕，超絕望。

所以我開口了。

「我有一個提議。」

我站直身來，面對古龍這麼說。

『……什麼提議。』

人與龍總算開始冷靜對話。

繞這麼一大圈，主要是她的問題就是了。

「說真的，我一開始就沒有和妳交戰的意思。」

『…………』

聽我這麼說，克莉絲汀連個聲也不吭了。

反而似乎想起了些什麼，一臉錯愕。

是她莫名其妙就打過來，這樣也是當然的吧。

這狀況就像是看到路邊有空飲料罐就想踩扁，結果不管怎麼踩就是踩不扁，惱火起來踩了一晚上才發現自己真是蠢到家了。

更糟的是還一度踩歪滑倒而撞到腦袋，差點歸西。

「我沒有任何侵害妳的意思。」

『……事到如今，還要我相信這種話？』

先出手的人還這樣說，真過分。

不過她的語氣透露出濃濃的疲憊與反感。

由此可見，她也認為我是個強勁的對手。

她也不想再打下去了吧。

如此一來，她絕不會摒棄我接下來的要求。

「那麼，有件事我想請妳幫個忙，不知妳意下如何？此後，我們就是互相需求、互相協助的關係。我們真的沒有絲毫侵害妳的打算。」

『…………』

我們現在缺了一樣東西。

那就是回程的交通工具。

需要飛空艇的替代品。

以及足以搬運紅龍屍體的力量。

「還是說，我們真的要打倒雙方都力竭倒下才甘心嗎？那麼最後，一定是我替妳先失去寶貴生命而哀悼，然後毫不猶豫地燒死妳。」

『……！』

「怎麼樣？」

打了這麼多個小時，ＭＰ已經恢復不少。

說著，我在舉於腰際的右手掌中點起一個小小的火球。

而那成了結束戰鬥的訊號。

『……你要我幫什麼忙？』

好耶。

古龍女士開始考慮我的提議了。

「不好意思，能請妳讓我和我的同伴坐在背上，送我們回去嗎？」

『……啊？』

克莉絲汀接著發出的，就只是表示疑問的聲音。

＊

就這樣，我們的隊伍成了空中飛人。

「太驚人了。不愧是龍，飛空艇完全不能比。」

我坐在克莉絲汀背上，一路飛向佩尼帝國首都。當然，除了我以外，魔導貴族、亂交團、激婀騎士和蘇菲亞都在。

老實說，坐起來不怎麼舒服。

龍鱗凹凹凸凸，真想要座墊。

不過速度沒話說，快到有剩。

對戰克莉絲汀而失去全身衣服的我，現在穿著蘇菲亞替我從飛空艇找來的衣服。她的超高ＬＵＣ，守住了我這麼一個人格的尊嚴。

雖然公然裸露 On the dragon 也不錯，不過這次還是饒了我吧。

「照這速度來看，我們一晚就能回到首都了。就算中間下來休息幾次，和原本預定的時間也沒什麼不同。」

「這樣啊。算是不幸中的大幸吧。」

盤腿坐在我身旁的魔導貴族即使身處龍背，也依然神態自若，還有撫摸龍鱗，為其光澤尋思的餘裕。

另一方面，豆腐意志的頭號代表蘇菲亞已經臭汗滿腋下，活像被硬拖上尖叫型遊樂設施的小孩，隨時會飆淚。

「那……那個，龍真的會載我們回城嗎？」

她淚眼汪汪地問。

心裡滿滿都是壓力的感覺。

讓人看得有點不忍。

解答她的疑問乃是人之常情。

「現在騙我們對她也沒好處啦。」

「……真的是、是這樣嗎？」

蘇菲亞懷裡抱著從紅龍屍體中摘出的肝臟。裝在大皮袋裡，跟一般米袋差不多大，裝不下的部分用其他容器分裝。我是拿回去製藥，分量一定要夠，一點也不能少拿。

話說回來，這個女生還真適合袱巾包、皮袋等行囊類的東西，她抱著大包包含淚發抖的模樣真是可愛極了。好想娶回家。

「真的啦，請妳儘管放心。」

「可……可是……」

蘇菲亞怎麼也放不下心。身為未來也要繼續關照她家酒館的忠實顧客一號，實在是很想撫平她心中的不安。所以解鈴還需繫鈴龍吧。

窩在一句話也沒交談過的龍背上，女性當然會非常緊張。在婚友社活動上問不認識的異性願不願意讓你背，也只有魔導貴族會答應吧。魔導貴族好猛啊。

「龍小姐、龍小姐，現在有旅客對旅途感到不安，能請妳和她溝通一下嗎？例如妳的飛行能力有多好之類的就行了。」

身為隊長的我，有義務幫助隊員們溝通。

於是我敲敲屁股底下的鱗片，請龍對蘇菲亞說幾句話。

答覆很快就來了。

不僅是我們能聽見，整個背部都在響。

內臟蠕動的感覺，也隨她發聲透過坐穩的屁股震動全身。

『我遲早會讓剛問我話的那個男人在我面前下跪，可是承諾就是承諾。雖然我非常不願意，但是我能向你們保證，我一定會把你們平安送到那個男人所說的地方，作為被他饒了一命這畢生屈辱的教訓。』

幹得好啊，克莉絲汀。

「聽到了吧？」

「好……好的……」

蘇菲亞緊抱塞滿龍肝的皮袋，輕輕點頭。她一副壓力爆表就會 I can fly～的樣子，感覺很恐怖。真的拜託妳乖乖坐好。

『給我記住……人類。』

克莉絲汀接著不甘地這麼說。

那麼，受話者要怎麼回答才正確呢？

經過長期社畜生活所培育出的心靈，很快就做出結論。

「只要妳循正常方式預約，我隨時候教。」

『…………』

我這輩子才不想再看到妳咧。

誰要和這麼危險的生物打。

被海扁一整晚有多痛妳知道嗎，真想讓妳嘗一嘗。要是沒抓金髮蘿莉當人質，我早就全力反擊，讓妳嘗盡一輩子份的痛。

不過，對她說這種話也沒用。

所以我要把現在能說的話先講清楚。

「要是以後再發生同樣狀況，不管多麼不利，我都會打倒妳喔。妳會學到教訓，我也會。下次絕對不會給妳威脅我的機會。」

我等級也才二位數，升下一級的所需經驗值應該還不多，而對方等級已經是四位數。如果不打倒夠多金屬某某某，是聽不到升級音樂的。

『……！』

我以堅決語氣說出心中的話。

結果換克莉絲汀說不出話了。

有點爽。

但是這次極為有效的治療魔法下次能有多大效果，誰也不能保證，我其實是非常擔心。世上沒有絕對的事，一旦停止往上爬的腳步，一轉眼就會落入萬丈深淵，這個社會就是這麼殘酷。

啊啊，什麼爛社會。

如果虛張一兩個聲勢就能讓她放過我，要多大的牛我都吹。沒錯，事到如今，為了明日的安全保障，有的沒的全都給他說個夠。

「要是妳以後再敢對艾絲特下手，我就會盡我一切力量把妳找出來碎屍萬段，一塊骨頭也不留。管他什麼古龍不古龍，一隻兩隻還不是我的對手。」

狠話烙出來啦！

『混……混帳……』

怎麼樣，怕了吧。

我真是帥斃啦。

「這樣妳明白了嗎？」

『……愛……愛怎麼說都隨你。』

「不肯接受我的忠告嗎？」

克莉絲汀的語氣忽然軟掉。

有吃定她的感覺。這個場面我說了算啦。

能幹的帥哥業務員，總是對顧客露出信心十足的微笑。過去我都不曉得那是在笑什麼鬼，直到現在才有略知一二的感覺。

那種人的自信是來自自己本身，以及他的口條。

『給我名字。』

「什麼意思？」

『說出你的名字，人類。』

「咦？」

等一下，這會洩漏個資耶。

這樣不太好，用假名比較妥當。

畢竟我們的隊伍將近一半都是用假名。

「我叫齊藤。」

齊藤最強傳說。

齊藤是誰啊？

妳就永遠去追尋虛幻的齊藤吧。

『……我牢牢記住了。再過幾百年我也會記得你的，齊藤。』

「好……好喔。請妳記好記滿，千萬不要忘喔。」

『呼……呼哈哈哈哈！太好了，不曉得幾千年沒受過這種恥辱了。』

妳還滿長壽的嘛。關我屁事咧。

儘管去追這個不存在的齊藤吧。

妳的田中路線就此消滅啦。

『要不了多久，我就會打垮你。』

「好，請便，愛怎麼打都隨妳，可是一定要記得事先預約喔。別看我這樣，我可是忙得不得了，還想請上司給我請個經紀人呢。」

這頭糞龍，我再也不要見到妳。

『很好，到時候我一定要你舔我的汙鱗。』

「悉聽尊便。」

汙鱗是什麼東西啊？

這頭龍對我已經沒用處了，到了佩尼帝國的卡利斯以後，就能當計程車一樣甩掉。往後幾十年，你就慢慢去找那個不存在的齊藤吧，我討厭死妳了。

「就是這麼回事，希望妳能安心。」

等對方不再說話，我便轉向原來的目的——蘇菲亞。

「好……好的……」

蘇菲亞拚命點頭。

任務順利完成。

我真行，可以喘口氣了。

這樣就不用擔心她了吧。

另一方面，亂交團的樣子也很不對勁。金髮蘿莉見到我、蘇菲亞和克莉絲汀的對話，表情變得很緊繃。帥哥看著她的變化，顯得不知所措。

「艾……艾絲特，妳怎麼了？」

「……我又怎麼了？」

「沒什麼，就是覺得妳一直在跟我保持距離……」

「不好意思，我在想事情。」

「這……這樣啊。」

這好像是我第一次見到艾絲特向人道歉。

感覺很珍貴。

也許是因為如此，亞倫的表情也因此僵住。

「……艾絲特？」

「能請你暫時讓我靜一靜嗎？」

金髮蘿莉這一連串的舉止似乎有些冷淡。

對男友這樣說話，不嫌太無情嗎？

「好……好吧，艾絲特，我知道了。不過，不管有什麼困擾，隨時都能來和我說喔，不必客氣。只要妳願意跟我談，我就很高興了。」

「…………」

看來帥哥和金髮蘿莉的狀況不太好，會是冷戰嗎？如果是，說不定柔菲又偷推一波了。她感覺是喜歡搶男人的類型。

管他的，現充群的性事與我無關。

我沒必要再管他們的事。反正艾絲特和柔菲這兩個中古貨滿腦子都是亞倫的帥哥屌，與我的理想相差十萬八千里。

問題就是這個世界到底有沒有喜歡中年大叔的處女了。

「…………」

哼哼，我一定要把回春祕藥做出來。

我不會認輸的。

絕對不會。

就這樣，我的注意力最後離開亂交團，轉到單獨一人靜靜休息的蕾絲邊女騎士上。有件事，我非得找機會確定不可。

我在龍背上走幾步，來到她面前。

「這次真的非常感謝妳的協助。」

那似乎嚇了她一大跳，腰猛然挺了一下。

「什……什麼事？」

「沒什麼，只是想向妳道謝。我找妳找得很臨時，又不管妳意願強拉妳進來，所以想說至少趁現在有機會的時候表達我對妳的感謝。」

她可能至今都懷疑我是前科犯，要是知道我住哪裡，哪天發神經去報案就糟糕了。屆時又會是一場保房危機。因此，有必要趁現在打好關係。

畢竟我出發時也說了不少大話，彌補形象很重要。

對了，梅賽德斯當初也是被打下牢獄的人，不曉得那件事解決了沒？應該是已經解決了吧，不然也不敢光明正大走在貴族住宅區。

「關……關於這件事，我已經釋懷了。反正都要平平安安回到首都了嘛。到這時候還抱怨什麼呢。」

「這樣啊？感謝妳的諒解。」

「……不客氣。」

好，看情況是沒問題了。

可能是出發前一天和她聊了一整晚性癖有很大的幫助。想維持圓潤的人際關係，定期保持對話是絕不能少。

「回到城裡以後，可能會有很多善後工作的事情需要麻煩妳，到時候請多包涵。」

「啊，好……我懂。」

「謝謝妳。」

好，這樣就任務完成了。

再來和大家平分一千枚金幣的賞金，拿去付清稅款就完美了。有七個人分錢，應該沒問題吧。要是魔導貴族對飛空艇損毀的部分有怨言，把來自紅龍的魔石等材料給他就能封住他的嘴了吧。他自己也說過，有這麼多材料就能做出同等以上的飛空艇。

喔喔喔，燦爛的光明好像就在眼前了。

我做得真好。

太漂亮了。

日本男兒是種保護起自己家才會發揮真正價值的生物啊。

租房子生不出這種力量的啦。

＊

這天，佩尼帝國的首都卡利斯發生一場空前的騷動。

原因是巨龍的來訪。

克莉絲汀在魔導貴族加的庭院著陸後幾分鐘，就有一海票披甲持槍、穿袍握杖的人包圍了整座宅邸。看來是以為有巨大怪獸攻入首都了。

這也難怪。

打發走他們的，即是屋主魔導貴族本人。

事情發生在他家院子裡，他自然主動擔下了解釋狀況的責任。

「受不了，腦袋頑固的人就是惹人厭。」解決一連串麻煩事後，他唏噓地發牢騷。

就這樣，那些人帶著「又是魔導貴族在搞事啊？」的臉回去了。這次是魔法神○病的神○病日常起了作用。

見城裡反應這麼大，我們落地以後很快就請克莉絲汀回去了。

『我絕不會忘記你的，齊藤。絕對不會……』臨走時，她還高高在上地說了幾句這樣的話。我給的是假名，降落地點又是魔導貴族家，沒有洩漏個資的問題啦。

同時，獵龍團也就此解散了。

相約翌晨在魔導貴族家集合之後，所有人各自離開。

好累。

累死我了

好想回家倒頭就睡。

然而我還有極為重要的任務尚未完成，事情可不是宰龍就好那麼簡單。

此後才是發揮我鍊金術師真本事的時候。

就讓我把艾迪塔老師的遺產發揮至淋漓盡致吧。

*

我帶著提行李的蘇菲亞和堅持非跟不可的魔導貴族，返回兼工作室之用的我家。

因為接下來，我要直接開始鍊製特效藥。

「原來如此，要在這裡加入溶劑啊……」

「對……對呀，沒錯……」

我遵從艾迪塔老師的配方混合、融化、煮沸藥劑，不斷反覆。每個步驟的道理，都是從老師的著作學來的。

即使魔導貴族是首次觀看這藥劑的製法，卻仍能由其過程看出些道理的樣子，每個動作都讓他若有所思地喃喃自語。他守備範圍到底有多廣啊。

至於蘇菲亞呢，則是把行李送到工作室就匆匆返回自家餐館了。想請她好歹也喝杯茶喘口氣再走，她也神速回絕。

臨別時，她臉上充滿了前所未有的解脫感。

連眼睛都閃閃發亮。

不曉得多久沒見到蘇菲亞那麼熠熠生輝的眼神了。

無所謂，現在按部就班製藥就好。

「啊，不好意思，能幫我拿那瓶綠色藥劑嗎？」

「這個？」

「謝謝。」

在意外獲得的貼心助手幫助下，藥劑配製得很順利。

*

第二天。

我們帶著特效藥完成品，在魔導貴族的接引下來到位在佩尼帝國首都卡利斯的城堡。成員與昨天相同，由我、魔導貴族、亂交團、梅賽德斯和蘇菲亞組成。

魔法神〇病的權力在宮廷裡也相當巨大。

他只是簡單說明狀況，我們就兩三下進了謁見廳。

隊伍中不僅有貴族與騎士，還有餐飲店員工，甚至沒人能保證身分的外國人，他卻能只靠一張臉就送我們到一國之君面前，不曉得國王究竟是多麼器重他。

「聽說你配了藥來治療本王的女兒，此話當真？法連愛卿啊，本王真的能相信你嗎？」

一名男子坐在非常豪華的典型王座上問道。頭戴皇冠。

看來他就是這國家的老大。

是個美男子，一看就讓人肯定他年輕時應該有很多女性愛慕，現在應該也不差。年紀與魔導貴族相仿，可能稍微年輕幾歲。體格很壯碩，有如美式足球隊員。造型有如貝多芬的金髮髮量充沛，光澤耀眼，遠遠看是一根白髮也找不到。

然而或許是眼見愛女大限將至而傷心欲絕，表情十分憔悴。恐怕對於這個病，他已反覆經歷太多次期待與幻滅。

「是的，請盡快讓公主殿下服下。」

魔導貴族這麼說之後，將藥劑呈給國王。

即使是魔法神〇病，在這時也用起敬語來了。

這方面的應酬和禮儀我一概不懂，全部交給大叔處理。我只要拿得到賞金就好，只希望能夠順利領賞而已。

比起我一介草民說得天花亂墜，不如當作魔導貴族的功勞來獻給國王，事情會容易得多。我實在不認為國王會願意讓把一個名不見經傳的外國人做的可疑藥物送進公主嘴裡，是我也絕對不敢喝。

「你，立刻送去給公主。」

「遵命！」

國王一下令，一旁看似騎士的衛兵就接下了藥。

留在原處的所有團員都是單膝跪地，默默旁觀這一切。看來在這個世界面對大人物的基本禮節，也是得放低姿勢。

「屬下告退。」

騎士一接過藥就快步離開謁見廳。

要送去給公主吧。

「話說法連愛卿，這藥劑是真的要用上紅龍肝嗎？」

國王問魔導貴族。

「是的。折損飛空艇的詳細經過，全如同臣事前所呈上之報告所言。然而過程中，我們成功獲得了更為巨大的魔石，所以我法連在此向陛下保證，假以時日必定會奉上性能更好的飛空艇。」

「不，飛空艇的事無所謂，本王想問的是你獵龍的過程。據說那怪物在所謂龍的族群之中是尤其強大凶暴的一種，且除廳中這班人以外，你一個護衛也沒有多帶，是真的嗎？」

「獵龍講究的並非人手，戰力的品質比什麼都更重要。」

之前好像也聽過類似的話。

「……原來如此。既然法連愛卿這麼說，事實就是如此吧。」

「陛下英明。」

話說這個大叔還真受國王信賴。

表示他就是有這麼大的豐功偉業吧。

「請恕臣冒昧，若陛下允許，臣希望能親眼目睹藥效，可否恩准臣進入公主殿下的寢室？」

「嗯，可以。有你陪在身邊，公主也會比較安心吧。」

「謝陛下。」

「可是法連愛卿啊，別怪本王反覆問同一件事。聽說此事以後，本王實在是非常震驚。」

「請問此話怎講？」

「想不到想讓公主活命，居然會需要紅龍的肝呢。」

「關於此病的詳細內容，請容臣留待公主殿下狀況好轉後再擇日報告。要趁現在說明來龍去脈，恐怕是不太方便。」

大叔稍微向我瞥了那麼一眼。

該不會還要帶我來吧。

「本王明白。沒親眼見到之前，你什麼也不會相信。」

「臣自認是沒有頑固到那種地步……」

「頑固也是你的優點，不必謙虛。」

真教人訝異。一國之君竟然會當著這麼多貴族的面，這麼親暱地和他對話，可見國王和魔導貴族的交情非常好。在場有幾個貴族懊惱地投來憤恨的眼神耶。

但由於大叔夠罩，其他人都不必參與對話，什麼事也沒有。

魔導貴族好棒棒。

兩人繼續聊了一會兒，最後是寶座邊一位略比魔道貴族年長的男子耳語：「陛下，時候差不多了。」才終於告一段落。

國王點頭「嗯」一聲，說起閉會詞。

「那麼，今天就到此為止，各位可以……」

就在這時，事情發生了。

謁見廳出入口的巨大門扉猛然開啟。

「磅！」地一聲巨響，把大家都嚇了一跳。

所有人都往門口看。

同時，有道少女的聲音響遍整座廳堂。

「父……父……父王……」

那個十五歲左右的可愛女孩似乎是剛下床不久，身上睡衣與廳中一排排騎士鎧甲與貴族斗篷形成強烈對比。即使隔了段距離，也能隱約看出那輕薄衣物底下的身體曲線。那是一副胸臀又圓又翹，腰線卻收得恰到好處的好身材。

具有非常討男性喜歡的肉感。

好想調教她的皇家鮑。

見到她的出現，國王頭一個出聲。

「安……安潔莉卡？」

「父王，我的……我的身體能動了！」

「天啊……」

名叫安潔莉卡的少女不顧自己只穿睡衣，小跑步穿過擠滿男性的謁見廳，來到最深處紅毯彼端，位置比其他人都高的國王面前。

眼中堆滿淚水，激動地擁抱國王。

「妳……妳能動了嗎！身體、身體能動了嗎！安潔莉卡！」

「對！我能動了，像背上長了翅膀一樣，能隨心所欲地動了！」

「喔喔喔喔喔喔喔喔喔！」

聽了這些話，國王感動至極地高喊。

和女兒一樣，眼中泛起淚光。

看來藥是立刻見效了。由於艾迪塔老師的著作中提到那其實不是疾病，而是一種詛咒，所以效果才會那麼快吧。具體上有怎樣的差異，我也說不清，就當作是那樣好了。

公主體態並不瘦，穠纖合度，表示即使臥病在床也有正常進食。剛才健步如飛的樣子，即是她在床上也有保持復健的證據吧。據說光是持續給癱瘓的人搓揉手腳，萎縮狀況就會有明顯差異。

由公主一連串的舉動可見，她的心靈說不定相當堅強，不像是個受盡呵護，前不久還身患絕症的女孩。從她剛服藥就跑過來，也能窺見這一點。這公主滿了不起的嘛。

「謝謝父王！能夠再用自己的腳跑步，真的好像作夢一樣！我現在是全世界最幸福的人！」

公主抱著父親淚汪汪地說。

在謁見廳與會的貴族們，也各自讚嘆稱慶。

於是乎，這天的謁見當然是到此為止。

請盡情享受陪伴家人的時光吧。

*

隔天，我們又進宮了。

這樣說不太對。其實我們受到國王的盛情款待，連回家都免了，直接在宮裡住了一晚，下床就要準備謁見國王。

魔導貴族說，領獎品的時間到了。

距離我那間房子連帶的債務還款期限還有十幾天，能夠在如此充裕的狀況下領賞，我真的是非常高興。

「諸位立下的是天大的功勞，辛苦了。」

國王眉飛色舞地說。

地點和昨天一樣，是宮裡的謁見廳。

除了這城堡的主子以外，還有大批身穿華服的貴族沿牆壁站成兩排，場面很像大衛的《拿破崙加冕禮》，但沒有那麼熱鬧就是了。

「法連愛卿果然厲害，真的、真的做得太好了。」

國王似乎仍然相當激動，說得都哽咽了。

雖然我是不曾擁有家庭的死處男，可是見到如此為家人心急如焚的男人，還是會覺得能結婚真好。要是女兒對我說她最愛爸爸，我可沒自信在她初經來潮前都不在浴室對她毛手毛腳。

不過，受國王稱讚的一方卻是表情嚴肅地直言道：

「若在平時，臣應該會說這是臣應盡的義務。可是這一次，單憑臣一己之力，實在不可能有此成果。」

「什麼……想不到你也會說這種話。」

「無論是製藥還是取得藥材所需的龍肝，全都是這名男子的功勞，所有讚譽都應歸他所有。」

「……你，把頭抬起來，叫什麼名字？」

「回陛下，小人名叫田中。」

「田中？好奇怪的名字。長相也不太像這大陸的人呢。」

糟糕，一不小心就隨習慣只報出姓了。

這裡有姓氏的人似乎不多，容易會造成誤會吧。算了，應該不會怎麼樣。今天多半是我和國王第一次也是最後一次見面。

「回陛下，小人的確是來自他鄉，四海為家的流民。」

「流民？」

一切都是為了金幣。我也答得畢恭畢敬，以免失禮。

當然，國王臉色顯得猶疑起來。

見到這樣的變化時，身旁忽然傳來其他聲音。

「陛下，請容我發言。」

是金髮蘿莉。

她始終保持沉默，現在是怎麼啦？

「喔，理查的女兒也在隊伍上嘛。妳為了公主不顧危險獵取龍肝，本王十分感動，改日會再到府上致謝。至於妳，本王要賜妳子爵之位，封地一處。」

這句話使得謁見廳嘈雜起來，全是來自牆邊那兩排看似位高權重的貴族。應該是這個國家的權力結構，就在此刻發生了變化吧。與我這平民毫無瓜葛就是了。

聽了國王對她說的話，有個人代表其他貴族說話了。

那就是站在寶座邊的男子。昨天他也在同一處，替國王拿捏時間。既然在那個位置，表示他就是這國家的第二把交椅吧。以這類世界觀來說，可想見是宰相或某某大臣等官銜。

「陛下，請別心急。封地是指那裡嗎？」

「是啊。貴族中有這樣的豪傑，怎麼可以閒置呢？就算是女人，她也是理查的女兒，以獎賞而言並無不妥吧？」

「可……可是，那片封地有個小國啊……」

「本王決意如此，有哪裡不服氣嗎，莫德雷宰相？」

「不……不敢……」

「她是打倒紅龍的優秀人才，不用她用誰？本王相信這樣的勇者，肯定能妥善治理那片土地。」

「……陛下所言甚是。」

「是吧？那就不要有那麼多意見。」

「是……」

國王與宰相。

在一般國家的政治人物中，就是老大和老二吧。如果我算底層，他們便有如位在雲端之上，兩者的意圖不是我能臆測。

雖然某某家如何，某某閣下怎麼樣之類的閒話，我在學校也常有耳聞，不過佩尼帝國是個非常大的國家，權力結構也相對複雜，我這平民連個概念也抓不到。

貴族也有貴族的難處呢。

對了，現在真正該關心的，是金髮蘿莉發言的意圖。

要是她亂說話，害我獎金泡湯就虧大了。

還要賠上我的房子。

就在我這麼想的時候。

她說出了與我恐懼完全相反的話。

「我願意擔保這個男人的忠誠，請陛下明斷。」

「什麼，妳要擔保他？」

「是，我願以費茲克勞倫斯之名立誓。」

「嗯……」

金髮蘿莉也會說這麼硬梆梆的話。

更想不到的是她也會替我說情，真教人訝異。

這時，魔導貴族也加把勁說：

「我也和費茲克勞倫斯家的女兒一樣。」

兩人的話，使國王的表情放鬆許多。

真是感激不盡啊，有點感動。

「本王明白了。既然法連愛卿和理查之女如此信賴此人，本王也從善如流。你叫田中是吧？你立下了大功，辛苦了。」

聽國王這麼說，站在周圍的貴族紛紛驚嘆。

看來這是破格的待遇。

原以為寒暄幾句就能領賞，現在卻搞得心驚膽跳。

沒有他們替我說話就會先把我關起來再說的氛圍相當濃厚。

這就是封建社會嗎？好刺激啊。

「承蒙陛下厚讚，小民惶恐。」

因此，我要盡全力打好官腔。

過獎～不敢當～求陛下開恩。

這樣就行了吧？

「你想要什麼樣的獎賞，儘管說說看。」

「小民斗膽，願求市井布告所言之獎賞。誠如法連大人所言，能有今日成果，絕非小民一人之功。」

這是千真萬確。

因為有這個團隊，我才能達成目標。對了，也不能忘記指路幼女。所有相關的一切都很重要。我現在好高興，好有成就感。能和別人合作完成一件大事，實在是意義非凡。

坐辦公桌或跑業務之類的工作，絕對嘗不到這樣的激動。

「正由於功勞屬於大家，獎賞自當以能夠平分者為佳。因此，即使小民自知如此要求相當俗賤，金錢仍是十分可喜的選擇，還望陛下成全。」

「原來如此。那就按日前發下的布告行賞吧。」

「感謝陛下。」

太好啦。

金幣平安到手嘍。

之前聽說國王小氣，還擔心到了最後的最後才反悔，結果答應得十分乾脆，真是太好了。表示公主對他就是那麼重要吧。

「送上賞金。」

國王說道。

隨後，一名候在一旁的騎士搬來一口金屬箱。

「念爾等救國有功，本王在此賜予金幣千枚，以茲獎勵。」

「謝陛下隆恩！」

我深深敬禮，以雙手接下金屬箱。

有夠重的啦。

＊

順利獲得賞金以後，我們返回魔導貴族府邸。

要開慶功宴，並處理獵龍的成果。一千枚金幣可是一大筆數目，非得在合適的地點分配不可。

於是，我們全都聚集在府邸中的接待室。

「這次非常感謝各位，只因為我個人的無理要求就陪我冒這個險。接下來，我想當各位的面核算旅費等支出，然後分配獎金。」

主持這種場面也是隊伍管理者的工作。

我環視在場所有人，一項項說明。

好像在玩網路遊戲一樣，感覺很奇妙。

「關於國王賞賜的獎金，我會全部平分。七個人分一千枚金幣，所以是每人一四二枚。餘下的六枚，我想和紅龍肝除外的所有紅龍資源一併交給法連閣下，以賠償飛空艇的損失。」

畢竟此行出力最多的就是他。

我也不想欠他太多，能還清就還清。

「你真的要這麼做嗎？」

「對，我這樣就心滿意足了。」

「……那麼，我也沒有異議。」

魔導貴族沒有表現出任何不滿。

原以為弄壞了他一架飛空艇，他多少會不太高興呢。

不知是紅龍資源有那麼值錢，還是他單純不跟我計較，總之是感激不盡。

而既然他都不說話了，其他人自然也沒怨言吧。

結果我錯了。

「給……給我等一下！」

金髮蘿莉吠了。

這隻金髮蘿莉還是很擅長搗亂。

在國王面前袒護我的時候，我非常感動就是了。

「有什麼意見嗎？」

「為什麼要平分啊！」

「呃，因為我覺得這樣最公平啊。」

她該不會嫌少吧。上次冒險分酬勞時，明明還是不計較小錢的人，是因為數字多起來就變臉了嗎？

「要公平就別給我，你自己留著！」

「咦，妳不要啊？這對貴族來說也不是小錢吧？」

「因為我……我完全沒幫上忙，還扯了你的後腿。最……最後還對你造成很大的麻煩，害得你很慘……」

傷心系金髮蘿莉低著頭說。

看來我完全想錯方向了。

「所以我不要我那一份！」

她語氣強硬，眼睛不閃不躲地直視我。

連一毫米的搖晃也沒有。

這時，她身旁的人也出聲了。

「既然這樣，我也要退回我那一份。」

是亞倫。

他依然面泛爽朗笑容，笑咪咪地說：

「我的作用比艾絲特還低。光是讓我同行而得以分享獵龍成功的名譽與經驗，就已經是無可取代的報酬，足以驕傲一輩子了呢。」

「這……這樣啊……」

這傢伙也太帥了吧。

眼眶都濕了。馬眼的。

要感謝我不是同性戀喔。

「那麼，你們的份就給法連閣下吧。」

「想用來補飛空艇的損失嗎，其實有來自紅龍的材料就應該夠了。既然人家要給你，你就收下吧。如果你想給我當研究經費，我也很樂意收下就是。」

「……知道了。那麼不好意思，我會善加利用的。」

於是賞金變成三倍了，好高興啊。

真想現在就去還清債務，取回我的愛屋。

「結算到此為止，還有問題嗎？」

我環視眾人，這次沒人出聲。

由於金額不小，還以為處理起來會很棘手，沒想到結束得很乾脆。我甚至做好了光餘數就能爭上一小時之類的準備，結果話題開了以後才發現大家都挺文明的。

漫長的獵龍行動終於到此結束。

這次的ＭＶＰ就頒給街上的不知名幼女吧。

謝謝妳，幼女。

多虧有妳的建言，我平安獵到紅龍啦。

就這樣，結算順利結束了。

＊

我回家了。

回到家了。

我可愛的家。

離開魔導貴族府邸沒多久，我人就已經躺在自家床上，數著天花板上的斑點，想以後該怎麼裝潢。

途中，樓下傳來敲門聲。

有客人來訪的樣子。

還以為是誰呢，結果開門一看，原來是之前來過的憲兵。

那個二人組的其中一個。

這一趟是來看我錢湊得怎麼樣了。

來得好啊。我立刻從手頭金幣中取出所需的量。錢交到他手上的瞬間，這房子的所有烏煙瘴氣就會完全消散，任務結束。

製作人員名單也快放出來了。

「下次要準時交喔。」

「沒問題，勞駕了。」

好漫長啊。

明明只是短短幾週時間，感覺特別長。

這棟房子終於真正屬於我了。不會有人找我麻煩，要把牆漆成其他顏色、在院子蓋狗屋、拆到剩骨架來改造都沒問題。

擁有完整居住自由的生活，如今也降臨在我身上了。

那是與人生終幕相映襯的特權。

從今天起，我也是有屋一族。

但是，該問的還是得問清楚。

現在的我不是情弱，而是情強了。

「啊，有件事我想問一下。」

「什麼事？」

「這間房子應該沒有其他債務了吧？或者說，在維持、經營這房子的部分上，不會再發生遠超乎常理的問題了吧？我想趁現在先問清楚。」

「……什麼意思？」

「我怕以後又像這次一樣，臨時發現多年前尚未解決的金錢糾紛，或是文件上的缺漏等等，其他可能的嘛，常有的就是這裡的稅額有特別條款，比周圍高出不少之類的。這方面的問題，我想全部一口氣了解清楚。」

「喔，關……關於這部分，我一個聽命行事的不知道那麼多……」

「那麼，能請您的上司幫我查一查嗎？萬一真的還有那方面的問題，我就得拜託魔導貴族……喔不，拜託這座城的貴族法連閣下幫幫忙了。」

「……！」

虛張聲勢最強傳說。

在克莉絲汀一戰中學會威嚇之重要的我，可是很強的喔。

一搬出魔導貴族的名字，憲兵的臉就僵了。

效果非常卓越。

即使有再多張書面承諾，在這個奇幻到不行的世界也沒有實質意義。貴族所建立的封建制度可不是擺好看的。像我這種和風臉的異邦人在城裡買房購屋，一定很沒保障。

「他平常待我不薄，如果是我向他求情，一定不會置之不理。不用說，我這間工作室他也參觀過，還放下身段當了一次助手呢。萬一出了差錯，恐怕不是一個基層掉腦袋就能解決的事。當然，也歡迎你們向本人確認事情真偽。」

「知……知道了，我……我……我回去會向主管稟報……」

「感謝您的協助。」

我對臉色變得很難看的憲兵微笑道謝。

都說得這麼清楚了，想必是不會有下一次了吧。

我並不是神，不可能無所不知。不會曉得誰得了什麼，誰失了什麼，不知道一切究竟是真是假。

能確定的，就只有魔導貴族的權力十分強大。

好歹我已經先讓步了，也付了應繳的稅額。

「…………」

「…………」

現在還搬出他的名字，不太可能會再繼續糾纏我。就算他們也搬出大人物來較量，只要不是艾絲特她老爸那種層級，我照樣能贏。

再繼續找我的碴，不會有任何好處。

風險遠高於利益。

「那麼，差不多就這樣了吧？」

「唔……嗯，那我告辭了。」

這種事，就連基層也懂才對。

憲兵就這麼緊張兮兮地離開我家了。

失去支撐的門磅一聲關上——

「……呼。」

好不容易，真的好不容易啊，總算是可以鬆口氣了。

沒錯。

換個角度想，他們說不定是比克莉絲汀更可怕的強敵呢。

「…………」

啊啊，太好了，真的太好了。我終於得到它了。

這是屬於我的（田中）家（工作室）。

田中①（舊名：田中的工作室）完

後記

說來唐突，我本來是不打算完結這部作品。

老實向各位報告，當初在「小説家になろう」網站刊載至〈脫離無殼生活〉時，我已經有一丟為快的想法，打算完全放棄。實際上，我也真的棄置了好幾個月。

結果某天，我心血來潮點開瀏覽數據解析一看，赫然發現原本只有三位數的瀏覽人數竟然衝到了五位數。每天五位數耶，這是我前所未有的經驗，讓我開心得像一匹鼻頭前吊了蘿蔔的馬，拚命地繼續寫稿。

但儘管如此，我也打算只寫到〈獵龍行動〉完就結束。

因為我認為這是個好斷點。

結果某天，我不經意點開感想欄一看，赫然發現有支持者畫了非常棒的圖給我，而且有兩張喔。

這人感動的兩張圖，讓我開心得像個被可愛新人ＯＬ當作依靠的中年上班族，拚命地繼續寫稿。

但儘管如此，我也打算只寫到〈開拓領地〉完就結束。

因為我認為這樣就夠了。

結果某天，我赫然發現本作出現在Crowd Gate公司所舉辦的網路小說比賽（舊稱なろうコン）得獎名單中，讓我開心得像個年幼即立志成為作家，過了十幾年終於得償所望的夢想家，拚命地繼續寫稿。

最後到了今天十月二十九日，我寫了這篇後記。

相信各位見到這一連串的經過，可以看出本作是獲得非常多人的協助與善意才得以迎接名為出書的旭日，絕不是我憑一己之力所能及。

因此接下來，請讓我表達我的感謝。

本作不過是網路上無數小說之一，卻能獲得各位讀者的注意、當作聊天話題、留下評語感想、給予支持，更重要的是花費寶貴時間閱讀本作。所以，我頭一個要向所有讀者表示我最深的謝意。真的非常感謝各位。

決定出書後對我不足之處照顧得無微不至的I責任編輯，在百忙之中甚至延後本業來為我繪製美麗插圖的MだSたろう老師，校稿、營銷、版面設計等負責人，以及Crowd Gate公司等曾為本作出一份力的各相關處所，感謝各位的協助。

今後我也會努力寫作，以報答各位的厚愛。

最後，煩請各位繼續關照起步於「成為小說家吧」，GC NOVELS發行的《田中》。

ぶんころり（金髮ロリ文庫）

Kadokawa Light Novels

關於我轉生變成史萊姆這檔事 1~10 待續

作者：伏瀨　插畫：みっつばー

西方諸國評議會的幕後支配者出擊！
超人氣魔物轉生記，明爭暗鬥的第十集登場！

坦派斯特開國祭順利落幕，利姆路下一個目標是加盟西方諸國評議會，藉此更加擴大經濟圈。然而西方評議會暗中的支配者——「貪婪」的瑪莉安貝爾警戒著利姆路的力量，決定在無法控制之前擊潰對手。各種思慮交錯下，企圖消滅利姆路的策略靜靜展開……

各 **NT$250~320/HK$75~98**

台灣角川

Kadokawa Light Novels

以我的能力創造開外掛的老婆們 1 待續

作者：千月さかき　插畫：東西

超人氣後宮奇幻網路小說！
與超強化的奴隸老婆一起甜甜蜜蜜的冒險譚!!

忽然被召喚到異世界的凪，發現自己被迫成為勇者!?可是勇者的待遇實在太血汗了，不想當社畜的凪因此離開王城！凪擁有特殊力量，能透過與人簽訂奴隸契約重組、強化對方的技能。他遇到淪為奴隸的少女賽西兒，展開意想不到的異世界之旅……

NT$210/HK$65

Kadokawa Light Novels

轉生就是劍 1 待續

作者：棚架ユウ　插畫：るろお

貓耳少女 × 轉生非生物！
一同邁向新的冒險傳說！

一回神，我發現自己轉生異世界了。不是作為普通人類，而是一把劍。發現身處魔物猖獗之地，覺得性命受到威脅的我，開始運用各種能力獵殺魔物，沒想到在為了休息插進地面的時居然破功，全身動彈不得，直到一名奴隸打扮的貓耳少女突然出現在眼前——

台灣角川

NT$250/HK$75

國家圖書館出版品預行編目資料

田中：年齡等於單身資歷的魔法師 / ぶんころり作 ; 吳松諺譯. -- 初版. -- 臺北市：臺灣角川, 2018.11-
冊； 公分
譯自：田中：年齢イコール彼女いない歴の魔法使い
ISBN 978-957-564-545-8(第1冊：平裝)

861.57 107016081

Kadokawa Fantastic Novels

田中～年齡等於單身資歷的魔法師～ 1

（原著名：田中～年齢イコール彼女いない歴の魔法使い～ 1）

2018年11月7日　初版第1刷發行
2022年7月25日　初版第2刷發行

作　者：ぶんころり
插　畫：Mだ S たろう
譯　者：吳松諺

發 行 人：岩崎剛人
總 編 輯：蔡佩芬
編　　輯：高韻涵
美術設計：胡芳銘
印　　務：李明修（主任）、張加恩（主任）、張凱棋

發 行 所：台灣角川股份有限公司
地　　址：104台北市中山區松江路223號3樓
電　　話：（02）2515-3000
傳　　真：（02）2515-0033
網　　址：www.kadokawa.com.tw
劃撥帳戶：台灣角川股份有限公司
劃撥帳號：19487412
法律顧問：有澤法律事務所
製　　版：巨茂科技印刷有限公司
ＩＳＢＮ：978-957-564-545-8